閱讀策略神文本

敘事力之即戰祕訣

第三版

曾陽晴◎主編

向鴻全、吳碩禹、李姿儀、李宜涯、周文鵬、柳玉芬、梁竣瓘、陳正婷、曾陽晴、戴子平 編著

（依筆畫順序）

序　基本能力活過來
閱讀策略之新敘事力

　　在國內，從高中到大學的教學現場，國文課的教學這幾年掀起了各樣的改革，有重視素養的建立，有重視敘事力的培養，有聚焦說故事的能力，有翻轉教室的形式，有純技術的寫作力培養，有取道深度思辨的互動，當然還要配備各式數位軟體，讓教學更加有趣，更貼近學生生活的日常。老師紛紛成立工作坊，互相觀摩、討論，一起培養教學力，冀望把學生帶進文字世界的堂奧，進而培養學生能夠帶著走的能力，意即具備職場溝通表達的競爭力。國文教學市場呈現一片欣欣向榮景象：文學教學的復興運動。

　　中原大學國文教學組在這樣的復興運動之中，也在思考如何不讓大學的文學課程變成高四國文課。每一次聽到各個改革、改進、改變的理論、工程，莫不讓人內心翻騰、怦然心動，可是也有另一個聲音，彷彿從老子《道德經·十二章》流出來的智慧聲音：「五色令人目盲；五音令人耳聾；五味令人口爽；馳騁畋獵，令人心發狂；難得之貨，令人行妨。是以聖人為腹不為目，故去彼取此。」好一段令人深思的智慧話語。

　　聖人為腹不為目，就是滿足人民的真正需要，而不是耍令人炫目的花招；在此時此刻，就是滿足學生的真正需要，因為我一直相信教育的主體是學生，而不是老師，否則無論再如何精彩的教學，如果無法滿足學生的需要，都只是老師在自嗨，炫耀自己的教學技巧罷了。所以問題就是：我們的學生真正的需要是什麼？

　　最理想的方式是我們可以知道每一個學生的需要，但在教學現場是不合實際的，於是我們整體看，對於一個學生人數以學習理工、科技

為大宗的私立大學，以我們學生的落點來看，多年來的觀察最需要從文學教學獲得的基本能力就是：閱讀理解與溝通表達，進而具備專業敘事力，能在職場上發揮其專業職能。

　　這就好像習武必先蹲好馬步，馬步沒蹲穩，再多套路不過花招；又好比打籃球，運球沒練純熟，說你百步穿楊也難施展。肌耐力加上基本功，才可能有好表現，閱讀理解與溝通表達就是我們的學生未來職場競爭力的最基礎軟實力，缺乏好的理解與溝通能力，一個人的未來發展必然有限。

　　誠如張忠謀先生說的，大學生要做的十一件事，第七點就是學好中文，第一層能力是「詞能達意」，這就是我們在新教材中要建造的閱讀理解與溝通表達能力。第二層是「有邏輯的解釋一件事」，第三層是「有說服力地表達一件事」就正是建立同學的議題式的敘事力，特別是與專業結合，為其進入職場做預備。我們在新編教材中，將敘事力的培養融入教材與教學，正是想達成以上的目標。

　　我們用臺灣政黨惡鬥作說明，各方鐵粉戴上有色眼鏡，只看他們想看的一面，鄉民營造同溫層取暖，其實對他們而言這樣很容易理解、掌握政治，進而發表意見，但問題是沒有全貌，看不到複雜性，接近偏見。

　　然而，這中間有一個利基，可以作為教學上讓學習者對狀況、對文本可以迅速理解、掌握，進入溝通與表達的階段。本教材的編輯原則就建立在這個基礎上，我們將利用關鍵詞作為閱讀策略的觸媒。

　　對於閱讀策略中的關鍵詞，擷取數據驅動學習DDL（Data-Driven Learning）概念，以網路語料為基礎，使用網路語料檢索得出的資訊來進行語言學習的發現和探索，是一種利用資訊又著重學習者學習歷程的學習法。我認為這就像先行理解（pre-understanding），我們提供學生多一些關鍵詞，好像多準備幾個觀點，讓他們可以從不同角度搜索、掌握、理解、思考文本。我舉一則2020年04月25日的新聞為例，標題是「要命八分鐘日媒驚爆：金正恩已成植物人！」：

「北韓最高領導人金正恩遭美國有線電視新聞網（CNN）報導，接受心血管手術後『病危』，儘管消息尚未獲得證實，不過報導已經引起外界關注。24日又有日媒驚爆，金正恩尚未過世，但因手術失誤，成為植物人。……大陸召集……醫療團共五十人趕搭專機飛往平壤。然而，報導指出，因為金正恩情況太危急，實在無法等待大陸醫療團到來，北韓醫師團先進行緊急心臟支架手術，……

報導稱，但當時執刀的外科醫沒有為過像金正恩這麼胖的病人做過心臟支架手術，且因為太過緊張，手一直震動不已，一個只要花大約一分鐘的手術，竟然花了要八分鐘的時間才完成。就是這個時間點，金正恩成為植物人。……」

#金正恩 #大陸 #心臟 #日媒 #死亡 #北韓領導人
#東亞局勢 #韓國 #朝鮮半島

這一篇報導很有意思的是文末附了九個關鍵詞，其實每一個關鍵詞都多多少少提供了某一些觀察的角度，其中例如「日媒」和「大陸」對此一事件就會有全然不同的觀點與解釋；醫師的發言可能就從「心臟」入手，政治評論家可能就從「北韓領導人」、「東亞局勢」的基礎立論。這一些帶出觀察基準點的關鍵詞，幫助我們快速從各種不同角度掌握整體的事件。而這和Google有點類似、又不太一樣，我們可以分別用這九個關鍵詞進行搜索，會得到各自不同相關程度的範疇知識與新聞；每一個關鍵詞都會在搜尋引擎的發散中蒐羅出巨大的資訊量，然而全部九個關鍵詞的交集，也許能讓我們對事件有馬賽克拼圖式的理解。

但是事件必須要被解讀，文本要被解釋，這就需要觀點。回到我們的新聞事件，所有列在這則新聞之後的關鍵詞，都會在放回到這一則新聞的內容時帶出理解與詮釋，亦即理解與詮釋必須回到事件文本的框架中才為有效。當然，這一些關鍵詞都會有解釋上的外溢效果，但都必

須與此一新聞連結才不會失焦。這一則新聞是外電的譯稿，雖然可以用來閱讀與理解、溝通與表達的教材，但是任何人都看得出來文字是糟糕的，結構是鬆散的，當作教材不適當。

這也就是為什麼我們要閱讀經典。一篇好的經典文章，經歷時間的考驗，在熟練學習之後，可以得著多方面的營養，這也就是閱讀經典的必要性。

本教材也運用了關鍵詞作為閱讀策略，幫助學生可以快速掌握經典的重點與意義，進行「主題透視」式的理解，建立從不同角度詮釋文本的能力。當然利用關鍵詞作為閱讀的主要策略，必須以文本全貌為基準，越多關鍵詞就能進行越多可能的角度的理解與詮釋。而學生對文本的詮釋，就是一種意義的產出，一種表能力的展現。

經典，讓我想到一件事，1992年關錦鵬拍的《阮玲玉》，由張曼玉主演，李歐梵在《中國現代文學與現代性十講》中說道：「關錦鵬把他的電影構想為一齣製作影片《阮玲玉》的戲。……張曼玉……重新演繹了阮玲玉電影的某些著名場景，而且與舊影片的真實鏡頭併置在一起……」併置拉出歷史時空的距離，也引發懷舊情懷，形成他者的對照性。張曼玉重新演繹阮玲玉的電影場景，正是對應同學在經典中重新找出創新元素、深度思考與現代角度的生命呼應，因此我們設計了深度提問、創意發想與經典與自我主體的撞擊，這中間都保留空間給同學發揮，老師做為引導者與幫助角色。

這次我們集結中原大學通識教育中心的文學經典閱讀、語文與修辭兩門課程的專兼任老師，以及應華系、應外系老師共同合作編纂此一新教材，相信對於未來中原學生的理解、溝通與表達能力必能有增進的助力。

曾陽晴

2020/04/29於中原大學

目錄

CONTENTS

藝與史傳

大學之道

一、題解

〈大學〉是《禮記》中的第42篇，宋代朱熹抽取出來，與《論語》《孟子》《中庸（禮記第31篇）》，並稱爲四子書，後簡稱「四書」。是儒家的經典，也是古聖先賢的智慧結晶。

《大學》一書，把個人的內在修省，以及如何向外發揚的道理，發揮到了極致。《大學》原不分章節。後來朱熹按其內容，將《大學》分爲經一章，傳十章。並說：「經一章，蓋孔子之言，而曾子述之；其傳十章，則曾子之意，而門人記之也。」

本文《大學之道》即是經一章。文辭簡約、內涵深刻、影響深遠。其中所謂的「三綱領」與「八條目」，又可解釋爲內聖外王之道。

二、原文

> 大學[1]之道，在明明德[2]，在親民[3]，在止於至善。
>
> 知止[4]而后有定，定而后能靜，靜而后能安，安而后能慮，慮而后能得[5]。

1　「大學」一詞在古代有兩種含義：一是「博學」的意思；二是相對於小學而言的「大人之學」。古人八歲入小學，學習「洒掃應對進退、禮樂射御書數」等文化基礎知識和禮節；十五歲入大學，學習倫理、政治、哲學等「窮理正心，修己治人」的學問。所以，後一種含義其實也和前一種含義有相通的地方，同樣有「博學」的意思。「道」的本義是道路，引申爲規律、原則等。在中國古代哲學、政治學裡，也指宇宙萬物的本原、個體，一定的政治觀或思想體系等，在不同的上下文環境裡有不同的意思。

2　明明德：第一個「明」爲動詞，即彰顯，也就是發揚、弘揚的意思。第二個「明」作形容詞，明德也就是清明的德性、光明正大的品德。

3　親民：朱熹認爲是新也，革其舊也，使之日新又新。王陽明認爲是親近民眾，親愛人民。根據後面的「傳」文，「親」應爲「新」，即革新，使人日新又新。親民，也就是新民，使人棄舊圖新、去惡從善。

4　知止：知道目標所在。只有了解萬事萬物有不易之理，心才能有所定。後依續爲靜，指心不妄動。安，所處而安。慮，處事精詳。

5　得：得其所止，也就是有所收穫。

　　物有本末，事有終始，知所先後，則近道矣。

　　古之欲明明德於天下者，先治其國；欲治其國者，先齊其家[6]；欲齊其家者，先修其身[7]；欲修其身者，先正其心；欲正其心者，先誠其意；欲誠其意者，先致其知[8]；致知在格物[9]。

　　物格而后知至；知至而后意誠；意誠而后心正；心正而后身修；身修而后家齊；家齊而后國治；國治而后天下平。

　　自天子以至於庶人[10]，壹是[11]皆以修身爲本。其本亂而末[12]治者否矣；其所厚者薄[13]，而其所薄者厚，未之有也[14]。此謂知本，此謂知之至也。

三、閱讀策略

　　請學生分組，討論後就文本主題寫出3個關鍵字並加以說明，培養學生抓文本重點的能力（老師可以在每一篇帶領學生閱讀後，示範一個關鍵字進行文本解讀），目標：1.培養抓重點能力；2.發展分析觀點；3.學生自己建立詮釋意義。

　　以〈大學之道〉爲例，老師先提供1個關鍵字：例如，明明德。這是一篇極爲珍貴的古代教育哲學論文。〈大學之道〉體大思精，以做人爲根本，以培養君子爲目標。其哲理福國利民，是人成就功業、立身行

6　齊其家：管理好自己的家庭或家族，使家庭或家族和睦，蒸蒸日上，興旺發達。
7　修其身：修養自身的品性。
8　致其知：增進自己的知識。
9　格物：認識、研究萬事萬物之理。王陽明指出，格者，正也，物者，事也；就是對一切事物，以客觀態度來積極研究，並以內心的良知爲判斷基礎，乃能得到正確的認識。
10　庶人：指平民百姓。
11　壹是：都是。本：根本。
12　末：相對於本而言，指枝末、枝節。
13　厚者薄：該重視的不重視。薄者厚：不該重視的卻加以重視。
14　未之有也：即未有之也。沒有這樣的道理（事情、做法等）。

道的指南。全文綱舉目張，事理完備。其哲理精微，由內而外，由己而人，從抽象概念到實際功夫，宗旨即是做大人與君子。

李宜涯老師　撰

四、深度提問

　　如何讓學生可以更深地反思文本的意義，因著提問讓學生書寫自己的想法。（1～2題延伸思考、深度提問）。例如：

1. 你為什麼要讀大學？
2. 什麼是大學最重要的事？
3. 如何明明德？
4. 我的本末之道為何？
5. 什麼人才可說是知識分子？

五、創意發想

1. 請了解中原大學的全人教育及通識教育的核心理念。
2. 帶同學至校史館參觀。
3. 請同學比較說明中原大學及所熟知的五所大學的教育理念為何？並提出自己的看法。

六、經典與自我主體的撞擊

　　從文本得到的啟發，請以現代社會的詮釋角度：

1. 討論你在生活中如何格物致知？
2. 如何讓自己不至成為平庸的大學生？
3. 如何在生活中力行先後之道？
4. 什麼是「慎獨」？其與品格教育有何關係？

七、短文習作

　　上大學最重要的是？

鄭伯克段于鄢

一、題解

　　此篇文章出自於《左傳》，記載了周朝春秋時代鄭國（現在河南地區）鄭莊公、其母姜氏、弟弟共叔段之間爭權奪位的歷史故事。姜氏因為生莊公時難產，不喜歡他，喜歡弟弟共叔段，還幫助段爭奪王位。而鄭莊公沒有好好教導弟弟，讓弟弟野心越來越大，並故意等待時機殲滅他，心機相當重，還對母親說出不到黃泉不相見的話。整篇文章呈現了他們之間「兄不友，弟不恭，母不慈，子不孝」的關係，巧妙地反映出春秋時代政治局勢混亂、人心叵測的局面。

二、原文

　　初，鄭武公娶于申，曰武姜，生莊公及共叔段[1]。莊公寤生，驚姜氏，故名曰寤生[2]，遂惡之。愛共叔段，欲立之。亟[3]請於武公，公弗許。

　　及莊公即位，為之請制。公曰：「制，巖邑也，虢叔死焉[4]，他邑唯命。」請京，使居之，謂之京城大叔。

　　祭仲曰：「都城過百雉，國之害也。先王之制：大都不過參國之一[5]；中，五之一；小，九之一。今京不度，非制也，君將不堪。」公曰：「姜氏欲之，焉辟害[6]？」

1　共叔段：「共」唸一聲，是當時的國名，位於現在的中國河南。「叔」是指年紀較小的排行，這裡表示段比較小，是鄭莊公的弟弟。
2　寤生：難產。
3　亟：多次。
4　虢叔死焉：虢叔死在那裡。
5　參國之一：國都的三分之一，三分之一就是這裡所說的「百雉」。
6　「焉」辟害：焉，如何。

對曰：「姜氏何厭之有[7]？不如早爲之所，無使滋蔓；蔓，難圖也。蔓草猶不可除，況君之寵弟乎？」公曰：「多行不義必自斃，子姑待[8]之。」

　　既而大叔命西鄙、北鄙貳於己[9]。公子呂曰：「國不堪貳[10]，君將若之何？欲與大叔，臣請事之；若弗與，則請除之，無生民心[11]。」公曰：「無庸，將自及。」

　　大叔又收貳以爲己邑，至于廩延[12]。子封曰：「可矣！厚將得眾[13]。」公曰：「不義不暱[14]，厚將崩。」

　　大叔完聚[15]，繕[16]甲兵，具[17]卒乘，將襲鄭；夫人將啟之。公聞其期，曰：「可矣！」命子封帥車二百乘以伐京，京叛大叔段。段入于鄢，公伐諸鄢。五月辛丑，大叔出奔共。

　　書曰：「鄭伯克段于鄢。」段不弟，故不言弟。如二君，故曰克。稱鄭伯，譏失教也。謂之鄭志。不言出奔，難之也。

　　遂寘[18]姜氏于城潁，而誓之曰：「不及黃泉，無相見也。」既而悔之。

7　何「厭」之有：厭，滿足。
8　子「姑」待：暫時。
9　「貳」於己：二主於共叔段，也就是除了對莊公服從，也要對共叔段服從。
10　不堪貳：經不起有二主的狀況。
11　無生民心：不要動搖民心。
12　廩延：當時鄭國的地名。
13　「厚」將得眾：土地擴大。這裡的「眾」是指人民百姓的民心。
14　不義不暱：暱，是親近的意思，這裡指團結。也就是說段的行為是不義的，不義的行為，不能籠絡團結百姓的心。
15　完聚：修城並聚集人民。
16　繕：修理、製造。
17　具：準備。
18　寘：音如四聲「置」，安頓、放置。

　　　　潁考叔為潁谷封人[19]，聞之，有獻於公，公賜之食，食舍肉，公問之。對曰：「小人有母，皆嘗小人之食矣，未嘗君之羹，請以遺之[20]。」公曰：「爾有母遺，繄我獨無[21]！」潁考叔曰：「敢問何謂也？」公語之故，且告之悔。對曰：「君何患焉？若闕地及泉，隧而相見，其誰曰不然[22]？」公從之。

　　　　公入而賦：「大隧之中，其樂也融融。」姜出而賦：「大隧之外，其樂也洩洩[23]。」遂為母子如初。

　　　　君子曰：「潁考叔，純孝也。愛其母，施及莊公[24]。詩曰：『孝子不匱，永錫爾[25]類。』其是之謂乎[26]！」

三、閱讀策略

　　請學生在家裡看過這篇文章的翻譯和註釋，到課堂後，先考基本簡單的概念：武姜和鄭伯的關係是什麼？公叔段是誰？潁考叔和鄭伯的關係是什麼？整個事件發生在什麼時候？事件發生的地點有哪一些？

1. 分三到四人一組，以鄭莊公為中心點，用心智圖畫出人物關係。
2. 武姜跟鄭武公要求什麼？
3. 武姜為什麼不喜歡鄭莊公？
4. 武姜跟鄭莊公要求什麼？
5. 根據這篇文章，共叔段做了哪些事情？
6. 祭仲、公子呂、子封在這整個事件裡扮演著什麼角色？

19　封人：管理邊境的官。
20　請以「遺」之：讀音如四聲「未」，「給」的意思。
21　「繄」我獨無：讀音如一聲「一」，句首語氣詞。
22　其誰曰不然：「其」加強反問語氣的語氣詞。
23　洩洩：快樂的樣子。
24　「施」及莊公：讀音如四聲「義」，擴大影響的意思。
25　永「錫」爾：即「賜」，給予的意思。
26　其是之謂呼：「其」是語氣詞，「是」是「這個」的意思，也就是指潁考叔的孝行影響莊公的事，「之」是代詞，回指「是」。

7.「書」是指哪一本書？

8.鄭莊公有什麼煩惱？穎考叔知道後如何引導鄭莊公說出自己的問題？他如何解決鄭莊公的問題？

9.鄭莊公和他的母親在故事的最後關係如何？可以從哪些字句得知？

10.請找出每一段的「關鍵字詞」，並想想，這些字詞如何表現出故事進行的重要關鍵，比如第一段「莊公寤生」導致莊公母親不太愛他，「寤生」是什麼情形等等。又比如第三段的「多行不義」指的是什麼？

11.請思考三個與文章相關的關鍵詞並談談文章的內容。例如「偏愛」，莊公的母親如何不愛自己？如何偏愛自己的弟弟？如何造成弟弟想造反為王，並造成兄弟不合、母子反目成仇等等事件的發生？

12.文中的「于」和「於」，這兩個字的用法有什麼不同？

13.「初，鄭武公娶于申，曰武姜，生莊公及共叔段。莊公寤生，驚姜氏，故名曰寤生，遂惡之。愛共叔段，欲立之。亟請於武公，公弗許。」這一段寫得很精簡，請回答下面的問題：

⑴請用白話文寫出畫線部分每個動詞的主語，比如「生莊公及共叔段」寫成：「武姜生了莊公以及公叔段」

⑵這一段的兩個「之」指的是誰？

14.下面這一段的每一個「之」各為何義？

遂寘姜氏于城潁，而誓之曰：「不及黃泉，無相見也。」既而悔之。穎考叔為潁谷封人，聞之，有獻於公。公賜之食。食舍肉。公問之。對曰：「小人有母，皆嘗小人之食矣，未嘗君之羹，請以遺之。」公曰：「爾有母遺，繄我獨無！」穎考叔曰：「敢問何謂也？」公語之故，且告之悔。對曰：「君何患焉？若闕地及泉，隧而相見，其誰曰不然？」公從之。

柳玉芬老師 撰

請沿虛線剪下

四、深度提問

1. 從下面這兩段，討論一下春秋戰國時代對親子、兄弟之間倫理關係的價值觀為何？你對這樣的價值觀看法為何？請討論。

   書曰：「鄭伯克段于鄢。」段不弟，故不言弟。如二君，故曰克。稱鄭伯，譏失教也。謂之鄭志。不言出奔，難之也。

   君子曰：「潁考叔，純孝也。愛其母，施及莊公。詩曰：『孝子不匱，永錫爾類。』其是之謂乎！」

2. 接續上題，從鄭莊公及共叔段的成長過程及環境來看，很可能是什麼原因造成日後的鄭莊公及共叔段的衝突？

3. 祭仲、公子呂、子封三個人對鄭莊公提醒了共叔段的野心，但鄭莊公一開始並無所作為，你覺得他是使用什麼樣的心態來看待自己弟弟的領土擴張？

五、創意發想

1. 請深入思考，下面三段的可能情節為何？寫出一個關於這家人互動的小劇本。

   初，鄭武公娶于申，曰武姜，生莊公及共叔段。莊公寤生，驚姜氏，故名曰寤生，遂惡之。愛共叔段，欲立之。亟請與武公，公弗許。

   及莊公即位，為之請制。公曰：「制，巖邑也。虢叔死焉，它邑唯命。」請京，使居之，謂之京城大叔。

   公入而賦：「大隧之中，其樂也融融。」姜出而賦：「大隧之外，其樂也洩洩。」遂為母子如初。

2. 試想，如果鄭武公答應了武姜把王位傳給了共叔段，故事可能會如何發展？

六、經典與自我主體的撞擊

1. 鄭莊公和母親最後在所挖掘的隧道中相見，你可以想見他們見面的情形嗎？他們真的不再有任何心結了嗎？請分別以此二人的角度說說他們的心情。

2. 鄭莊公自小從母親那兒得到的愛，似乎不多，如果你的父母對你也像武姜對待鄭莊公那樣，已經長大的你，會如何和父母溝通？

3. 如果你的父母也和武姜一樣比較喜歡你的兄弟姊妹，你會怎麼樣和你的兄弟姊妹相處？

4. 如果你是共叔段，你會像他一樣對待鄭莊公嗎？還是你會有其他不同的做法？

七、短文習作

你是鄭莊公的好友，請跟他談一談什麼是孝順，什麼是好兄長。

項羽本紀選讀1

一、題解

　　〈項羽本紀〉出自司馬遷所撰寫的《史記》，這一本史學巨著，同樣也是文學的偉大作品，閱讀這樣的作品，讓我們更能夠以大尺度的時空去觀察人生，這彌補了我們過於短促的生命的限制。司馬遷在本紀、世家、列傳中，以華麗自由的散文風格，書寫上古一群傑出人物，其中的精彩篇章絕對值得一讀再讀，而〈項羽本紀〉就是其中精彩絕倫不可錯過的佳作。

二、原文

　　項籍者，下相人也，字羽。初起時，年二十四。其季父[1]項梁，梁父即楚將項燕，爲秦將王翦所戮者也。項氏世世爲楚將，封於項，故姓項氏。

　　項籍少時，學書不成，去，學劍，又不成。項梁怒之。籍曰：「書足以記名姓而已。劍一人敵，不足學，學萬人敵。」於是項梁乃教籍兵法，籍大喜，略知其意，又不肯竟學。

　　項梁嘗有櫟陽逮[2]，乃請蘄獄掾[3]曹咎書抵櫟陽獄掾司馬欣，以故事得已。項梁殺人，與籍避仇於吳中。吳中賢士大夫皆出項梁下。每吳中有大繇役[4]及喪，項梁常爲主辦，陰以兵法部勒賓客及子弟，以是知其能。秦始皇帝游

1　季父：小叔叔的意思。
2　櫟陽逮：因為犯罪在櫟陽被逮捕。
3　獄掾：掾音同「院」，管理監獄的官員。
4　大繇役：大型的公共工程，由政府無償徵用犯罪的刑徒或人民進行建設。

會稽，渡浙江，梁與籍俱觀。籍曰：「彼可取而代也。」
梁掩其口，曰：「毋妄言，族矣！」梁以此奇籍。籍長八
尺[5]餘，力能扛鼎，才氣過人，雖吳中子弟皆已憚籍矣。

　　秦二世元年七月，陳涉等起大澤中。其九月，會稽守
通[6]謂梁曰：「江西皆反，此亦天亡秦之時也。吾聞先即
制人，後則為人所制。吾欲發兵，使公及桓楚將。」是時
桓楚亡在澤中。梁曰：「桓楚亡，人莫知其處，獨籍知之
耳。」梁乃出，誡籍持劍居外待。梁復入，與守坐，曰：
「請召籍，使受命召桓楚。」守曰：「諾。」梁召籍入。
須臾，梁眴[7]籍曰：「可行矣！」於是籍遂拔劍斬守頭。
項梁持守頭，佩其印綬。門下大驚，擾亂，籍所擊殺數
十百人。一府中皆慴[8]伏，莫敢起。梁乃召故所知豪吏，
諭以所為起大事，遂舉吳中兵。使人收下縣[9]，得精兵
八千人。梁部署吳中豪傑為校尉、候、司馬。有一人不得
用，自言於梁。梁曰：「前時某喪使公主某事，不能辦，
以此不任用公。」眾乃皆伏。於是梁為會稽守，籍為裨
將[10]，徇[11]下縣。……

　　聞陳嬰已下東陽，使使欲與連和俱西。陳嬰者，故
東陽令史[12]，居縣中，素信謹，稱為長者。東陽少年殺其
令，相聚數千人，欲置長，無適用，乃請陳嬰。嬰謝不
能，遂彊立嬰為長，縣中從者得二萬人。少年欲立嬰便為

5　八尺：秦朝時，一尺大約今日23公分。
6　會稽守通：指會稽郡守殷通。
7　眴：音同「炫」，用眼睛說話、示意。
8　慴：音同「哲」，恐懼害怕。
9　下縣：指秦朝時所設的郡下面所轄的縣，此指會稽郡轄下的縣。
10　裨將：裨音同「皮」，副將的意思。
11　徇：巡行宣示主權，使人歸向於己之意。
12　令使：縣令手下的小官員。

王，異軍蒼頭特起。陳嬰母謂嬰曰：「自我爲汝家婦，未嘗聞汝先古之有貴者。今暴得大名，不祥。不如有所屬，事成猶得封侯，事敗易以亡，非世所指名也。」嬰乃不敢爲王。謂其軍吏曰：「項氏世世將家，有名於楚。今欲舉大事，將非其人，不可。我倚名族，亡秦必矣。」於是眾從其言，以兵屬項梁。項梁渡淮，黥布、蒲將軍亦以兵屬焉。凡六七萬人，軍下邳。……

　　居鄛人范增，年七十，素居家，好奇計，往說項梁曰：「陳勝敗固當。夫秦滅六國，楚最無罪。自懷王入秦不反，楚人憐之至今，故楚南公曰『楚雖三戶，亡秦必楚』也。今陳勝首事，不立楚後而自立，其勢不長。今君起江東，楚蠭午[13]之將皆爭附君者，以君世世楚將，爲能復立楚之後也。」於是項梁然其言，乃求楚懷王孫心民間，爲人牧羊，立以爲楚懷王，從民所望也。陳嬰爲楚上柱國，封五縣，與懷王都盱臺。項梁自號爲武信君。……

　　項梁起東阿，西，（北）〔比〕至定陶，再破秦軍，項羽等又斬李由，益輕秦，有驕色。宋義乃諫項梁曰：「戰勝而將驕卒惰者敗。今卒少惰矣，秦兵日益，臣爲君畏之。」項梁弗聽。乃使宋義使於齊。道遇齊使者高陵君顯，曰：「公將見武信君乎？」曰：「然。」曰：「臣論武信君軍必敗。公徐行即免死，疾行則及禍。」秦果悉起兵益章邯，擊楚軍，大破之定陶，項梁死。

13　蠭午：蠭音同「風」，即「蜂」也，裴駰《史記集解》曰：「蠭午猶言蠭起也。眾蠭飛起，交橫若午，言其多也。」意思是蜜蜂飛起縱橫交錯，描寫蜂擁而起之意。

三、閱讀策略

1. 領導力，史記〈項羽本紀〉不只是寫項羽，在前1/4的篇幅中，司馬遷特別花了許多力氣書寫項羽的叔叔項梁，從領導力的角度，你在他身上看到什麼？

2. 親情，叔姪關係（也算是一種親情），應該是什麼樣的關係？小組討論，你們認為項羽和項梁二人之間的關係，有多少不同的層次。例如，項梁在成長過程中扶養他，像爸爸等等。

曾陽晴老師　撰

四、深度提問

　　一個人的成長過程，對他未來一生都有極大深刻的影響，司馬遷特別寫了項羽的青少年求學時光：「項籍少時，學書不成，去，學劍，又不成。項梁怒之。籍曰：『書，足以記名姓而已。劍，一人敵，不足學，學萬人敵。』於是項梁乃教籍兵法，籍大喜，略知其意，又不肯竟學。」以小組為單位，請問：

1. 大家討論，為什麼項梁要教項羽這些課程（書代表識字、學寫字，接近國文課；劍指劍術；兵法）？
2. 每個人輪流講一個形容詞，形容項羽的個性，但是不能重複，盡量想多一點。在大家形容的個性中，有跟項羽後來的經驗（成功或失敗）高度相關聯的嗎？請查檢後文，找出相關文本為證。

五、創意發想

　　年輕時的項羽，基本上已經算是項梁的貼身侍衛，如果你是他，你會從這麼近身的觀察中，學習到什麼？例如：

1. 在處理會稽郡守殷通的事件中，你覺得項羽在這場劇力萬鈞的事件中，學到什麼？查看〈項羽本紀〉全文，小組討論看看，日後他面臨危機時，也有類似的處理模式。
2. 項梁逃避法律制裁、與仇家追殺，逃到吳中，《史記》說「吳中賢士大夫皆出項梁下。每吳中有大繇役及喪，項梁常為主辦，陰以兵法部勒賓客及子弟，以是知其能。」你覺得他是一個什麼樣的領導人？項羽在這一點上，和他像嗎？

請沿虛線剪下

六、經典與自我主體的撞擊

　　從「秦始皇帝游會稽,渡浙江,梁與籍俱觀。籍曰:『彼可取而代也。』梁掩其口,曰:『毋妄言,族矣!』梁以此奇籍。」這一段文字,我們知道項羽不僅說出項梁的人生目標,其實那也是他自己的生命願景。願景就是對生命未來的心靈視野,有了願景,才能定下人生目標,一步一步完成夢想。請問,你有願景嗎?(你最終的人生目標,或者你最想跟誰一樣,也許她就是你的願景的raw model,就像項梁世項羽的典範一樣。)想過該如何一步步達標、完成你的人生夢想?

七、短文習作

　　你的人生願景與實現目標(短、中、長期)。

項羽本紀選讀2

一、題解

　　〈項羽本紀〉中的這一段「鉅鹿之戰」可以說是全文的一個高潮，特別對照其他救趙的部隊的觀望、膽怯，更顯出項羽的與眾不同。

二、原文

　　初，宋義所遇齊使者高陵君顯在楚軍，見楚王曰：「宋義論武信君之軍必敗，居數日，軍果敗。兵未戰而先見敗徵，此可謂知兵矣。」王召宋義與計事而大說之，因置以為上將軍，項羽為魯公，為次將，范增為末將，救趙。諸別將皆屬宋義，號為卿子冠軍[1]。

　　行至安陽，留四十六日不進。項羽曰：「吾聞秦軍圍趙王鉅鹿，疾引兵渡河，楚擊其外，趙應其內，破秦軍必矣。」宋義曰：「不然。夫搏牛之虻[2]不可以破蟣蝨。今秦攻趙，戰勝則兵罷[3]，我承其敝；不勝，則我引兵鼓行而西，必舉秦矣。故不如先鬭秦趙。夫被堅執銳，義不如公；坐而運策，公不如義。」因下令軍中曰：「猛如虎，很[4]如羊，貪如狼，彊不可使者，皆斬之。」乃遣其子宋襄相齊，身送之至無鹽，飲酒高會。天寒大雨，士卒凍饑。項羽曰：「將戮力而攻秦，久留不行。今歲饑民貧，

1　卿子冠軍：卿子乃當時對男士的尊稱，冠軍指最高統帥，上將軍也。
2　虻：音同「盟」，一種雙翅昆蟲，頭眼大、多毛，小的像家蠅，大的體型似熊蜂，有吸吮的口器，雌蟲吸食牛、羊等牲畜的血液。
3　罷：音義同「疲」字，疲憊也。
4　很：即「狠」字。

士卒食芋菽，軍無見糧，乃飲酒高會，不引兵渡河因趙食，與趙并力攻秦，乃曰『承其敝』。夫以秦之彊，攻新造之趙，其勢必舉趙。趙舉而秦彊，何敝之承！且國兵新破，王坐不安席，埽境內而專屬於將軍，國家安危，在此一舉。今不恤士卒而徇其私，非社稷之臣。」項羽晨朝上將軍宋義，即其帳中斬宋義頭，出令軍中曰：「宋義與齊謀反楚，楚王陰令羽誅之。」當是時，諸將皆慴服，莫敢枝梧[5]。皆曰：「首立楚者，將軍家也。今將軍誅亂。」乃相與共立羽為假[6]上將軍。使人追宋義子，及之齊，殺之。使桓楚報命於懷王。懷王因使項羽為上將軍，當陽君、蒲將軍皆屬項羽。

　　項羽已殺卿子冠軍，威震楚國，名聞諸侯。乃遣當陽君、蒲將軍將卒二萬渡河，救鉅鹿。戰少利，陳餘復請兵。項羽乃悉引兵渡河，皆沉船，破釜甑[7]，燒廬舍，持三日糧，以示士卒必死，無一還心。於是至則圍王離，與秦軍遇，九戰，絕其甬道[8]，大破之，殺蘇角，虜王離。涉閒不降楚，自燒殺。當是時，楚兵冠諸侯。諸侯軍救鉅鹿下者十餘壁[9]，莫敢縱兵。及楚擊秦，諸將皆從壁上觀。楚戰士無不一以當十，楚兵呼聲動天，諸侯軍無不人人惴恐。

　　於是已破秦軍，項羽召見諸侯將，入轅門[10]，無不膝

5　枝梧：抵擋抗拒。
6　假：代理的意思，因為還沒徵得懷王同意。
7　釜甑：釜音同「府」，煮食物的鐵鍋；甑音同「贈」，蒸煮食物的瓦器（蒸籠），底部有小孔通蒸氣。
8　甬道：兩旁有牆或築起障蔽物的通道，當時多用來運補軍需與糧食。
9　壁：軍隊駐紮的營壘。
10　轅門：古時候君王出巡，以車作為屏障，翻仰兩車，使兩車的轅相向交接成一半圓形狀，作為象徵的門，稱為「轅門」，後來也指將帥的營門。

行而前，莫敢仰視。項羽由是始爲諸侯上將軍，諸侯皆屬焉。

三、閱讀策略

　　請同學分組討論，選擇一個關鍵詞，對文本進行詮釋。

1.決心：這是項羽崛起最重要一役，從奪權、投入戰爭，展現他強大的意志力。

2.勇氣：項羽在鉅鹿之戰，面對強大的秦軍，展現出無人可及的勇氣。

3.領導力：項羽失去叔叔項梁靠山，完全靠一己之力建立領導權。

曾陽晴老師　撰

請沿虛線剪下

四、深度提問

1. 宋義:「因下令軍中曰:『猛如虎,很如羊,貪如狼,彊不可使者,皆斬之。』」,我們來思考一下他的命令,你覺得有道理嗎,軍隊到底需要什麼樣的士兵。他為什麼會下這個命令?可以從這件事,更深地了解他這個人嗎?

2. 小組討論:鉅鹿之戰使得項羽一夕之間成為一個聯軍領導人,從「項羽晨朝上將軍宋義,即其帳中斬宋義頭,出令軍中曰:『宋義與齊謀反楚,楚王陰令羽誅之。』當是時,諸將皆慴服,莫敢枝梧。」到「諸侯軍無不人人惴恐……已破秦軍,項羽召見諸侯將,入轅門,無不膝行而前,莫敢仰視。項羽由是始為諸侯上將軍,諸侯皆屬焉。」,項羽此時已成為諸侯聯軍的上將軍,大家都怕他,這樣的領導力,你認為如何?

五、創意發想

　　標籤遊戲也可以用在像《史記》這樣的敘述性歷史文本。閱讀掌握角色性格(日常生活也可以掌握人的性格),可以讓我們迅速掌握故事發展的內在邏輯,因為某某某是這樣的人,所以他會這麼做等等。小組成員可以輪流對一個角色貼上一個人格特質,一直到在也擠不出新的標籤。所貼的標籤一定要從這一段「鉅鹿之戰」文本得出,不可以隨意捏造。

1. 項羽:例如,「很有自信(嘗試用力說服上司宋義)」。請繼續貼標籤。

2. 宋義:「紙上談兵的高手」。請繼續貼標籤。

六、經典與自我主體的撞擊

　　從文本得到的啟發，我們來探討一下，如果是處於職場，你覺得項羽是一個什麼樣脾氣的上司。你會採取什麼樣的策略，與這樣的上司愉快相處，而不是恐懼戰兢？

七、短文習作

　　在學校社團或學生會，發現有幹部（像宋義一樣）怠忽職守、循私，你會如何做？

項羽本紀選讀3

一、題解

　　司馬遷寫下的〈項羽本紀〉，本來就是他《史記》中極其傑出的作品，把項羽與其周遭的人寫得活靈活現，把這一群亂世英雄描畫地如此生動，類似本篇選文的戲劇性書寫居功厥偉。司馬遷善用對話創造戲劇性效果，讓可讀性大增，也讓這些歷史人物性格躍然紙上。

二、原文

　　漢之三年，項王數侵奪漢甬道，漢王食乏，恐，請和，割滎陽以西爲漢。項王欲聽之。歷陽侯范增曰：「漢易與[1]耳，今釋弗取，後必悔之。」項王乃與范增急圍滎陽。漢王患之，乃用陳平計間項王。項王使者來，爲太牢[2]具，舉欲進之。見使者，詳[3]驚愕曰：「吾以爲亞父使者，乃反項王使者。」更持去，以惡食食項王使者。使者歸報項王，項王乃疑范增與漢有私，稍奪之權。范增大怒，曰：「天下事大定矣，君王自爲之。願賜骸骨歸卒伍[4]。」項王許之。行未至彭城，疽發背而死。

　　漢將紀信說漢王曰：「事已急矣，請爲王誑楚爲王，王可以間出[5]。」於是漢王夜出女子滎陽東門被甲二千人，楚兵四面擊之。紀信乘黃屋車，傅左纛，曰：「城中食盡，漢王降。」楚軍皆呼萬歲。漢王亦與數十騎從城西

1　易與：容易對付的意思，與即「對付」之意。
2　太牢：指牛、羊、豬三種肉兼備的飯食，此即指豐盛的食物。
3　詳：即「佯」的假借字，假裝、佯裝也。
4　歸卒伍：古代鄉里編制，五家爲伍，三百家爲卒，歸卒伍即讓我回老家去。
5　間出：即「間出」，趁機逃出的意思。

門出，走成皋。項王見紀信，問：「漢王安在？」曰：
「漢王已出矣。」項王燒殺紀信。

　　漢王使御史大夫周苛、樅公、魏豹守滎陽。周苛、樅
公謀曰：「反國之王，難與守城。」乃共殺魏豹。楚下滎
陽城，生得周苛。項王謂周苛曰：「為我將，我以公為上
將軍，封三萬戶。」周苛罵曰：「若[6]不趣[7]降漢，漢今虜
若，若非漢敵也。」項王怒，烹周苛，并殺樅公。……項
王已定東海來，西，與漢俱臨廣武而軍，相守數月。

　　當此時，彭越數反梁地，絕楚糧食，項王患之。為
高俎[8]，置太公其上，告漢王曰：「今不急下，吾烹太
公。」漢王曰：「吾與項羽俱北面受命懷王，曰『約為兄
弟』，吾翁即若翁，必欲烹而翁，則幸分我一桮羹。」項
王怒，欲殺之。項伯曰：「天下事未可知，且為天下者不
顧家，雖殺之無益，只益禍耳。」項王從之。

　　楚漢久相持未決，丁壯苦軍旅，老弱罷[9]轉漕[10]。項
王謂漢王曰：「天下匈匈數歲者，徒以吾兩人耳，願與漢
王挑戰決雌雄，毋徒苦天下之民父子為也。」漢王笑謝
曰：「吾寧鬪智，不能鬪力。」項王令壯士出挑戰。漢有
善騎射者樓煩，楚挑戰三合，樓煩輒射殺之。項王大怒，
乃自被甲持戟挑戰。樓煩欲射之，項王瞋目叱之，樓煩目
不敢視，手不敢發，遂走還入壁，不敢復出。漢王使人閒
問之，乃項王也。漢王大驚。於是項王乃即漢王相與臨廣
武閒而語。漢王數之，項王怒，欲一戰。漢王不聽，項王
伏弩射中漢王。漢王傷，走入成皋。

6　若：幾個若都是「你」的意思。
7　趣：即「趨」的假借字，趕快的意思。
8　俎：音同「組」，即切肉用的砧板。
9　罷：即「疲」的假借字，疲憊也。
10　轉漕：運送糧草。

三、閱讀策略

　　分組討論，選一個關鍵詞，對文本進行詮釋。

1. 鬥智用計：在競爭中，想要勝出，是很多因素的綜合結果，絞盡腦汁顯然是具有決定性的影響力。
2. 團隊合作：世界越來越複雜，專業分工越來越細，一個人的力量極其有限，團隊合作勢難避免。
3. 秀肌肉：什麼才是真正的實力，肌肉大、氣勢凌人未必是最後贏家。

曾陽晴老師　撰

四、深度提問

1. 紀信提出一個點子：欺騙項羽陣營，讓劉邦可以逃出圍困，繼續領導漢陣營與楚陣營決戰。紀信不只提供點子，他還親自扮成劉邦的模樣，所以現在重點來了，他知道自己會被項羽拆穿，按照項羽的個性，一定是死路一條，可是他卻義無反顧。為什麼？明知道自己會死，卻願意犧牲，你覺得原因是什麼？

2. 上面的問題，如果與周苛的情況並觀，也許就更清楚，項羽抓住他，他其實必死，但是項羽居然想收買他，價錢是「為上將軍，封三萬戶」，這是類似三星上將的位子，而且三萬戶是當時最高級別的封賞，張良號為帝者師，開國三傑，劉邦就想封他三萬戶，可是這麼高的職位、這麼豐富的封賞，周苛拒絕，選擇被殺，又是為什麼？

五、創意發想

1. 劉邦面對項羽用他爸爸作為威脅，情急生智說：「吾翁即若翁，必欲烹而翁，則幸分我一桮羹」，成了「分一杯羹」典故的由來。當然項羽聽了項伯的勸戒，並沒有真的狠下殺手。我們假設一下，如果項羽真的拔刀，準備在劉邦眼前割劉老爸一大塊肉，請續寫結果……

2. 這篇選文共有四段非常具有戲劇性效果的故事：(1)反間計(2)紀信誑楚(3)烹太公(4)項羽挑戰，請各小組選一個故事，改編成劇本（可以跳脫原文格局，越有創意越佳），然後用手機拍成微電影。

六、經典與自我主體的撞擊

　　從文本得到的啟發，請以現代社會的詮釋角度討論你在生活中面對的類似情況：人對於生命中的每一件事，在心中都有一把尺，我們會去判定好與壞，這叫作價值觀。我們會去做我們認為有價值的事，所以紀信願意為劉邦集團犧牲生命，顯然有他的價值觀系統作為支持。我們想一想，在你的生命中，有沒有什麼比生命更重要的，到我們生命的最後關頭你會願意為此一信念而犧牲？

七、短文習作

　　寫出你生命中最核心的價值觀，以及它是如何形成，如何影響你的。

項羽本紀選讀4

一、題解

　　〈項羽本紀〉的結局「垓下之役」淋漓盡致寫盡了項羽這位叱吒風雲的大將軍的窮途末路,特別是他對虞姬的莫可奈何的告別、對上天亡他的堅持(還硬是要表演給殘存的20餘位士兵他的戰力)、對烏江亭長邀約的拒絕、對老朋友呂馬童的慷慨餽贈,都表現出他這一個曠世英雄獨特人生觀。

二、原文

垓下之役

　　項王軍壁垓下,兵少食盡,漢軍及諸侯兵圍之數重。夜聞漢軍四面皆楚歌,項王乃大驚曰:「漢皆已得楚乎?是何楚人之多也!」項王則夜起,飲帳中。有美人名虞,常幸從;駿馬名騅,常騎之。於是項王乃悲歌慨,自爲詩曰:「力拔山兮氣蓋世,時不利兮騅不逝。騅不逝兮可奈何,虞兮虞兮奈若何!」歌數闋,美人和之。項王泣數行下,左右皆泣,莫能仰視。

　　於是項王乃上馬騎,麾下壯士騎從者八百餘人,直夜潰圍南出,馳走。平明,漢軍乃覺之,令騎將灌嬰以五千騎追之。項王渡淮,騎能屬者百餘人耳。項王至陰陵,迷失道,問一田父,田父紿曰「左」。左,乃陷大澤中。以故漢追及之。項王乃復引兵而東,至東城,乃有二十八騎。漢騎追者數千人。項王自度不得脫。謂其騎曰:「吾起兵至今八歲矣,身七十餘戰,所當者破,所擊者服,未嘗敗北,遂霸有天下。然今卒困於此,此天之亡我,非戰

之罪也。今日固決死，願爲諸君快戰，必三勝之，爲諸君潰圍，斬將，刈旗，令諸君知天亡我，非戰之罪也。」乃分其騎以爲四隊，四向。漢軍圍之數重。項王謂其騎曰：「吾爲公取彼一將。」令四面騎馳下，期山東爲三處。於是項王大呼馳下，漢軍皆披靡，遂斬漢一將。是時，赤泉侯爲騎將，追項王，項王瞋目而叱之，赤泉侯人馬俱驚，辟易數里與其騎會爲三處。漢軍不知項王所在，乃分軍爲三，復圍之。項王乃馳，復斬漢一都尉，殺數十百人，復聚其騎，亡其兩騎耳。乃謂其騎曰：「何如？」騎皆伏曰：「如大王言。」

　　於是項王乃欲東渡烏江。烏江亭長檥船待，謂項王曰：「江東雖小，地方千里，眾數十萬人，亦足王也。願大王急渡。今獨臣有船，漢軍至，無以渡。」項王笑曰：「天之亡我，我何渡爲！且籍與江東子弟八千人渡江而西，今無一人還，縱江東父兄憐而王我，我何面目見之？縱彼不言，籍獨不愧於心乎？」乃謂亭長曰：「吾知公長者。吾騎此馬五歲，所當無敵，嘗一日行千里，不忍殺之，以賜公。」乃令騎皆下馬步行，持短兵接戰。獨籍所殺漢軍數百人。項王身亦被十餘創。顧見漢騎司馬呂馬童，曰：「若非吾故人乎？」馬童面之，指王翳曰：「此項王也。」項王乃曰：「吾聞漢購我頭千金，邑萬戶，吾爲若德。」乃自刎而死。王翳取其頭，餘騎相蹂踐爭項王，相殺者數十人。最其後，郎中騎楊喜，騎司馬呂馬童，郎中呂勝、楊武各得其一體。五人共會其體，皆是。故分其地爲五：封呂馬童爲中水侯，封王翳爲杜衍侯，封楊喜爲赤泉侯，封楊武爲吳防侯，封呂勝爲涅陽侯。

　　項王已死，楚地皆降漢，獨魯不下。漢乃引天下兵欲

屠之，爲其守禮義，爲主死節，乃持項王頭視魯，魯父兄乃降。始，楚懷王初封項籍爲魯公，及其死，魯最後下，故以魯公禮葬項王穀城。漢王爲發哀，泣之而去。

史家意見

　　太史公曰：「吾聞之周生曰『舜目蓋重瞳子』，又聞項羽亦重瞳子。羽豈其苗裔邪？何興之暴也！夫秦失其政，陳涉首難，豪傑蜂起，相與并爭，不可勝數。然羽非有尺寸，乘埶起隴畝之中，三年，遂將五諸侯滅秦，分裂天下，而封王侯，政由羽出，號爲『霸王』，位雖不終，近古以來未嘗有也。及羽背關懷楚，放逐義帝而自立，怨王侯叛己，難矣。自矜功伐，奮其私智而不師古，謂霸王之業，欲以力征經營天下，五年卒亡其國，身死東城，尚不覺寤而不自責，過矣。乃引『天亡我，非用兵之罪也』，豈不謬哉。」

三、閱讀策略

　　請同學分組討論，選擇一個關鍵詞，對文本進行詮釋。

1. 失敗：一個人生勝利組男人面臨他生命中重大失敗的故事，他是如何面對？失敗對他的意義是什麼？
2. 翻身：當人生努力過後還是失敗，應該是最讓人沮喪的，但是從谷底翻身的希望——反敗爲勝的故事——才是最感人的吧。烏江畔的項羽，原本的意圖是什麼？

曾陽晴老師　撰

四、深度提問

　　司馬遷在「太史公曰」說的幾句話：「及羽背關懷楚，放逐義帝而自立，怨王侯叛己，難矣。自矜功伐，奮其私智而不師古，謂霸王之業，欲以力征經營天下，五年卒亡其國，身死東城，尚不覺寤而不自責，過矣。乃引『天亡我，非用兵之罪也』，豈不謬哉」，你覺得司馬遷對於項羽最終導致失敗的理由，歸納一下有幾項。只有這些理由嗎，你可以再想出三項嗎？

五、創意發想

　　當英雄身邊的人很不容易。英雄，永遠是鏡頭的焦點，但是跟在他身邊的人，他們生命中酸甜苦辣一樣值得推敲。

1. 虞姬1：這一路上跟著項羽，請問，面對枕邊人的英雄氣短的時刻，你覺得她私底下會對項羽如何兒女情長地說什麼體己話。

2. 虞姬2：你注意到了嗎，項羽忽然帶八百騎兵突圍，沒有帶虞姬同行，你可以google看看，想像一下虞姬接下來的命運。

六、經典與自我主體的撞擊

　　從文本得到的啟發，請以現代社會的詮釋角度討論你在生活中面對的類似情況。項羽一生的終章，就像一首悲壯的交響樂，我們每個人也一樣，也都會在這一生面對一個又一個的敗局，請舉一個你面對的失敗例子，說明你是如何應對。

七、短文習作

　　你對反敗為勝的想法，你有過這樣的經歷嗎？

魏公子列傳

一、題解

　　司馬遷《史記》中的〈魏公子列傳〉，又是一篇劇力萬鈞的作品。魏公子是魏昭王幼子，魏安釐王的同父異母弟，封為信陵君，四大公子之首。本文既寫魏公子的識才、愛才、惜才，更寫戰國末年的危機四伏的國際情勢，寫來環環相扣，節奏明快。

【關鍵字】友情、忠誠、求才、知己。

二、原文

　　魏公子無忌者，魏昭王子少子而魏安釐王[1]異母弟也。昭王薨，安釐王即位，封公子為信陵君。是時范睢[2]亡魏相秦，以怨魏齊故，秦兵圍大梁，破魏華陽下軍，走芒卯。魏王及公子患之。

　　公子為人仁而下士，士無賢不肖皆謙而禮交之，不敢以其富貴驕士。士以此方數千里爭往歸之，致食客三千人。當是時，諸侯以公子賢，多客，不敢加兵謀魏十餘年。

　　公子與魏王博[3]，而北境傳舉烽，言「趙寇至，且入界」。魏王釋博，欲召大臣謀。公子止王曰：「趙王田獵耳，非為寇也。」復博如故。王恐，心不在博。居頃，復從北方來傳言曰：「趙王獵耳，非為寇也。」魏王大驚，

1　魏安釐王：釐音同「西」，也作魏安僖王，執政時期B.C.276-B.C.243。
2　范睢：原為魏人，被須賈誣陷，差點被當時魏相魏齊打死，後逃至秦國。
3　博：古代一種下棋的遊戲。

曰：「公子何以知之？」公子曰：「臣之客有能深得趙王
陰事者，趙王所爲，客輒以報臣，臣以此知之。」是後魏
王畏公子之賢能，不敢任公子以國政。

　　魏有隱士曰侯嬴，年七十，家貧，爲大梁夷門監
者⁴。公子聞之，往請，欲厚遺之。不肯受，曰：「臣修
身絜行數十年，終不以監門困故而受公子財。」公子於是
乃置酒大會賓客。坐定，公子從車騎，虛左⁵，自迎夷門
侯生。侯生攝敝衣冠，直上載公子上坐，不讓，欲以觀公
子。公子執轡愈恭。侯生又謂公子曰：「臣有客在市屠
中，願枉車騎過之。」公子引車入市，侯生下見其客朱
亥，俾倪故久立，與其客語，微察公子。公子顏色愈和。
當是時，魏將相宗室賓客滿堂，待公子舉酒。市人皆觀
公子執轡。從騎皆竊罵侯生。侯生視公子色終不變，乃
謝客⁶就車。至家，公子引侯生坐上坐，遍贊賓客，賓客
皆驚。酒酣，公子起，爲壽⁷侯生前。侯生因謂公子曰：
「今日嬴之爲公子亦足矣。嬴乃夷門抱關者也，而公子親
枉車騎，自迎嬴於眾人廣坐之中，不宜有所過，今公子故
過之。然嬴欲就公子之名，故久立公子車騎市中，過客以
觀公子，公子愈恭。市人皆以嬴爲小人，而以公子爲長者
能下士也。」於是罷酒，侯生遂爲上客。

　　侯生謂公子曰：「臣所過屠者朱亥，此子賢者，世莫
能知，故隱屠閒耳。」公子往數請之，朱亥故不復謝，公
子怪之。

4　監者：守城門的人。
5　虛左：空出左邊的位子，當時以左位為尊位。
6　謝客：辭別拜訪的客人。
7　爲壽：敬酒的意思。

　　魏安釐王二十年[8]，秦昭王已破趙長平軍，又進兵圍邯鄲。公子姊爲趙惠文王[9]弟平原君夫人，數遺魏王及公子書，請救於魏。魏王使將軍晉鄙將十萬眾救趙。秦王使使者告魏王曰：「吾攻趙旦暮且下，而諸侯敢救者，已拔趙，必移兵先擊之。」魏王恐，使人止晉鄙，留軍壁[10]鄴，名爲救趙，實持兩端以觀望。平原君使者冠蓋相屬於魏，讓[11]魏公子曰：「勝所以自附爲婚姻者，以公子之高義，爲能急人之困。今邯鄲旦暮降秦而魏救不至，安在公子能急人之困也！且公子縱輕勝[12]，棄之降秦，獨不憐公子姊邪？」公子患之，數請魏王，及賓客辯士說王萬端。魏王畏秦，終不聽公子。公子自度終不能得之於王，計不獨生而令趙亡，乃請賓客，約車騎百餘乘，欲以客往赴秦軍，與趙俱死。

　　行過夷門，見侯生，具告所以欲死秦軍狀。辭決而行，侯生曰：「公子勉之矣，老臣不能從。」公子行數里，心不快，曰：「吾所以待侯生者備矣，天下莫不聞，今吾且死而侯生曾無一言半辭送我，我豈有所失哉？」復引車還，問侯生。侯生笑曰：「臣固知公子之還也。」曰：「公子喜士，名聞天下。今有難，無他端而欲赴秦軍，譬若以肉投餒虎[13]，何功之有哉？尚安事客？然公子遇臣厚，公子往而臣不送，以是知公子恨之復返也。」公子再拜，因問。侯生乃屏人閒語，曰：「嬴聞晉鄙之兵符

8　魏安釐王二十年即B.C.257年。
9　趙惠文王：B.C.298-B.C.266年在位。
10　壁：駐紮的意思。
11　讓：責備也。
12　勝：平原君姓趙、名勝。
13　餒虎：餓虎也。

常在王臥內，而如姬最幸，出入王臥內，力能竊之。嬴聞如姬父為人所殺，如姬資[14]之三年，自王以下欲求報其父仇，莫能得。如姬為公子泣，公子使客斬其仇頭，敬進如姬。如姬之欲為公子死，無所辭，顧未有路耳。公子誠一開口請如姬，如姬必許諾，則得虎符奪晉鄙軍，北救趙而西卻秦，此五霸之伐[15]也。」公子從其計，請如姬。如姬果盜晉鄙兵符與公子。

　　公子行，侯生曰：「將在外，主令有所不受[16]，以便國家。公子即合符，而晉鄙不授公子兵而復請之，事必危矣。臣客屠者朱亥可與俱，此人力士。晉鄙聽，大善；不聽，可使擊之。」於是公子泣。侯生曰：「公子畏死邪？何泣也？」公子曰：「晉鄙嚄唶[17]宿將，往恐不聽，必當殺之，是以泣耳，豈畏死哉？」於是公子請朱亥。朱亥笑曰：「臣乃市井鼓刀屠者，而公子親數存[18]之，所以不報謝者，以為小禮無所用。今公子有急，此乃臣效命之秋[19]也。」遂與公子俱。公子過謝侯生。侯生曰：「臣宜從，老不能。請數公子行日，以至晉鄙軍之日，北鄉自剄，以送公子。」公子遂行。

　　至鄴，矯魏王令代晉鄙。晉鄙合符，疑之，舉手視公子曰：「今吾擁十萬之眾，屯於境上，國之重任，今單車來代之，何如哉？」欲無聽。朱亥袖四十斤鐵椎，椎殺

14　資：出資懸賞。
15　五霸之伐：五霸指春秋五霸齊桓公、楚莊王、晉文公、吳王闔廬與越王勾踐。伐，功業的意思，意即與春秋五霸一樣偉大的功業。
16　將在外，主令有所不受：語出孫子兵法，《孫子・九變》：「將受命於君，……君命有所不受。」
17　嚄唶：音同「或仄」，叱吒風雲的意思。
18　存：關懷致意。
19　秋：關頭。

晉鄙，公子遂將晉鄙軍。勒兵下令軍中曰：「父子俱在軍中，父歸；兄弟俱在軍中，兄歸；獨子無兄弟，歸養。」得選兵八萬人，進兵擊秦軍。秦軍解去，遂救邯鄲，存趙。趙王及平原君自迎公子於界，平原君負韊[20]矢爲公子先引。趙王再拜曰：「自古賢人未有及公子者也。」當此之時，平原君不敢自比於人。公子與侯生決[21]，至軍，侯生果北鄉自剄。

　　魏王怒公子之盜其兵符，矯殺晉鄙，公子亦自知也。已卻秦存趙，使將將其軍歸魏，而公子獨與客留趙。趙孝成王[22]德公子之矯奪晉鄙兵而存趙，乃與平原君計，以五城封公子。公子聞之，意驕矜而有自功之色。客有説公子曰：「物有不可忘，或有不可不忘。夫人有德於公子，公子不可忘也；公子有德於人，願公子忘之也。且矯魏王令，奪晉鄙兵以救趙，於趙則有功矣，於魏則未爲忠臣也。公子乃自驕而功之，竊爲公子不取也。」於是公子立自責，似若無所容者。趙王埽除自迎，執主人之禮，引公子就西階。公子側行辭讓，從東階上[23]。自言罪過，以負於魏，無功於趙。趙王侍酒至暮，口不忍獻五城，以公子退讓也。公子竟留趙。趙王以鄗爲公子湯沐邑[24]，魏亦復以信陵奉公子。公子留趙。

　　公子聞趙有處士[25]毛公藏於博徒，薛公藏於賣漿

20　韊：裝箭的箭袋。替人背箭袋在前引路，表示最大的敬意。

21　決：訣別。

22　趙孝成王：趙文惠王之子，B.C.265-B.C.245在位。

23　從東階上：代表信陵君自己降等，不願自高，《禮記・曲禮上》：「主人就東階，客就西階，客若降等，則就主人之階。」

24　湯沐邑：原指天子給諸侯再京城郊外一塊領地作爲其齋戒沐浴所需費用，後則君王賞賜給貴族的領地，作爲供給其生活所需。

25　處士：即有才能卻不願出來爲官之人，即隱士之意。

家[26]，公子欲見兩人，兩人自匿不肯見公子。公子聞所在，乃閒步往從此兩人游，甚歡。平原君聞之，謂其夫人曰：「始吾聞夫人弟公子天下無雙，今吾聞之，乃妄從博徒賣漿者游，公子妄人耳。」夫人以告公子。公子乃謝夫人去，曰：「始吾聞平原君賢，故負魏王而救趙，以稱平原君。平原君之游，徒豪舉耳，不求士也。無忌自在大梁時，常聞此兩人賢，至趙，恐不得見。以無忌從之游，尚恐其不我欲也，今平原君乃以為羞，其不足從游。」乃裝[27]為去。夫人具以語平原君。平原君乃免冠謝，固留公子。平原君門下聞之，半去平原君歸公子，天下士復往歸公子，公子傾平原君客。

公子留趙十年不歸。秦聞公子在趙，日夜出兵東伐魏。魏王患之，使使往請公子。公子恐其怒之，乃誡門下：「有敢為魏王使通者，死。」賓客皆背魏之趙，莫敢勸公子歸。毛公、薛公兩人往見公子曰：「公子所以重於趙，名聞諸侯者，徒以有魏也。今秦攻魏，魏急而公子不恤，使秦破大梁而夷先王之宗廟，公子當何面目立天下乎？」語未及卒，公子立變色，告車趣[28]駕歸救魏。

魏王見公子，相與泣，而以上將軍印授公子，公子遂將。魏安釐王三十年，公子使使遍告諸侯。諸侯聞公子將，各遣將將兵救魏。公子率五國之兵破秦軍於河外，走蒙驁。遂乘勝逐秦軍至函谷關，抑秦兵，秦兵不敢出。當是時，公子威振天下，諸侯之客進兵法，公子皆名之，故世俗稱魏公子兵法。

26　賣漿家：賣酒的店家。
27　裝：收拾行李。
28　趣：即「促」也，意即快快採取行動。

　　秦王患之，乃行金萬斤於魏，求晉鄙客，令毀公子於魏王曰：「公子亡在外十年矣，今爲魏將，諸侯將皆屬，諸侯徒聞魏公子，不聞魏王。公子亦欲因此時定南面而王，諸侯畏公子之威，方欲共立之。」秦數使反間，僞賀公子得立爲魏王未也。魏王日聞其毀，不能不信，後果使人代公子將。公子自知再以毀廢，乃謝病不朝，與賓客爲長夜飲，飲醇酒，多近婦女。日夜爲樂飲者四歲，竟病酒而卒。其歲，魏安釐王亦薨。

　　秦聞公子死，使蒙驁攻魏，拔二十城，初置東郡。其後秦稍蠶食魏，十八歲而虜魏王，屠大梁。

　　高祖始微少時，數聞公子賢。及即天子位，每過大梁，常祠公子。高祖十二年，從擊黥布還，爲公子置守冢五家，世世歲以四時奉祠公子。

　　太史公曰：「吾過大梁之墟，求問其所謂夷門。夷門者，城之東門也。天下諸公子亦有喜士者矣，然信陵君之接巖穴隱者，不恥下交，有以也。名冠諸侯，不虛耳。高祖每過之而令民奉祠不絕也。」

三、閱讀策略

　　請選擇一個關鍵詞，對文本進行詮釋。

　　目標：⑴培養抓重點能力；⑵發展分析觀點；⑶自己建立詮釋意義。

1. 友情：魏公子超越階級的交友方式，確實在封建時代是非典型的。
2. 忠誠：魏公子看重姊夫趙國的平原君的交情，過於自己國家君王的命令。
3. 求才：信陵君的交友，更多是否是攏絡人才爲己用。
4. 知己：士爲知己者死，這些被信陵君肯定的人物，爲什麼有人願意犧牲。

曾陽晴老師　撰

四、深度提問

〈魏公子列傳〉信陵君與侯生兩人的情誼與交往令人神往，小組討論以下兩個狀況：

1. 以〈魏公子列傳〉信陵君採取行動去幫助趙國之前，侯生給他叮嚀：「公子行，侯生曰：『將在外，主令有所不受，以便國家。公子即合符，而晉鄙不授公子兵而復請之，事必危矣。臣客屠者朱亥可與俱，此人力士。晉鄙聽，大善；不聽，可使擊之。』於是公子泣。侯生曰：『公子畏死邪？何泣也？』公子曰：『晉鄙嚄唶宿將，往恐不聽，必當殺之，是以泣耳，豈畏死哉？』……朱亥袖四十斤鐵椎，椎殺晉鄙，公子遂將晉鄙軍。」你覺得這件事情的邏輯對嗎？

2. 信陵君啟程前再次拜訪侯生，「公子過謝侯生。侯生曰：『臣宜從，老不能。請數公子行日，以至晉鄙軍之日，北鄉自剄，以送公子。』公子遂行。」信陵君聽到侯生要自殺，居然沒有反應。小組討論原因可能是什麼？有沒有可能有更好的安排。

五、創意發想

〈魏公子列傳〉，又是一篇劇力萬鈞的作品，既寫魏公子的識才、愛才、惜才，更寫戰國末年的最值得注意的是整篇因為聚焦於人與人的關係，談交友、談人脈，所以通篇都是人與人互動鮮明的描寫，呈現出一幕又一幕戲劇性效果強烈又生動的畫面，而且不僅從主角魏公子的角度看事情，也從與他演對手戲的人物的視角進行觀察敘事。請將以下兩段精彩故事，改寫成劇本，然後小組拍成微電影。

1. 公子聞趙有處士毛公藏於博徒，薛公藏於賣漿家，公子欲見兩人，兩人自匿不肯見公子。公子聞所在，乃閒步往從此兩人游，甚歡。平原君聞之，謂其夫人曰：「始吾聞夫人弟公子天下無

雙，今吾聞之，乃妄從博徒賣漿者游，公子妄人耳。」夫人以告公子。公子乃謝夫人去，曰：「始吾聞平原君賢，故負魏王而救趙，以稱平原君。平原君之游，徒豪舉耳，不求士也。無忌自在大梁時，常聞此兩人賢，至趙，恐不得見。以無忌從之游，尚恐其不我欲也，今平原君乃以爲羞，其不足從游。」乃裝爲去。夫人具以語平原君。平原君乃免冠謝，固留公子。

2. 秦王患之，乃行金萬斤於魏，求晉鄙客，令毀公子於魏王曰：「公子亡在外十年矣，今爲魏將，諸侯將皆屬，諸侯徒聞魏公子，不聞魏王。公子亦欲因此時定南面而王，諸侯畏公子之威，方欲共立之。」秦數使反間，偽賀公子得立爲魏王未也。魏王日聞其毀，不能不信，後果使人代公子將。公子自知再以毀廢，乃謝病不朝，與賓客爲長夜飲，飲醇酒，多近婦女。日夜爲樂飲者四歲，竟病酒而卒。其歲，魏安釐王亦薨。

六、經典與自我主體的撞擊

　　從文本得到的啟發，請以現代社會與你自身經驗的角度進行討論，看到魏公子信陵君如此推心置腹的交朋友，回過來看現在的社交生活，現代科技帶來如此普遍方便的社交媒體充斥應用在我們的日常生活中，你現在的交友模式大概是一個什麼樣的狀況，然後你認為手機社群媒體（Line、Messenger、IG、FB等等）對於你的實體交友行為產生什麼影響（什麼樣的助益、什麼樣的阻礙）。

七、短文習作

　　最好的朋友。

蘭亭集序

一、題解

　　晉穆帝永和九年（西元三五三年）三月三日，王羲之與當時名士謝安、孫綽以及他的子姪王凝之、王獻之等四十餘人，宴集於浙江紹興西南蘭渚山上的蘭亭，飲酒賦詩，各抒己懷；王羲之除了賦詩二首之外，並爲詩集寫了這篇序文。序文中記錄了這場集會的盛況，而在描寫宴飲的樂趣之後，更筆鋒一轉，情緒轉而爲對人生哀樂之情的描寫，和盛事恐怕無法永留的哀傷感慨。

【關鍵字】風雅、物哀

二、原文

　　永和九年，歲在癸丑，暮春之初，會於會稽山陰之蘭亭，修禊事也。群賢畢至，少長咸集。此地有崇山峻嶺，茂林修竹，又有清流激湍，映帶左右。引以爲流觴曲水，列坐其次，雖無絲竹管弦之盛，一觴一詠，亦足以暢幽情。是日也，天朗氣清，惠風和暢，仰觀宇宙之大，俯察品類之盛，所以游目騁懷，足以極視聽之娛，信可樂也。

　　夫人之相與，俯仰一世，或取諸懷抱，晤言一室之內；或因寄所托，放浪形骸之外。雖取舍萬殊，靜躁不同，當其欣於所遇，暫得於己，快然自足，曾不知老之將至。及其所之既倦，情隨事遷，感慨繫之矣。向之所欣，俯仰之間已爲陳跡，猶不能不以之興懷；況修短隨化，終期於盡。古人云：「死生亦大矣。」豈不痛哉！

　　每覽昔人興感之由，若合一契，未嘗不臨文嗟悼，不能喻之於懷，固知一死生爲虛誕，齊彭殤爲妄作。後之

視今，亦猶今之視昔，悲夫！故列時人，錄其所述，雖世殊事異，所以興懷，其致一也。後之覽者，亦將有感於斯文。

三、閱讀策略

1. 風雅：王羲之和同代文人名流雅士，在一個動盪年代，聚在會稽山陰的蘭亭，完成了一個高度風雅的聚會；甚至想出了讓酒杯順著水流而下，在誰的面前停下來，就要吟誦一首詩的遊戲。這樣具有高度文化自覺、充滿典雅意味的文化活動，在一個動亂的時代背景中，要如何理解它的意義呢？

2. 物哀：物哀是日本平安時期重要的美學思想，主要是透過描寫外在蕭瑟飄零的景物，來呈現內心深沉的悲傷與哀愁；王羲之在《蘭亭集序》中，大段落的描寫外在自然景物和季節的顏色，來呼應內在心情的變化，但在最後一段，卻有了極大的轉變，甚至以「悲夫」來傳達心中對於時間、人事終將過去的感受。透過「物哀」（或者「哀物」）的心理作用，可以更深刻的理解魏晉南北朝文人的創作心靈。

向鴻全老師　撰

請沿虛線剪下

四、深度提問

1. 魏晉時期文人對自然山水的注視與審美觀照，轉化為對自己生命情感的凝視和精神上的愉悅和滿足；以《蘭亭集序》來說，你認為「信可樂也」的「樂」是包含哪些愉悅的情感？

2. 「固知一死生為虛誕，齊彭殤為妄作」，為什麼王羲之（或其它魏晉文人）一方面談老莊、但一方面又質疑老莊的思想呢？

五、創意發想

　　喝了酒的王羲之揮毫所寫的字，酒醒之後再怎麼寫都無法超越，這是書寫所能帶來的突破和解放；在已漸漸不重視書寫（或寫字）的時代裡，你有沒有任何關於書寫（或寫字）所帶給自己不同感受的經驗？

六、經典與自我主體的撞擊

1. 你是否曾經有過某種經驗——明明是身處在歡樂愉悅的情境中，卻感受到莫名的哀傷？你覺得那是一種突然感受到永恆普遍的孤寂感、還是有其他的個人感受所致？

七、短文習作

〈轉場的寫作練習〉

　　「轉場」是電影拍攝的技巧，也是寫作常運用的方式，透過轉場，可以把影片不同幕的敘事做連結，在寫作中，也可以透過轉場，把故事做跳接，轉換到另一個敘事的線。在《蘭亭集序》中，王羲之從前面歡愉明亮的情緒，轉變為雄辯的、說理的關於生命的詰問，是因為他看到了亮晃晃的大自然背後，有隨時可能消逝的焦慮。

　　請同學試以300字為原則，運用轉場的技巧，例如從看到、想到了什麼，把兩個不同敘事主軸的連結起來。

陶庵夢憶自序

一、題解

　　〈陶庵夢憶自序〉是張岱的回憶散文錄《陶庵夢憶》所寫的序，但只收錄於《琅嬛文集》中，未見於《陶庵夢憶》。由於張岱出身世族之家，青年時期生活富奢，文學成就也頗受重視；但是在清兵南下後，他不願與清合作，貧困生活和沉痛的心情，讓他不禁在回憶過去的歲月裡，有了諸多關於反省、自傷甚至充滿宗教意味的懺悔意識。

【關鍵字】旅遊、追憶、懺悔、夢境

二、原文

　　陶庵國破家亡，無所歸止，披髮入山，駴駴[1]為野人。故舊見之，如毒藥猛獸，愕窒不敢與接。作自輓詩，每欲引決[2]，因《石匱書》未成，尚視息人世[3]，然瓶粟屢罄[4]，不能舉火，始知首陽二老[5]，直頭[6]餓死，不食周粟，還是後人粧點語[7]也。

　　飢餓之餘，好弄筆墨，因思昔人生長王謝，頗事豪華，今日罹此果報：以笠報顱，以簣報踵，仇簪履也[8]；以衲報裘[9]，以葛報絺[10]，仇輕煖也；以藿報肉[11]，以糲報

1　駴駴：驚駭。
2　引決：自殺。
3　視息人世：於人世間苟延殘喘。
4　罄：空。
5　首陽二老：指伯夷、叔齊二人。
6　直頭：直接。
7　妝點語：渲染誇大之。
8　指今日戴草笠、穿草鞋，和過去頭戴簪冠，足踏絲履的裝扮完全不同。
9　以納報裘：天寒時以縫補過的衣服當外套。
10　天暖時穿著粗麻製的衣服當做穿細葛製的衣服。
11　以野菜當成肉來下飯。

糧[12]，仇甘旨也；以薦報床[13]，以石報枕，仇溫柔也；以繩報樞，以甕報牖，仇爽塏[14]也；以煙報目，以糞報鼻，仇香豔也；以途報足，以囊報肩，仇輿從也；種種罪案，從種種果報中見之。雞鳴枕上，夜氣方回，因想餘生平，繁華靡麗，過眼皆空，五十年來，總成一夢。今當黍熟黃粱[15]，車旅螘穴，當作如何消受！遙思往事，憶即書之，持向佛前，一一懺悔。不次歲月，異年譜也；不分門類，別志林也。偶拈一則，如遊舊徑，如見故人，城郭人民，翻用自喜[16]，真所謂癡人前不得說夢矣。

昔有西陵腳夫，為人擔酒，失足破其甕，念無所償，癡坐佇想曰：「得是夢便好！」一寒士鄉試中式，方赴鹿鳴宴，恍然猶意非真，自嚙其臂曰：「莫是夢否？」一夢耳，唯恐其非夢，又唯恐其是夢，其為癡人則一也。余今大夢將寤，猶事雕蟲，又是一番夢囈。因嘆慧業文人，名心難化，正如邯鄲夢斷，漏盡鐘鳴，盧生遺表，猶思摹搨二王，以流傳後世。則其名根一點，堅固如佛家舍利，劫火猛烈，猶燒之不失也。

三、閱讀策略

1. 追憶：回憶／追憶是文學作品中的重要主題，張岱在〈陶庵夢憶自序〉中透過回憶來重現（represent）人生過去的種種經歷，對比張岱真實世界的經歷，回憶中的點點滴滴反而呈現另一種真實；同時

---

12 吃糙米為食。
13 以草蓆當床。
14 爽塏：明亮乾爽。
15 黍熟黃粱：唐代小說〈枕中記〉中，主角盧生於邯鄲旅舍遇道士呂翁，在夢中歷經榮華富貴，醒來時，主人炊黃粱未熟，後世以「黃粱夢」、「邯鄲夢」喻人世間功名富貴之無常。
16 翻用自喜：反而覺得歡喜。

「回憶」更是一種對過去事物的「編織」，讓看似無關聯的事情有了有機的連繫。

2. 懺悔：西方文學中有「懺悔錄」（confession）的書寫傳統，例如奧古斯可對上帝的懺悔，以及盧梭充滿自我暴露、關於昨日之死的懺悔；而張岱的〈陶庵夢憶自序〉中「遙思往事，憶即書之，持向佛前，一一懺悔」也是透過向著佛懺悔，才能從過去的浮華沉墮的生活中解脫出來。

向鴻全老師　撰

請沿虛線剪下

四、深度提問

1. 張岱作為明朝的遺民，他在國破家亡的困境中，藉由回憶明朝種種往事，對過去的生活懷有留戀的心情，這是否傳達出他在政治和情感上的認同？

2. 〈陶庵夢憶自序〉中提到這本書的寫作方法，是「不次歲月，異年譜也；不分門類，別志林也。」這種沒有按照年、月、日的線性方式來表達，而是一種隨意的回憶發生，請問這種解消事件中的時間連繫關係的敘述特點，呈現出什麼樣的回憶樣態？

3. 張岱為什麼說「五十年來，總成一夢」？張岱是如何談夢裡和夢外的？

五、創意發想

　　晚明文人對於「物」常有鑑賞、品評和使用的美學，也由此發展出別具特色的社會文化，以及對於「物質」的記憶；請問你是否曾對身邊某個「物」有獨特的懷念和記憶，請試著客觀描述該物，以及該物所連結的「物質史」，並描述你對該物所懷有的記憶。

六、經典與自我主體的撞擊

1. 張岱靠著回憶和為明朝人撰寫傳記（石匱書）來抵抗存在的痛楚，
   透過追憶來建構已經不存在的世界，也在對過去錦衣玉食生活的懺悔
   中，感受到必須要用情感的受苦來作為回報；在東西方都有「懺悔錄」
   （confession）的重要經典作品，你認為「懺悔」是否會因為對象不同
   （對神、對良知、或對某個特定對象），而有不同的力量呢？請試著舉
   例說明。

七、短文習作

〈你不知道我究竟經歷了什麼〉

　　西方有奧古斯丁和盧梭的《懺悔錄》，不論是面對神時，那種「覺今是
而昨非」、「昨日種種譬如昨日死」的懺悔之情，或者是回顧自己人生中那
些外人難解的經歷或私情，那種「你不知道我究竟經歷了什麼」的回憶感
傷，都是一種很深刻的記憶書寫。

　　請同學試以300字為原則，描述自己是否曾有在事過境後，在神的意義
下或者理性之光照拂中，對於犯過的錯產生的追憶、遺憾，甚至懺悔的心
情。

小說

杜子春

一、題解

　　本篇出於《太平廣記》卷十六神仙類，原出於李復《續玄怪錄》。故事記敘分貧士杜子春在接受道士數次巨額饋贈接濟後，終於願意幫助道士煉丹報答道士恩德；在煉製丹藥的過程中，杜子春經歷諸多幻境的迷惑試煉，但最終仍然不能捨棄世間親情而導致煉丹失敗，杜子春也失去得道成仙的機會。

【關鍵字】夢、意志、愛、試煉

二、原文

　　　　杜子春者，蓋周隋間人。少落魄，不事家產，以心氣閒縱，嗜酒邪遊。資產蕩盡，投於親故，皆以不事事[1]之故見棄。方冬，衣破腹空，徒行長安中，日晚未食，彷徨不知所往。於東市西門，飢寒之色可掬，仰天長吁。有一老人策杖於前，問曰：「君子何嘆？」春言其心，且憤其親戚之疏薄也，感激[2]之氣，發於顏色。老人曰：「幾緡則豐用？」子春曰：「三五萬則可以活矣。」老人曰：「未也。」更言之：「十萬。」曰：「未也。」乃言「百萬」。亦曰：「未也。」曰：「三百萬。」乃曰：「可矣。」於是袖出一緡曰：「給子今夕，明日午時，俟子於西市波斯邸，慎無後期。」

　　　　及時，子春往，老人果與錢三百萬，不告姓名而去。子春既富，蕩心復熾，自以為終身不復羈旅也。乘肥衣

1　不事事：指不務正業。
2　感激：此處表感憤激怒。

輕，會酒徒，徵絲竹，歌舞於倡樓，不復以治生爲意。
一二年間，稍稍而盡，衣服車馬，易貴從賤，去馬而驢，
去驢而徒，倏忽如初。既而復無計，自嘆於市門。發聲而
老人到，握其手曰：「君復如此，奇哉。吾將復濟子。幾
緡[3]方可？」子春慚不對。老人因逼之，子春愧謝而已。
老人曰：「明日午時，來前期處。」子春忍愧而往，得錢
一千萬。未受之初，發憤，以爲從此謀生。石季倫、猗頓
小豎耳。錢既入手，心又翻然，縱適之情，又卻如故。不
三四年間，貧過舊日。

　　復遇老人於故處，子春不勝其愧，掩面而走。老人
牽裾[4]止之曰：「嗟乎拙謀也。」因與三千萬，曰：「此
而不痊，則子貧在膏肓矣。」子春曰：「吾落魄邪遊，生
涯罄盡，親戚豪族，無相顧者，獨此叟三給我，我何以當
之？」因謂老人曰：「吾得此，人間之事可以立，孤孀可
以足衣食，於名教[5]復圓矣。感叟深惠，立事之後，唯叟
所使。」老人曰：「吾心也！子治生畢，來歲中元，見我
於老君雙檜下。」子春以孤孀多寓淮南，遂轉資揚州，買
良田百頃，郭中起甲第，要路置邸百餘間，悉召孤孀，分
居第中。婚嫁甥姪，遷祔（ㄈㄨˋ）旅櫬（ㄔㄣˋ），恩者煦之，
讎[6]者復之。既畢事，及期而往。

　　老人者方嘯[7]於二檜之陰。遂與登華山雲臺峰。入
四十里餘，見一居處，室屋嚴潔，非常人居。彩雲遙覆，
鸞鶴飛翔。其上有正堂，中有藥爐，高九尺餘，紫焰光

3　緡：古時穿銅錢的繩子。一緡穿一千文錢。
4　裾：衣袖。
5　名教：指人情義理。
6　讎者：於自己有仇的人。
7　嘯：撮口發出悠長而清越的聲音，是一種道教練氣養身的方法。

發，灼煥窗戶。玉女數人，環爐而立。青龍白虎，分據前後。其時日將暮，老人者，不復俗衣，乃黃冠絳帔（ㄆㄟ）士也。持白石三丸，酒一卮（ㄓ），遺子春，令速食之訖。取一虎皮鋪於內，西壁東向而坐，戒曰：「慎勿語。雖尊神惡鬼夜叉，猛獸地獄；及君之親屬，為所囚縛，萬苦皆非真實。但當不動不語耳，安心莫懼，終無所苦。當一心念吾所言。」言訖而去。子春視庭唯一巨甕，滿中貯水而已。道士適去，而旌旗戈甲，千乘萬騎，遍滿崖谷，呵叱之聲，震動天地。有一人稱大將軍，身長丈餘，人馬皆著金甲，光芒射人。親衛數百人，拔劍張弓，直入堂前，呵曰：「汝是何人？敢不避大將軍。」左右竦劍而前，逼問姓名，又問作何物，皆不對。問者大怒催斬，爭射之，聲如雷，竟不應。將軍者極怒而去。俄而猛虎毒龍，狻猊（ㄙㄨㄢ ㄋㄧˊ）獅子，蝮蠍萬計，哮吼拏攫而前，爭欲搏噬，或跳過其上，子春神色不動。有頃而散。

　　既而大雨滂澍，雷電晦暝，火輪走其左右，電光掣其前後，目不得開。須臾，庭際水深丈餘，流電吼雷，勢若山川開破，不可制止。瞬息之間，波及座下，子春端坐不顧。未頃而散。將軍者復來，引牛頭獄卒，奇貌鬼神，將大鑊湯而置子春前，長槍刀叉，四面週匝，傳命曰：「肯言姓名即放，不肯言，即當心叉取，置之鑊中。」又不應。因執其妻來，捽於階下，指曰：「言姓名，免之。」又不應。及鞭捶流血，或射或斫，或煮或燒，苦不可忍。其妻號哭曰：「誠為陋拙，有辱君子，然幸得執巾櫛[8]，奉事十餘年矣。今為尊鬼所執，不勝其苦！不敢望君匍匐

8　執巾櫛：拿著盥洗用具。古代婦人事奉丈夫梳洗換裝是日常的行為，此以執巾櫛喻奉丈夫，亦以「執巾櫛」為作妻子的謙詞。

拜乞，但得公一言，即全性命矣。人誰無情，君乃忍惜一言？」雨淚庭中，且咒且罵，子春終不顧。將軍且曰：「吾不能毒汝妻耶！」令取剉碓（ㄉㄨㄟ），從腳寸寸剉之。妻叫哭愈急，竟不顧之。

　　將軍曰：「此賊妖術已成，不可使久在世間。」敕左右斬之。斬訖，魂魄被領見閻羅王。王曰：「此乃雲臺峰妖民乎？」促付獄中。於是鎔銅鐵杖、碓搗磑（ㄨㄟ）磨、火坑鑊湯、刀山劍林之苦，無不備嘗。然心念道士之言，亦似可忍，竟不呻吟。獄卒告受罪畢。王曰：「此人陰賊，不合作得男，宜令作女人。」配生宋州單父縣丞王勤家。生而多病，針灸醫藥之苦，略無停日。亦嘗墜火墮床，痛苦不濟，終不失聲。俄而長大，容色絕代，而口無聲，其家目爲啞女。親戚相狎，侮之萬端，終不能對。同鄉有進士盧珪者，聞其容而慕之，因媒氏求焉。其家以啞辭之。盧曰：「苟爲妻而賢，何用言矣？亦足以戒長舌之婦。」乃許之。盧生備禮親迎爲妻。數年恩情甚篤，生一男，僅二歲，聰慧無敵。盧抱兒與之言，不應。多方引之，終無辭。盧大怒曰：「昔賈大夫之妻鄙其夫，才不笑爾，然觀其射雉，尚釋其憾。今吾陋不及賈，而文藝不徒射雉也，而竟不言！大丈夫爲妻所鄙。安用其子。」乃持兩足，以頭撲於石上，應手而碎，血濺數步。子春愛生於心，忽忘其約，不覺失聲云：「噫……」噫聲未息，身坐故處，道士者亦在其前。初五更矣，其紫焰穿屋上天，火起四合，屋室俱焚。

　　道士嘆曰：「措大誤余乃如是。」因提其髻投水甕中，未頃火息。道士前曰：「吾子之心，喜怒哀懼惡欲，皆能忘也，所未臻者愛而已。向使子無噫聲，吾之藥成，

子亦上仙矣。嗟乎，仙才之難得也！吾藥可重煉，而子之身猶為世界所容矣，勉之哉。」遙指路使歸。子春強登臺觀焉，其爐已壞，中有鐵柱，大如臂，長數尺，道士脫衣，以刀子削之。子春既歸，愧其忘誓，復自效以謝其過。行至雲臺峰，無人跡，嘆恨而歸。

三、閱讀策略

1.夢：從魏晉時期的志怪小說，到唐代白話短篇傳奇故事，經常見到以「夢」作為人生歷程的縮影、或者一個甬道、一個到達彼岸的過程；作者運用「夢境」手法的目的可能是什麼？

2.愛：漢代以後佛教傳入中國，也在許多層面影響中國文化的發展，其中關於「愛」的思考，也與中國傳統思想（如儒家）有很大的差異；例如佛家說「愛別離苦，怨憎會苦，求不得苦」，都是身而為人會遭受的生命之苦。但是在〈杜子春〉中，道士所說「所未臻者『愛』而已」，究竟是什麼意思？

向鴻全老師　撰

四、深度提問

1. 唐代傳奇小說〈杜子春〉中，作者為什麼要從反面的方式來否定佛教、道教棄絕人倫關係和七情六慾的思想？

2. 在〈杜子春〉中，作者認為人生在世哪一種生活才是最重要的？

五、創意發想

　　李復言透過一個虛構的夢境，作為試煉杜子春是否可以看透或超越人世間的情感，而這些像極了真實世界的諸夢境，是與我們在人世間關心的種種面向，如神兵鬼將的挑戰像是我們對於人際關係的焦慮；山崩地裂、野獸狂奔等來自自然界的災害，則是我們對形而上或超越現實之上的關心與疑惑；地獄惡鬼的威脅則是人們對死後世界的未知與恐懼。請問你是否曾經經歷過某種真實生命經驗，卻感覺像是經歷不真實的、如夢的幻境？

六、經典與自我主體的撞擊

我們都可能因為執著於追求某種目標，而忽然迷失自我：你覺得什麼會是拉住我們不致於沉墮到無可復返的力量？

七、短文習作

〈寫夢或畫夢〉

「夢」一直是文學敘事當中，很重要的表現形式；不論是佛洛依德或榮格，都有關於夢的重要論述，讓人們更理解夢在人的意識中的發生意義和作用的方式。請同學試以300字為原則，寫出或者畫出你印象深刻的夢境（可以是自己或他人的）。

鶯鶯傳

一、題解

　　〈鶯鶯傳〉又稱〈崔鶯鶯傳〉或〈會真記〉，是唐朝著名詩人元稹的重要愛情傳奇故事，也是元代作家王實甫據〈鶯鶯傳〉改編爲雜劇《西廂記》。故事描寫張生對崔鶯鶯一見鍾情，一開始鶯鶯礙於世俗禮教，拒絕了張生的求愛，但經過鶯鶯的侍女紅娘的穿針引線後，兩人開始相戀；但在張生赴京考取功名後，卻對鶯鶯過去的情誼於不顧，斷絕往來。故事中對於張生在慾念與仕途間的衝突、以及鶯鶯在情感與禮法間的掙扎，有深刻的描寫。

【關鍵字】禮法、情慾、女權、性別

二、原文

　　唐貞元中，有張生者，性溫茂，美風容，內秉堅孤，非禮不可入。或朋從游宴，擾雜其間，他人皆洶洶拳拳，若將不及，張生容順而已，終不能亂。以是年二十三，未嘗近女色。知者詰之，謝而言曰：「登徒子非好色者，是有淫行。余真好色者，而適不我值。何以言之？大凡物之尤者，未嘗不留連於心，是知其非忘情者也。」

　　詰者識之。亡幾何，張生游於蒲。蒲之東十餘里，有僧舍曰「普救寺」，張生寓焉。

　　適有崔氏孀婦，將歸長安，路出於蒲，亦止茲寺。崔氏婦，鄭女也。張出於鄭，緒其親，乃異派之從母。是歲，渾瑊薨於蒲。有中人丁文雅，不善於軍，軍人因喪而擾，大掠蒲人。崔氏家財甚厚，多奴僕，旅寓惶駭，不知所託。先是，張與蒲將之黨有善，請吏護之，遂不及於

難。十餘日，廉使杜確將天子命，以總戎節，令於軍，軍由是戢。鄭厚張之德甚，因飾饌以命張中堂宴之，復謂曰：「姨之孤嫠未亡，提攜幼稚，不幸屬師徒大潰，實不保其身。弱子幼女，猶君之生也。豈可比常恩哉！今俾以仁兄禮奉見，冀所以報恩也。」

命其子曰歡郎，可十餘歲，容甚溫美。次命女：「出拜爾兄，爾兄活爾。」

久之，辭疾。鄭怒曰：「張兄保爾之命。不然爾且虜矣。能復遠嫌乎？」

久之，乃至。常服睟容，不加新飾，垂鬟接黛，雙臉斷紅而已。顏色豔異，光輝動人。張驚，為之禮。因坐鄭旁，以鄭之抑而見也，凝睇怨絕，若不勝其體者。問其年紀，鄭曰：「今天子甲子歲之七月，終今貞元庚辰生十七年矣。」

張生稍以詞導之，不對。終席而罷。張自是惑之，願致其情，無由得也。

崔之婢曰紅娘。生私為之禮者數四，乘間遂道其衷。婢果驚沮，腆然而奔。張生悔之；翌日，婢復至。張生乃羞而謝之，不復雲所求矣。婢因謂張曰：「郎之言，所不敢言，亦不敢泄。然而崔之族姻君所詳也，何不因其德而求娶焉？」

張曰：「予始自孩提，性不苟合。或時紈綺閒居，曾莫流盼。不為當年，終有所蔽。昨日一席間，幾不自持。數日來，行忘止，食忘飽，恐不能逾旦暮。若因媒氏而娶，納采、問名，則三數月間，索我乾枯魚之肆矣。爾其謂我何？」

婢曰：「崔之貞順自保，雖所尊不可以非語犯之，下

人之謀，固難人矣。然而善屬文，往往沉吟章句，怨慕者久之。君試爲喻情詩以亂之。不然，則無由也。」

張大喜，立綴春詞二首以投之。是夕，紅娘復至，持彩箋以授張，曰：「崔所命也。」

題其篇曰《明且三五夜》。其詞曰：

待月西廂下，迎風戶半開。拂牆花影動，疑是玉人來。

張亦微喻其旨。是夕歲二月旬有四日矣。

崔之東有杏花一樹，扳援可逾。

既望之夕，張因梯其樹而逾焉。達於西廂，則戶半開矣。紅娘寢於床上，因驚之。紅娘駭曰：「郎何以至？」

張因紿之曰：「崔氏之箋召我矣，爾爲我告之。」

無幾，紅娘復來。連曰：「至矣，至矣！」

張生且喜且駭，必謂獲濟。及女至，則端服嚴容，大數張曰：「兄之恩，活我之家厚矣。是以慈母以弱子幼女見托。奈何因不令之婢，致淫逸之詞。始以護人之亂爲義，而終掠亂以求之，是以亂易亂，其去幾何？誠欲寢其詞，則保人之好，不義。明之於母，則背人之惠，不祥。將寄於婢僕，又懼不得發其真誠。是用托短章，願自陳啟，猶懼兄之見難，是用鄙靡之詞，以求其必至。非禮之動，能不愧心！特願以禮自持，無及於亂。」

言畢，翻然而逝。張自失者久之，復逾而出，於是絕望。

數夕，張君臨軒獨寢，忽有人覺之，驚而起，則紅娘斂衾攜枕而至，撫張曰：「至矣，至矣！睡何爲哉！」

並枕同衾而去。張生拭目危坐，久之，猶疑夢寐，然

而修謹以俟。俄而紅娘捧崔氏而至。至則嬌羞融冶，力不能運支體，曩時端莊不復同矣。是夕，旬有八日矣。斜月晶熒，幽輝半床，張生飄飄然，且疑神仙之徒，不謂從人間至矣。有頃，寺鐘鳴，天將曉，紅娘促去。崔氏嬌啼宛轉，紅娘又捧之而去，終夕無一言。張生辨色而興，自疑曰：「豈其夢耶？」

及明，睹妝在臂，香在衣，淚光熒熒然，猶瑩於茵席而已。

是後十餘日，杳不復至。張生賦《會真詩》三十韻，未畢，而紅娘適至，因授之，以貽崔氏。自是復容之，朝隱而出，暮隱而入，同會於曩所謂西廂者，幾一月矣。張生常詰鄭氏之情，則曰：「知不可奈何矣，因欲就成之。」

無何，張生將之長安，先以詩諭之。崔氏宛無難詞，然而愁怨之容動人矣。將行之夕，再不復可見。

而張生遂西。不數月，復游於蒲，舍於崔氏者又累月。崔氏甚工刀札，善屬文。求索再三，終不可見。往往張生自以文挑之，亦不甚觀覽。大略崔之出人者，勢必窮極，而貌若不知；言則敏辯，而寡於酬對；待張之意甚厚，然未嘗以詞繼之。時愁豔幽邃，恆若不識，喜慍之容，亦罕形見。異時獨夜操琴，愁弄悽惻。張竊聽之。求之，則終不復鼓矣。以是愈惑之。

張生俄以文調及期，又當西去。當去之夕，不復自言其情，愁嘆於崔氏之側。崔已陰知將訣矣，恭貌怡聲，徐謂張曰：「始亂之，終棄之，固其宜矣，愚不敢恨。必也君亂之，君終之，君之惠也。則沒身之誓其有終矣，又何必深感於此行？然而君既不懌，無以奉寧。君常謂我善鼓

琴，向時羞顏，所不能及。今且往矣，既君此誠。」

因命拂琴，鼓《霓裳羽衣》序，不數聲，哀音怨亂，不復知其是曲也。左右皆欷。崔亦遽止之，投琴，泣下流漣，趨歸鄭所，遂不復至。明旦而張行。

明年，文戰不勝，遂止於京。因貽書於崔，以廣其意。崔氏緘報之詞，粗載於此，云：「捧覽來問，撫愛過深。兒女之情，悲喜交集。兼惠花勝一合，口脂五寸，致耀首膏唇之飾。雖荷殊恩，誰復爲容。睹物增懷，但積悲嘆。伏承便示於京中就業，進修之道，固在便安。但恨僻陋之人，永以遐棄。命也如此，知復何言！自去秋以來，常忽忽如有所失。於喧譁之下，或勉爲語笑，閒宵自處，無不淚零。乃至夢寐之間，亦多敘感咽離憂之思，綢繆繾綣，暫若尋常。幽會未終，驚魂已斷。雖半衾如暖，而思之甚遙，一昨拜辭，倏逾舊歲。長安行樂之地，觸緒牽情，何幸不忘幽微。眷念無斁，鄙薄之志，無以奉酬。至於終始之盟，則固不忒鄙。昔中表相因，或同宴處，婢僕見誘，遂致私誠。兒女之心，不能自固。君子有援琴之挑，鄙人無投梭之拒。及薦寢席，義盛意深。愚陋之情，永謂終托。豈期既見君子，而不能定情，致有自獻之羞，不復明侍巾幘，沒身永恨，含嘆何言。倘仁人用心，俯遂幽劣，雖死之日，猶生之年。如或達士略情，舍小從大，以先配爲醜行，謂要盟之可欺，則當骨化形銷，丹誠不沒，因風委露，猶托清塵。存沒之誠，言盡於此。臨紙鳴咽，情不能申。千萬珍重，珍重千萬！玉環一枚是兒嬰年所弄，寄充君子下體所佩。玉取其堅潤不渝，環取其終始不絕。兼亂絲一絢，文竹茶碾子一枚。此數物不足見珍，意者欲君子如玉之真，鄙志如環不解。淚痕在竹，愁緒縈

絲。因物達誠，永以爲好耳。心邇身遐，拜會無期。幽憤所鍾，千里神合。千萬珍重！春風多厲，強飯爲佳，慎言自保，無以鄙爲深念。」

張生發其書於所知，由是時人多聞之。所善楊巨源好屬詞，因爲賦《崔娘詩》一絕云：

清潤潘郎玉不如，中庭蕙草雪銷初。風流才子多春思，腸斷蕭娘一紙書。

河南元稹亦續生《會真詩》三十韻，曰：

微月透簾櫳，螢光度碧空。遙天初縹緲，低樹漸蔥蘢。龍吹過庭竹，鸞歌拂井桐。羅綃垂薄露，環佩響輕風。絳節隨金母，雲心捧玉童。更深人悄悄，晨會雨濛濛。珠瑩光文履，花明隱繡龍。瑤釵行彩鳳，羅帔掩丹虹。言自瑤華圃，將朝碧玉宮。因游洛城北，偶向宋家東，戲調初微拒，柔情已暗通。低鬟蟬影動，回步玉塵蒙。轉面流花雪，登床抱綺叢。鴛鴦交頸舞，翡翠合歡籠。眉黛羞偏聚，唇朱暖更融。氣清蘭蕊馥，膚潤玉肌豐，無力慵移履，多嬌愛斂躬。汗光珠點點，發亂綠蔥蔥。方喜千年會，俄聞五夜窮。流連時有限，繾綣意難終。慢臉含愁態，芳詞誓素衷。贈環明運合，留結表心同。啼粉流曉鏡，殘燈繞蟲飛。華光猶冉冉，旭日漸瞳瞳。乘鶩還歸洛，吹蕭亦止嵩。衣香猶染麝，枕膩尚殘紅。幂幂臨塘草，飄飄思渚蓬。素琴鳴怨鶴，清漢望歸鴻。海闊誠難度，天高不易沖。行雲無處所，蕭史在樓中。

　　張之友聞之者，莫不聳異之，然而張亦志絕矣。稹特與張厚，因征其詞。張曰：「大凡天之所命尤物也，不妖其身，必妖於人，使崔氏子遇合富貴，乘寵嬌，不為云為雨，則為蚊為螭，吾不知其所變化矣。昔殷之辛，周之幽，據百萬之國，其勢甚厚。然而一女子敗之，潰其眾，屠其身，至今為天下僇笑。余之德不足以勝妖孽，是用忍情。」

　　於時坐者皆為深嘆。

　　後歲余，崔已委身於人，張亦有所娶。後乃因其夫言於崔，求以外兄見。夫語之，而崔終不為出。張怨念之誠，動於顏色。知之，潛賦一章，詞曰：

自從別後減容光，萬轉千回懶下床。
不為旁人羞不起，為郎憔悴卻羞郎。

竟不之見。後數日，張生將行，又賦一章以謝絕之：

棄置今何道，當時且自親。
還將舊來意，憐取眼前人。

自是，絕不復知矣。時人多許張為善補過者。

　　予常於朋會之中，往往及此意者，使夫知者不為，為之者不惑。

　　貞元歲九月，執事李公垂宿於予靖安里第，語及於是，公垂卓然稱異，遂為《鶯鶯歌》以傳之。崔氏小名鶯鶯，公垂以名篇。

三、閱讀策略

1. 禮法：元稹的〈鶯鶯傳〉是唐代傳奇中的情愛名篇，主角崔鶯鶯依違在情愛與現實、唐代禮法（禮教）與追求個人自由之間的痛苦；而張生為了追求崔鶯鶯，竟逾越禮教約束而與崔鶯鶯暗通款曲。這樣的行為，在小說中也有作者為張生自圓其說的論述，禮法可以是約束，也可以是遁逃之辭。

2. 性別：有研究認為唐代為胡（異族）漢血統的統治朝代，其女性的社會地位也較高，儘管在封建環境之下，女性仍然有透過自身的努力，保有衝破封建禮教禁錮的情況。女性意識對當代文化來說，是極重要且富有意義的面向，透過〈鶯鶯傳〉，我們也可以藉以討論性別或情感的相關議題。

向鴻全老師　撰

四、深度提問

1. 〈鶯鶯傳〉作為一個典型的愛情悲劇,請問造成張生和崔鶯鶯間的感情悲劇性的因素有哪些?

2. 元稹在〈鶯鶯傳〉中所提到的「始亂之,終棄之」、「忍情」和「尤物論」的說法,表現出什麼樣的性別或情感的立場?

五、創意發想

　　一般對〈鶯鶯傳〉的主題寓意,大多是「癡情女子遇上負心漢」的看法,而故事的敘事角度,也從開篇的全知模式,到後來轉變為以張生(或者元稹)的敘事角度;請問如果讓你來重讀/重寫,並且以崔鶯鶯的角度來為自己說話的話,你會如何表達鶯鶯的想法?

六、經典與自我主體的撞擊

在中國古典的才子佳人小說中，對於「一見鍾情」和「日久生情」，以及對於愛情（慾望）與恩情（道義）間的衝突關係有許多精彩的故事來論證，從現代的觀點來看，你會如何思考這樣關於愛情中的倫理性問題？

七、短文習作

〈為自己辯護〉

元稹在《鶯鶯傳》中，塑造了一個充滿感性的角色崔鶯鶯，和一位善用理論為自己在情感犯的錯辯解開脫的張生；請同學試以300字為原則，為崔鶯鶯辯護。

李娃傳

一、題解

　　〈李娃傳〉被輯在《異文集》，是唐朝詩人白居易的弟弟白行簡的短篇傑作，故事其實有個有趣的來源，詩人元稹在他〈酬翰林白學士代書一百韻〉詩裡面加了註解：「樂天（即白居易）……於新昌宅，說〈一枝花語〉，自寅至巳，猶未畢詞也。」後來宋朝文人曾慥註解《異文集》的〈汧國夫人傳〉說：「舊名〈一枝花〉。」意思就是白居易跟元稹說過〈一枝花〉的故事，顯然弟弟白行簡也聽過這一個民間故事，然後又將其改編為短篇小說。

　　〈李娃傳〉寫來高潮迭起，以唐朝短篇小說的創作開始成形來論，這一篇應該算是那個時代的好萊塢級的編劇，男主角經歷人生三大變故，親情、友情與愛情，被李娃欺騙離棄、被友人丟棄、被父親放棄，遭遇極大的心理創傷，從現代的觀點來看，其實他生命的每一個區塊都是非常值得大書特書的題材。也難怪後世以《李娃傳》為底本創作的劇本不絕如縷，有元高文秀《鄭元和風雪打瓦罐》、元石君寶《李亞仙詩酒曲江池》、明徐霖《繡襦記》，都是從它得到發展的靈感。

二、原文

　　汧國夫人李娃，長安之倡女也。節行瑰奇，有足稱者。故監察御史白行簡為傳述。

　　天寶中，有常州刺史滎陽公者，略其名氏，不書，時望甚崇，家徒甚殷。知命之年，有一子，始弱冠矣，儁朗有詞藻，迥然不群，深為時輩推伏。其父愛而器之，曰：「此吾家千里駒也。」應鄉賦秀才舉[1]，將行，乃盛

1　鄉賦秀才舉：鄉賦，唐朝科舉，每年由各地州縣推薦人參加京城考試；秀才，唐初科舉最高一級的考試，即進士考試。

其服玩車馬之飾,計其京師薪儲之費。謂之曰:「吾觀爾之才,當一戰而霸。今備二載之用,且豐爾之給,將爲其志也。」生亦自負視上第[2]如指掌。自毗陵發,月餘抵長安,居于布政里。

　　嘗游東市[3]還,自平康[4]東門入,將訪友於西南。至鳴珂曲[5],見一宅,門庭不甚廣,而室宇嚴邃,闔一扉。有娃方憑一雙鬟青衣立,妖姿要妙,絕代未有。生忽見之,不覺停驂[6]久之,徘徊不能去。乃詐墜鞭於地,候其從者,敕取之,累眄[7]于娃,娃回眸凝睇[8],情甚相慕,竟不敢措辭而去。

　　生自爾意若有失,乃密徵其友游長安之熟者以訊之。友曰:「此狹邪[9]女李氏宅也。」曰:「娃可求乎?」對曰:「李氏頗贍,前與通之者,多貴戚豪族,所得甚廣,非累百萬,不能動其志也。」生曰:「苟患其不諧,雖百萬,何惜!」

　　他日,乃潔其衣服,盛賓從而往。扣其門,俄有侍兒啟扃。生曰:「此誰之第耶?」侍兒不答,馳走大呼曰:「前時遺策[10]郎也。」娃大悅曰:「爾姑止之,吾當整妝易服而出。」生聞之,私喜。乃引至蕭牆間,見一姥[11]

2　隋唐稱考上進士為及第:此處稱「上第」乃唐傳奇的慣例,喜用代字,如〈崑崙奴〉中的「大僚」代「大官」等等,不勝枚舉。
3　長安城有兩大市場:東市與西市。
4　平康:指平康里,位置在長安東市西邊。
5　長安城呈正方形,城市中規劃方格型的里(類似今日的街區),有牆圍住,有門進出,里中的巷子稱為曲。
6　驂:原指拉馬車的四匹馬外邊的那兩匹,此指所騎的馬。
7　眄:斜眼看的意思。
8　睇:斜眼觀看,凝睇意思斜眼凝視。
9　狹邪:即狹斜,指妓女住的地方。
10　策:馬鞭。
11　姥:音同「母」,老太太。

垂白上僂，即娃母也。生跪拜前致詞曰：「聞茲地有隙
院[12]，願稅[13]以居，信乎？」姥曰：「懼其淺陋湫隘，不
足以辱長者所處，安敢言直[14]耶？」延生於遲賓之館[15]，
館宇甚麗。與生偶坐，因曰：「某有女嬌小，技藝薄劣，
欣見賓客，願將見之。」乃命娃出，明眸皓腕，舉步艷
冶。生遂驚起，莫敢仰視。與之拜畢，敘寒燠，觸類妍
媚，目所未睹。復坐，烹茶斟酒，器用甚潔。

　　久之日暮，鼓聲四動。姥訪其居遠近。生紿之曰：
「在延平門外數里。」冀其遠而見留也。姥曰：「鼓已發
矣，當速歸，無犯禁[16]。」生曰：「幸接歡笑，不知日之
云夕。道里遼闊，城內又無親戚，將若之何？」娃曰：
「不見責僻陋，方將居之，宿何害焉。」生數目姥，姥
曰：「唯唯。」生乃召其家僮，持雙縑，請以備一宵之
饌。娃笑而止之曰：「賓主之儀，且不然也。今夕之費，
願以貧窶[17]之家，隨其粗糲以進之。其餘以俟他辰。」固
辭，終不許。

　　俄徙坐西堂，帷幕簾榻，煥然奪目；妝奩衾枕。亦
皆侈麗。乃張燭進饌，品味甚盛。徹饌，姥起。生娃談話
方切，詼諧調笑，無所不至。生曰：「前偶過卿門，遇卿
適在屏間。厥後心常勤念，雖寢與食，未嘗或捨。」娃答

<hr>

12　隙院：指閒置的院落。
13　稅：租也。
14　直：同「值」字，這裡指租金。
15　遲賓之館：招待賓客的客廳。
16　禁：宵禁，唐朝安史之亂之前每晚都有宵禁，擊鼓後，一干人等不得在街上行
　　走。《舊唐書·馬周傳》記載：「先是，京城諸街，每至黃昏，遣人傳呼以警
　　眾。周遂奏諸街之鼓，每擊以警眾，令罷傳呼，時人便之。」所以此處姥姥說
　　「鼓已發矣，當速歸，無犯禁。」
17　窶：貧窮之意。

曰：「我心亦如之。」生曰：「今之來，非直求居而已，願償平生之志。但未知命也若何。」言未終，姥至，詢其故，具以告。姥笑曰：「男女之際，大欲存焉。情苟相得，雖父母之命，不能制也。女子固陋，曷足以薦君子之枕蓆！」生遂下階，拜而謝之曰：「願以己為廝養[18]。」姥遂目之為郎，飲酣而散。及旦，盡徙其囊橐[19]，因家於李之第。

　　自是生屏跡戢身，不復與親知相聞，日會倡優儕類，狎戲游宴。囊中盡空，乃鬻駿乘及其家僮。歲餘，資財僕馬蕩然。邇來姥意漸怠，娃情彌篤。他日，娃謂生曰：「與郎相知一年，尚無孕嗣。常聞竹林神者，報應如響，將致薦[20]酹[21]求之，可乎？」生不知其計，大喜。乃質[22]衣于肆，以備牢醴，與娃同謁祠宇而禱祝焉，信宿[23]而返。策驢而後，至里北門，娃謂生曰：「此東轉小曲中，某之姨宅也，將憩而覲之，可乎？」生如其言，前行不逾百步，果見一車門。窺其際，甚弘敞。其青衣自車後止之曰：「至矣。」生下，適有一人出訪曰：「誰？」曰：「李娃也。」乃入告。

　　俄有一嫗至，年可四十餘，與生相迎曰：「吾甥來否？」娃下車，嫗逆訪之曰：「何久疏絕？」相視而笑。娃引生拜之，既見，遂偕入西戟門[24]偏院。中有山亭，竹

18　廝養：廝是劈柴的人，養指煮飯的人，合起來就是奴僕的意思。
19　囊橐：大袋為囊，小袋為橐，此指行李。
20　薦：祭祀的食物。
21　酹：音同「類」，將酒澆灌地上祭祀。
22　質：典當。
23　信宿：住兩晚的意思。
24　戟門：皇帝出巡、將軍出征在外，以兩衛士舉戟交叉為門；此處指大官宅邸的門。

樹蔥蒨，池榭幽絕。生謂娃曰：「此姨之私第耶？」笑而
不答，以他語對。俄獻茶果，甚珍奇。

　　食頃，有一人控大宛，汗流馳至曰：「姥遇暴疾頗
甚，殆不識人，宜速歸。」娃謂姨曰：「方寸亂矣，某騎
而前去，當令返乘，便與郎偕來。」生擬隨之，其姨與侍
兒偶語，以手揮之，令生止於戶外，曰：「姥且歿矣，當
與某議喪事，以濟其急，奈何遽相隨而去？」乃止，共計
其凶儀齋祭之用。

　　日晚，乘不至。姨言曰：「無復命何也？郎驟往覘
之，某當繼至。」生遂往，至舊宅，門扃鑰甚密，以泥緘
之。生大駭，詰其鄰人。鄰人曰：「李本稅此而居，約已
周矣。第主自收，姥徙居而且再宿矣。」征徙何處，曰：
「不詳其所。」生將馳赴宣陽[25]，以詰其姨，日已晚矣，
計程不能達。乃弛其裝服，質饌而食，賃榻而寢。

　　生忿怒方甚，自昏達旦，目不交睫。質明，乃策蹇[26]
而去。既至，連扣其扉，食頃無人應。生大呼數四，有宦
者徐出。生遽訪之：「姨氏在乎？」曰：「無之。」生
曰：「昨暮在此，何故匿之？」訪其誰氏之第，曰：「此
崔尚書宅。昨者有一人稅此院，云遲[27]中表之遠至者，未
暮去矣。」

　　生惶惑發狂，罔知所措，因返訪布政舊邸。邸主哀而
進膳。生怨懣，絕食三日，遘疾甚篤，旬餘愈甚。邸主懼
其不起，徙之於凶肆[28]之中。綿綴移時，合肆之人，共傷

25　宣陽：指宣陽里，在平康里正南邊。
26　蹇：跛足、劣鈍的驢子。
27　遲：等候之意。
28　凶肆：殯儀館。

嘆而互飼之。後稍愈，杖而能起。由是凶肆日假[29]之，令執總帷[30]，獲其直以自給。累月，漸復壯，每聽其哀歌，自嘆不及逝者，輒嗚咽流涕，不能自止。歸則效之。生聰敏者也，無何，曲盡其妙，雖長安無有倫比。

　　初，二肆之僦[31]凶器者，互爭勝負。其東肆車輿皆奇麗，殆不敵。唯哀挽劣焉。其東肆長知生妙絕，乃醵錢二萬索顧焉。其黨者舊，共較其所能者，陰教生新聲，而相贊和。累旬，人莫知之。其二肆長相謂曰：「我欲各閱所僦之器于天門街[32]，以較優劣。不勝者，罰直五萬，以備酒饌之用，可乎？」二肆許諾，乃邀立符契，署以保證，然後閱之。

　　士女大和會，聚至數萬。於是里胥[33]告於賊曹[34]，賊曹聞于京尹[35]。四方之士，盡赴趨焉，巷無居人。自旦閱之，及亭午，歷舉輦輿威儀之具，西肆皆不勝，師有慚色。乃置層榻于南隅，有長髯者，擁鐸而進，翊衛數人，於是奮髯揚眉，扼腕[36]頓顙[37]而登，乃歌《白馬》之詞。恃其夙勝，顧眄左右，旁若無人。齊聲讚揚之，自以爲獨步一時，不可得而屈也。

　　有頃，東肆長於北隅上設連榻，有烏巾少年，左右

29　假：借也，意即每天讓他在店內暫時打工。
30　總帷：以細疏的薄布做成的靈帳。
31　僦：租用。
32　天門街：承天門街也，唐朝長安太極宮南門到朱雀城門之間的一條南北向的皇城中心大街。
33　里胥：一百戶為里，里的行政長官。
34　賊曹：抓賊的警察。
35　京尹：京城的市長。
36　扼腕：以手握腕，表示一種情緒，此處表達振奮、得意。
37　頓顙：登臺向觀眾點頭為禮。

五六人，秉翣[38]而至，即生也。整衣服，俯仰甚徐，申喉發調，容若不勝。乃歌《薤露》之章，舉聲清越，響振林木。曲度未終，聞者歔欷掩泣。西肆長爲眾所誚，益慚恥，密置所輸之直於前，乃潛遁焉。四座愕眙[39]，莫之測也。

先是天子方下詔，俾外方之牧[40]，歲一至闕下，謂之入計。時也，適遇生之父在京師，與同列者易服章，竊往觀焉。有老豎[41]，即生乳母婿也，見生之舉措辭氣，將認之而未敢，乃泫然流涕。生父驚而詰之，因告曰：「歌者之貌，酷似郎之亡子。」父曰：「吾子以多財爲盜所害，奚至是耶？」言訖，亦泣。

及歸，豎間馳往，訪於同黨曰：「向歌者誰，若斯之妙歟？」皆曰：「某氏之子。」徵其名，且易之矣，豎凜然大驚。徐往，迫而察之。生見豎，色動回翔[42]，將匿於眾中。豎遂持其袂曰：「豈非某乎？」相持而泣，遂載以歸。至其室，父責曰：「志行若此，污辱吾門，何施面目，復相見也？」乃徒行出，至曲江[43]西杏園[44]東，去其衣服。以馬鞭鞭之數百。生不勝其苦而斃，父棄之而去。

其師命相狎昵[45]者，陰隨之，歸告同黨，共加傷嘆。令二人齎[46]葦席瘞[47]焉。至則心下微溫，舉之良久，氣稍

38　翣：古代舉在棺材旁的大扇子，以孔雀毛製成。
39　愕眙：愕意爲驚訝，眙音同「赤」，意思是瞪眼直視。
40　牧：地方行政首長，此指各州的刺史。
41　老豎：老僕人。
42　回翔：左右閃躲。
43　曲江：即曲江池，指長安東南角的曲江公園。
44　杏園：在曲江園西南，有恩慈寺。
45　狎昵：親近要好之輩。
46　齎：音同「機」，帶著、持著。
47　瘞：音同「錯」的二聲，埋葬。

通。因共荷而歸，以葦筒灌勺飲，經宿乃活。月餘，手足不能自舉，其楚撻之處皆潰爛，穢甚。同輩患之，一夕棄于道周。行路咸傷之，往往投其餘食，得以充腸。十旬，方杖策而起。被布裘，裘有百結，襤褸如懸鶉[48]。持一破甌巡於閭里，以乞食爲事。自秋徂冬，夜入於糞壤窟室，晝則周游廛肆。

一旦大雪，生爲凍餒所驅。冒雪而出，乞食之聲甚苦，聞見者莫不淒惻。時雪方甚，人家外戶多不發。至安邑[49]東門，循里垣，北轉第七八，有一門獨啟左扉，即娃之第也。生不知之，遂連聲疾呼：「飢凍之甚。」音響淒切，所不忍聽。娃自閤中聞之，謂侍兒曰：「此必生也，我辨其音矣。」連步而出。見生枯瘠疥癘，殆非人狀。娃意感焉，乃謂曰：「豈非某郎也？」生憤懣絕倒，口不能言，頷頤[50]而已。娃前抱其頸，以繡襦擁而歸於西廂。失聲長慟曰：「令子一朝及此，我之罪也。」絕而復甦。

姥大駭奔至，曰：「何也？」娃曰：「某郎。」姥遽曰：「當逐之，奈何令至此。」娃斂容卻睞[51]曰：「不然，此良家子也，當昔驅高車，持金裝，至某之室，不踰期[52]而蕩盡。且互設詭計，舍而逐之，殆非人行。令其失志，不得齒于人倫。父子之道，天性也。使其情絕，殺而棄之，又困躓若此。天下之人，盡知爲某也。生親戚滿朝，一旦當權者熟察其本末，禍將及矣。況欺天負人，鬼神不祐，無自貽其殃也。某爲姥子，迨今有二十歲矣。計

48　懸鶉：鶉鳥尾巴光禿，倒吊看起來就像一件破衣裳。
49　安邑：指安邑坊，在長安東市南邊。
50　頷頤：點頭的意思。
51　卻睞：回過頭來斜視著。
52　期：一年。

其貲，不啻直千金。今姥年六十餘，願計二十年衣食之用以贖身，當與此子別卜所詣。所詣非遙，晨昏得以溫清，某願足矣。」姥度其志不可奪，因許之。給姥之餘，有百金。

北隅四五家，稅一隙院。乃與生沐浴，易其衣服，爲湯粥通其腸，次以酥乳潤其臟。旬餘，方薦水陸之饌。頭巾履襪，皆取珍異者衣之。未數月，肌膚稍腴。卒歲，平愈如初。

異時[53]，娃謂生曰：「體已康矣，志已壯矣。淵思寂慮，默想曩昔之藝業，可溫習乎？」生思之曰：「十得二三耳。」娃命車出游，生騎而從。至旗亭南偏門鬻[54]墳典[55]之肆，令生揀而市之，計費百金，盡載以歸。因令生斥棄百慮以志學，俾夜作晝，孜孜矻矻。娃常偶坐，宵分乃寐。伺其疲倦，即諭之綴詩賦。二歲而業大就，海內文籍，莫不該覽。生謂娃曰：「可策名試藝矣。」娃曰：「未也，且令精熟，以俟百戰。」更一年，曰：「可行矣。」於是遂一上登甲科[56]，聲振禮闈。雖前輩見其文，罔不斂衽敬羨，願友之而不可得。

娃曰：「未也。今秀士苟獲擢一科第，則自謂可以取中朝之顯職，擅天下之美名。子行穢跡鄙，不侔[57]於他士。當礱淬利器，以求再捷，方可以連衡多士，爭霸群英。」生由是益自勤苦，聲價彌甚。其年遇大比[58]，詔征

53　異時：過了一陣子。
54　鬻：販賣。
55　墳典：經典也。
56　甲科：唐朝科舉，進士科分甲乙等，明經科分甲乙丙丁四等。
57　侔：齊等。
58　《周禮·地官·鄉大夫》：「三年則大比，考其德行道藝，而興賢者、能者。」

四方之雋。生應直言極諫科，策名第一，授成都府參軍。
三事以降，皆其友也。

　　將之官，娃謂生曰：「今之復子本軀，某不相負也。
願以殘年，歸養老姥。君當結媛鼎族，以奉蒸嘗[59]。中
外[60]婚媾，無自瀆也。勉思自愛，某從此去矣。」生泣
曰：「子若棄我，當自剄以就死。」娃固辭不從，生勤請
彌懇。娃曰：「送子涉江，至於劍門，當令我回。」生許
諾。月餘，至劍門。未及發而除書至，生父由常州詔入，
拜成都尹，兼劍南採訪使。浹辰[61]，父到。生因投刺，謁
於郵亭。父不敢認，見其祖父官諱，方大驚，命登階，撫
背慟哭移時。曰：「吾與爾父子如初。」因詰其由，具陳
其本末。大奇之，詰娃安在。曰：「送某至此，當令復
還。」父曰：「不可。」翌日，命駕與生先之成都，留娃
於劍門，築別館以處之。明日，命媒氏通二姓之好，備六
禮以迎之，遂如秦晉之偶。

　　娃既備禮，歲時伏臘，婦道甚修，治家嚴整，極為
親所眷。後數歲，生父母偕歿，持孝甚至。有靈芝產於倚
廬，一穗三秀，本道上聞。又有白燕數十，巢其層甍[62]。
天子異之，寵錫加等。終制，累遷清顯之任。十年間，至
數郡。娃封汧國夫人，有四子，皆為大官，其卑者猶為太
原尹。弟兄姻媾皆甲門，內外隆盛，莫之與京[63]。嗟乎，
倡蕩之姬，節行如是，雖古先烈女，不能逾也。焉得不為

　　這裡指皇帝特命舉行的大考，中進士者與在職的官員都可應考。
59　以奉蒸嘗，秋祭稱蒸；冬祭稱嘗，指娶妻主持家務。
60　中外：指中表，唐代重視門閥，豪門大多通婚，彼此間多有中表親戚關係。
61　浹辰：浹，周遍的意思；辰，指以子到亥十二時辰，浹辰意即十二天之意。
62　甍：音同「盟」，屋脊也。
63　京：大也，指沒有什麼家族可以比他們尊貴。

之嘆息哉！

　　予伯祖嘗牧晉州，轉戶部，為水陸運使，三任皆與生為代，故諳詳其事。貞元中，予與隴西公佐，話婦人操烈之品格，因遂述汧國之事。公佐拊掌竦聽，命予為傳。乃握管濡翰，疏而存之。時乙亥歲秋八月，太原白行簡云。

三、閱讀策略

1. 愛情：這是一篇唐朝的非常特殊的愛戀小說，以李娃與男主角為中心發展出來的一個故事，但是其中又有許多值得思考的問題。因為女主角的特殊身分，他們的關係是愛情嗎？

2. 親情：男主角常州刺史的兒子，被視為是家族之光，父親對他的期待相當高。後來，爸爸在京城與子重逢，卻發現兒子竟然成為殯儀館裡唱哀歌的，於是下重手、想活生生將其打死。在更後來，孩子又有成就，父親說「你我父子如初」。請問這是什麼樣的父子關係？父子關係，或親子關係，應該是什麼樣的關係？

3. 友情：男主角在故事裡，有幾段朋友的關係，一開始去長安科考、之後殯儀館打工、後來考上進士，甚至李娃算是他的朋友嗎？從這幾段關係，討論你們認為的理想的朋友關係。

曾陽晴老師　撰

四、深度提問

1. 作者在〈李娃傳〉裡的這段文字「歲餘，資財僕馬蕩然。邇來姥意漸怠，娃情彌篤。他曰，娃謂生曰：『與郎相知一年，尚無孕嗣。常聞竹林神者，報應如響，將致薦酹求之，可乎？』生不知其計，大喜。」李娃和老鴇用騙術擺脫遲遲不肯離去的男主角。請問，你覺得她們為什麼要詐騙？背後的用意是什麼？如果你是李娃的工作夥伴，你又會怎麼做？

2. 所有的騙術，只要冷靜分析都可以發現其中的破綻，請小組員一起討論以下兩處的破綻：
   (1) 他曰，娃謂生曰：「與郎相知一年，尚無孕嗣。常聞竹林神者，報應如響，將致荐酹求之，可乎？」
   (2) 傳信人快馬來報姥姥暴病，李娃趕馬車回去看姥姥「生擬隨之，其姨與侍兒偶語，以手揮之，令生止於戶外，曰：『姥且歿矣，當與某議喪事，以濟其急，奈何遽相隨而去？』乃止，共計其凶儀齋祭之用。」
   討論出破綻之後，再分析原因，為什麼男主角這麼容易上當？

五、創意發想

1. 從姥姥的角度，重寫這一篇故事（她看男主角追求李娃、離開李娃、再回到李娃身邊）。

2. 從「豎遂持其袂曰：『豈非某乎？』相持而泣，遂載以歸。至其室，父責曰：『志行若此，污辱吾門，何施面目，復相見也？』乃徒行出，至曲江西杏園東，去其衣服。以馬鞭鞭之數百。生不勝其苦而斃，父棄之而去。」這一段文字，請寫出男主角的內心戲（從他被老僕人認出、帶回見父、被父責罵、最後鞭打致死），說出他內心的驚駭、衝突，特別是對父親的感受。原文完全沒深入這一部分，自行創新書寫意識流。

六、經典與自我主體的撞擊

從「東肆長於北隅上設連榻，有烏巾少年，左右五六人，秉嬰而至，即生也。整衣服，俯仰甚徐，申喉發調，容若不勝。乃歌《薤露》之章，舉聲清越，響振林木。曲度未終，聞者歔欷掩泣。」男主角參加歌唱比賽的描述，你回憶一下，曾經有過的上臺經驗，向他一樣的歌唱、演講比賽？或者，向眾人演說，寫出你的內心戲與成長。

七、短文習作

走過分手的經驗（自己的最好；如果是別人的，你是如何陪伴他走出情傷。）。

定婚店

一、題解

　　〈定婚店〉出於唐朝李復言的《續幽怪錄》。就是大家從小耳熟能詳的月下老人的故事，雖然一般人記得的重點就是「千里姻緣一線牽」，但是這一篇故事原本真正的核心主題卻是人的自由意志與努力，與上天主宰人類的巨大力量「命運」之間的抗衡。即使到今天，科技如此發達，還是有很多人相信命運這股無形的力量。

二、原文

　　杜陵韋固，少孤，思早娶婦，多歧¹求婚，必無成而罷。元和²二年，將遊清河，旅次宋城南店。客有以前清河司馬³潘昉女見議者，來日先明，期於店西龍興寺門。

　　固以求之意切，旦往焉，斜月尚明。有老人倚布囊，坐於階上，向月撿書。固步覘⁴之，不識其字；既非蟲篆⁵八分⁶科斗⁷之勢，又非梵書。

　　因問曰：「老父所尋者何書？固少小苦學，世間之字，自謂無不識者，西國梵字，亦能讀之，唯此書目所未覩，如何？」老人笑曰：「此非世間書，君因何得見？」固曰：「非世間書則何也？」曰：「幽冥之書。」固曰：

1　多歧：用各種方法。
2　元和：唐憲宗年號，公元806～820年。
3　司馬：唐朝五品官，為刺史副手，多為虛職，無實權，幾乎成為當時貶官代名詞。
4　覘：觀察的意思。
5　蟲篆：戰國時期東方諸侯國使用的文字。
6　八分：漢代文字隸書。
7　科斗：即蝌蚪文之意，古時以竹籤筆沾漆寫字於竹簡，漆黏稠，字體頭粗尾細，狀似蝌蚪，所以稱蝌蚪文，意即竹簡之文字。

「幽冥之人，何以到此？」曰：「君行自早，非某不當來也。凡幽吏皆掌生人之事，掌人可不行冥中乎？今道途之行，人鬼各半，自不辨爾。」

固曰：「然則君又何掌？」曰：「天下之婚牘耳。」固喜曰：「固少孤，常願早娶，以廣胤嗣。爾來十年，多方求之，竟不遂意。今者人有期此，與議潘司馬女，可以成乎？」曰：「未也。命苟未合，雖降衣纓而求屠博，尚不可得，況郡佐乎？君之婦，適三歲矣。年十七，當入君門。」因問：「囊中何物？」曰：「赤繩子耳。以繫夫妻之足。及其生，則潛[8]用相繫，雖讎敵之家，貴賤懸隔，天涯從宦，吳楚異鄉，此繩一繫，終不可逭[9]。君之腳，已繫於彼矣。他求何益？」曰：「固妻安在？其家何爲？」曰：「此店北，賣菜陳婆女耳。」固曰：「可見乎？」曰：「陳嘗抱來，鬻菜[10]於市。能隨我行，當即示君。」

及明，所期不至。老人卷書揭囊而行。固逐之，入菜市。有眇[11]嫗，抱三歲女來，弊陋亦甚。老人指曰：「此君之妻也。」固怒曰：「煞[12]之可乎？」老人曰：「此人命當食天祿，因子而食邑，庸可煞乎？」老人遂隱。

固罵曰：「老鬼妖妄如此。吾士大夫之家，娶婦必敵，苟不能娶，即聲伎[13]之美者，或援立之，奈何婚眇嫗之陋女？」磨一小刀子，付其奴曰：「汝素幹事，能爲我

8　潛：暗中。
9　逭：音同「換」，逃避也。
10　鬻菜：賣菜的意思。
11　眇：音同「秒」，少一眼，即瞎一眼的意思。
12　煞：唐朝傳奇多假借此字作「殺」字。
13　聲伎：即歌妓的意思。

煞彼女，賜汝萬錢。」奴曰：「諾。」

　　明日，袖刀入菜行中，於眾中刺之，而走，一市紛擾。固與奴奔走，獲免。問奴曰：「所刺中否？」曰：「初刺其心，不幸才中眉間。」爾後固屢求婚，終無所遂。

　　又十四年，以父蔭參相州軍。刺史王泰俾[14]攝[15]司戶掾，專鞫詞獄，以為能。因妻以其女。可年十六七，容色華麗，固稱愜之極。然其眉間，常帖一花子[16]，雖沐浴閒處，未嘗暫去。歲餘，固訝之，忽憶昔日奴刀中眉間之說，因逼問之。

　　妻潸然曰：「妾郡守之猶子[17]也，非其女也。疇昔父曾宰宋城，終其官。時妾在襁褓，母兄次沒。唯一莊在宋城南，與乳母陳氏居。去店近，鬻蔬以給朝夕。陳氏憐小，不忍暫棄。三歲時，抱行市中，為狂賊所刺。刀痕尚在，故以花子覆之。七八年前，叔從事盧龍，遂得在左右。仁念以為女嫁君耳。」固曰：「陳氏眇乎？」曰：「然。何以知之？」固曰：「所刺者固也。」乃曰：「奇也，命也。」因盡言之，相欽愈極。

　　後生男鯤，為鴈門太守，封太原郡太夫人。乃知陰騭之定[18]，不可變也。宋城宰聞之，題其店曰「定婚店」。

14　俾：使也。
15　攝：代理。
16　花子：唐朝女子化妝，常在眉間貼花鈿，剪花鈿的材料，有金箔、紙等多種，剪成後可收藏在化妝盒內。
17　猶子：姪子或姪女。
18　陰騭之定：指的是上天暗中預先定下的。

三、閱讀策略

請同學分組討論，選擇一個關鍵詞，對文本進行詮釋。

1. 姻緣：這是一篇尋求結婚對象的小說，韋固因為孤身一人，急於想建立家室的故事。

2. 命運：月下老人跳出來給韋固的求婚過程添加一個決定性的因素：「命」，其影響力卻遠超過婚姻的範圍，竟然成為華人世界的一種對生命最深層、最底層的看法與文化。

3. 意志：這不是單純的一個男人想成家立業的故事，這是關於一個意志堅定的男人的故事，甚至為達目標，不惜對一個無辜小女孩痛下殺手的故事。

曾陽晴老師　撰

四、深度提問

1. 月下老人說的兩句話「命苟未合……他求何益?」,我們來思考一下他的話「命苟未合」,你相信命運嗎?無論肯定與否定,請列出理由。
   另一方面,「他求何益?」,你覺得在命運的前面,人的努力將置於何處?

2. 小組討論:「老人卷書揭囊而行。固逐之,入菜市。有眇嫗,抱三歲女來,弊陋亦甚。老人指曰:『此君之妻也。』固怒曰:『煞之可乎?』老人曰:『此人命當食天祿,因子而食邑,庸可煞乎?』」看起來,上天老早決定韋固的妻子未來會因為兒子的成就,可以得到官方特別的恩惠與供給(食天祿,因子而食邑)。既有從上面來的「一隻無形的手」主宰人的生命(命運),所以即使韋固決定要在此時此刻(她幼年時)痛下殺手,其實也無法翻轉命運的路徑。對於華人世界的這種命運觀,人還有自由意志的可能性嗎?命運和自由意志究竟如何平衡。

五、創意發想

　　我們來玩標籤遊戲,給人貼標籤。閱讀掌握角色性格(日常生活也可以掌握人的性格),可以讓我們迅速掌握故事發展的內在邏輯,因為某某某是這樣的人,所以他會這麼做等等。小組成員可以輪流對一個角色貼上一個人格特質,一直到再也擠不出新的標籤。如此,我們就可以大致了解那個角色是一個什麼樣的人。所貼的標籤一定要根據文本得出,不可以隨意捏造。

1. 韋固,例如,「沒有溫暖(從小是孤兒)」。請繼續貼標籤。
2. 韋固的妻子,「沒有安全感(小時候莫名其妙被重傷害)」。請繼續貼標籤。
3. 月下老人,請貼標籤。

請沿虛線剪下

4. 你可以利用所貼的標籤，改寫這一篇故事嗎？（例如，韋固一直抗爭，
　 不願屈服在老人的安排之下……）最好是出乎一般讀者意料之外的。

六、經典與自我主體的撞擊

　　從文本得到的啟發，請以現代社會的詮釋角度討論你在生活中面對的類
似情況，我們來看以下這段文字「因問：『囊中何物？』曰：『赤繩子耳。
以繫夫妻之足。及其生，則潛用相繫，雖讎敵之家，貴賤懸隔，天涯從宦，
吳楚異鄉，此繩一繫，終不可逭。君之腳，已繫於彼矣。』」，以今日這麼
複雜的戀愛、婚姻與家庭關係，請小組討論這個月下老人牽紅線的排列組
合，盡量列出各種可能。

七、短文習作

　　你如果要結婚，你對另一半有什麼條件，為什麼？

崑崙奴

一、題解

　　唐朝的短篇小說被稱為唐傳奇，都跟我們這一篇的作者密切相關。作者裴鉶寫了一本短篇小說集子《傳奇》，後代人就稱唐朝的短篇小說作「傳奇」。

　　短篇小說的創作從這個時候才漸漸開始發展，從《傳奇》的名字可以知道他們總想在故事中加入奇異、難料的情節吸引讀者的閱讀慾望。所以就在中國文學武俠小說初萌芽階段出現了充滿異國情調的黑人，卻擁有出乎想像高強的武功與智慧。

二、原文

　　唐大曆¹中，有崔生者，其父爲顯僚，與蓋代之勳臣一品者²熟。生是時爲千牛³，其父使往省一品疾。生少年，容貌如玉，性稟孤介，舉止安詳，發言清雅。一品命妓軸⁴簾。召生入室。生拜傳父命。一品忻然愛慕。命坐與語。時三妓人豔皆絕代，居前以金甌貯含桃⁵而擘之，沃以甘酪而進。一品遂命衣紅綃⁶妓者，擘一甌與生食。生少年赧妓輩，終不食。一品命紅綃妓以匙而進之，生

1　大曆：唐代宗的年號，公元766年11月～779年。
2　新唐書127卷〈郭子儀傳〉，贊引唐史臣裴垍稱：「權傾天下而朝不忌，功蓋一世而上不疑，侈窮人欲而議者不之貶。」此處唐代宗之一品大員、蓋代之勳臣當指郭子儀。這也是唐朝傳奇的一個特色，似乎都可以從文中尋繹出現實界的、對號入座的人物，然而事件又皆是虛虛實實。
3　千牛：唐朝的宮廷衛士稱為千牛備身，配千牛刀，典故出於《莊子》的〈養生主〉：「所割者千牛，而刀刃若新發於硎。」
4　軸：動詞，捲起隔間用的簾子。
5　含桃：就是櫻桃的意思。
6　綃：音同「蕭」，絲綢。

不得已而食。妓哂[7]之，遂告辭而去。一品曰：「郎君閒
暇，必須一相訪，無間老夫也。」命紅綃送出院。時生回
顧，妓立三指，又反三掌者，然後指胸前小鏡子云：「記
取。」餘更無言。

生歸，達一品意。返學院，神迷意奪，語減容沮，
怳然凝思，日不暇食，但吟詩曰：「誤到蓬山頂上遊。明
璫[8]玉女動星眸。朱扉半掩深宮月，應照瓊芝雪豔愁。」
左右莫能究其意。

時家中有崑崙奴磨勒，顧瞻郎君曰：「心中有何事，
如此抱恨不已，何不報老奴。」生曰：「汝輩何知，而問
我襟懷間事。」磨勒曰：「但言，當為郎君釋解，遠近必
能成之。」生駭其言異，遂具告知。磨勒曰：「此小事
耳，何不早言之，而自苦耶。」

生又白其隱語。勒曰：「有何難會？立三指者，一
品宅中有十院歌姬，此乃第三院耳；返掌三者，數十五
指，以應十五日之數；胸前小鏡子，十五夜月圓如鏡，令
郎來耶？」生大喜，不自勝，謂磨勒曰：「何計而能導
達我鬱（鬱字原空闕。據明鈔本補）結？」磨勒笑曰：「後夜乃
十五夜，請深青絹兩疋，為郎君製束身之衣。一品宅有猛
犬，守歌妓院門，非常人[9]不得輒入，入必噬殺之。其警
如神，其猛如虎，即曹州孟海之犬也，世間非老奴不能斃
此犬耳。今夕當為郎君摑[10]殺之。」遂宴犒以酒肉。至三
更，攜鍊椎而往。食頃而回曰：「犬已斃訖，固無障塞

7　哂：音同「審」，微笑。
8　璫：耳環。
9　常人：這裡的常人指的是常常在一品家出入的熟人，而非所謂一般人的常人之
　意。
10　摑：音同「抓」，捶、敲擊的意思。

耳。」

　　是夜三更，與生衣青衣，遂負而逾十重垣，乃入歌妓院內，止第三門。綉戶不扃[11]，金釭微明，唯聞妓長嘆而坐，若有所俟。翠環[12]初墜，紅臉纔舒[13]，玉恨[14]無妍，珠愁轉瑩。但吟詩曰：「深洞鶯啼恨阮郎[15]，偷來花下解珠璫[16]；碧雲飄斷音書絕，空倚玉簫愁鳳凰。」侍衛皆寢，鄰近闃[17]然。生遂緩搴簾而入，良久，驗是生。姬躍下榻，執生手曰：「知郎君穎悟。必能默識，所以手語耳。又不知郎君有何神術，而能至此。」生具告磨勒之謀，負荷而至。姬曰。磨勒何在。曰：「簾外耳。」遂召入，以金甌酌酒而飲之。

　　姬白生曰：「某家本富，居在朔方。主人擁旄[18]，逼為姬僕。不能自死，尚且偷生。臉雖鉛華，心頗鬱結。縱玉筋舉饌。金鑪泛香，雲屏而每進綺羅，綉被而常眠珠翠。皆非所願，如在桎梏。賢爪牙既有神術，何妨為脫狴[19]牢。所願既申，雖死不悔。請為僕隸，願侍光容[20]。又不知郎君高意如何？」生愀[21]然不語。

11　扃：鎖也。
12　翠環：翠玉的耳環。
13　紅臉纔舒：才剛剛卸下臉上所化的紅粉的妝。
14　恨：指遺憾的意思。
15　阮郎：指劉晨、阮肇上山採穀皮，迷路遇前緣預定的妻子，思鄉回家未曾再返山中團聚的佛教故事。
16　珠璫：戴在耳垂上的珍珠耳飾。
17　闃：音同「去」，寂靜無聲。
18　旄：用牦牛尾巴裝飾的旗子，此指軍旗。擁旄即指擁有軍權的大將軍。
19　狴：獸名，傳說為龍之子，古代常刻其形於監獄門上，故稱監獄為狴牢。此指被一品大員監禁為歌妓的困境。
20　願侍光容：女子自稱願意每天服侍男士容光煥發，乃是指女子主動向男子求婚之隱約表達。另一種說法即是「願執箕帚」，願意在男子家幫忙打掃清潔，也是女子暗示求婚之意。
21　愀：音與「巧」同，愀然意思憂愁的樣子。

　　磨勒曰：「娘子既堅確如是，此亦小事耳。」姬甚喜。磨勒請先爲姬負其囊橐粧奩[22]，如此三復焉，然後曰：「恐遲明。」遂負生與姬，而飛出峻垣十餘重。一品家之守禦，無有警者，遂歸學院而匿之。

　　及旦，一品家方覺。又見犬已斃，一品大駭曰：「我家門垣，從來邃密，扃鎖甚嚴，勢似飛騰，寂無形跡，此必俠士而挈之。無更聲聞，徒爲患禍耳。」

　　姬隱崔生家二歲。因花時，駕小車而遊曲江[23]，爲一品家人潛誌認，遂白一品。一品異之，召崔生而詰之事。懼而不敢隱，遂細言端由，皆因奴磨勒負荷而去。一品曰：「是姬大罪過，但郎君驅使踰年，即不能問是非。某須爲天下人除害。」命甲士五十人，嚴持兵仗圍崔生院，使擒磨勒。磨勒遂持七首，飛出高垣。瞥若翅翎，疾同鷹隼。攢矢如雨，莫能中之。頃刻之間，不知所向。然崔家大驚愕。後一品悔懼，每夕，多以家童持劍戟自衛，如此周歲方止。

　　後十餘年，崔家有人見磨勒賣藥於洛陽市，容顏如舊耳。

三、閱讀策略

　　請同學分組討論，選擇一個關鍵詞，對文本進行詮釋。

1. 愛情：這是一篇唐朝的愛情小說，發生於崔生與紅綃女之間一篇非典型的愛情故事。
2. 性別：紅綃女扮演一位來自北方的富家女，但是被當時的大將軍擄

22　妝奩：古代女子陪嫁的衣物，然而她是被擄掠來的，當然沒有嫁妝，所以此指她的日常用品。
23　曲江：唐朝長安東南角的一個大公園。

獲，帶到長安，成為家妓，她表明在大將軍家的生活非她所欲，她
要的是自由的生活，於是她藉著崔生來探望大將軍病情之時，主動
示好，暗示崔生營救，甚至在崑崙奴救援之後，更主動要求與崔生
有夫妻之實的生活。紅綃女顛覆了傳統男主動、女被動的角色，為
了追求自由與愛情，她成為小說的主要發動力量。

3. 武俠：裡面有輕功、飛簷走壁、鍊椎武器，還有武功高強、深藏不
露的「外國人」崑崙奴……等的情節。

曾陽晴老師　撰

請沿虛線剪下

四、深度提問

1. 以〈崑崙奴〉這一段文字「姬白生曰：『某家本居朔方。主人擁旄，逼為姬僕。不能自死，尚且偷生，臉雖鉛華，心頗鬱結。縱玉筋舉饌，金鑪泛漿，雲屏而每近綺羅，繡被而常眠珠翠，皆非所願，如在桎梏。賢爪牙既有神術，何妨為脫狴牢。所願既申，雖死不悔。請為僕隸，願侍光容。又不知郎君高意如何？』生愀然不語。」為例，你覺得在這一場愛情戲裡面，崔生要的是什麼？紅綃女要的是什麼樣的關係？

2. 以下這段文字「一品大異，召崔生而詰之。生懼而不敢隱，遂細言端由，皆因奴磨勒負荷而去。一品曰：『是姬大罪過。但郎君驅使踰年，即不能問是非。某須為天下人除害。』」你覺得崔生是一個什麼樣的人？

五、創意發想

　　加上你自己的創意重新書寫，可以與原文天差地遠。

1. 從摩勒的角度，重寫這一篇愛情故事（外籍移工的眼光重新審視這一個愛情事件）。

2. 從紅綃女的角度，重新說故事（一個被剝削、禁錮的性工作女性的心聲）。

3. 你有想過從一品大員的角度來看這整個事件嗎（一個有權有勢、覺得他所擁有的一切都是理所當然，包括擄掠良家婦女作為歌妓）。

4. 你還可以想出其他角色的觀點嗎？最好是出乎一般讀者意料之外的。

六、經典與自我主體的撞擊

　　從文本得到的啟發，請以現代社會的詮釋角度討論你在生活中面對的類似情況，也就是一個官二代（富二代）與一個美麗的性工作者進出摩鐵，被媒體偷拍登上版面。請小組討論，PTT上會出現什麼言論？你們如果是這個官二代的政府高官爸爸，你會如何因應？如果是他們家的外籍幫傭與移工（菲傭、印傭）？或者就是那位性工作者？那位政府高官爸爸的同事其他權貴階級的心態（一品大員）？小組可以選一個角度發揮你們的想法。

七、短文習作

　　你和外國人相處經驗的故事。

馮燕傳

一、題解

　　沈亞之的作品〈馮燕傳〉，故事在唐朝就已經廣爲流傳，因此之後還有司空圖的〈馮燕歌〉即曾布的〈水調七遍〉，都是以此故事爲底本的創作。顯然這個具高度張力的案子，雖然情節並不複雜，但是卻引起讀者高度的興趣。

【關鍵字】推理（殺情人的理由）、司法公義、外遇、偷情。

二、原文

　　馮燕者，魏豪人。祖、父無聞名。燕少以意氣任專，爲擊毬[1]鬥雞戲。魏市有爭財鬥者，燕聞之，往搏殺不平，遂沉匿田間。官捕急，遂亡滑，益與滑軍中少年雞毬相得。時相國賈公耽在滑，能燕才，留屬中軍。

　　他日，出行里中，見戶傍婦人翳袖[2]而望者，色甚冶[3]。使人熟其意，遂室之。其夫滑將張嬰者也，嬰聞其故，累毆妻。妻黨皆怨望[4]嬰。會嬰從其類飲，燕伺得間，復偃寢中，拒寢戶。嬰還，妻開戶納嬰，以裾[5]蔽燕，燕卑蹀步[6]就蔽，轉匿戶扇後，而巾墮枕下，與佩刀近。嬰醉且暝，燕指巾，令其妻取。妻取刀授燕，燕熟視，斷其妻頸，遂持巾去。

1　擊毬：唐朝盛行的騎馬打球的運動。
2　翳袖：用袖子遮掩。
3　冶：女子妖豔的意思。
4　怨望：即怨恨的意思。
5　裾：裾音同「居」，衣服的下襬或後襟。
6　蹀步：蹀音同「及」，意為後腳隨前腳、碎步移動前進。

明旦，嬰起，見妻毀死，愕然，欲出自白。嬰鄰以為真嬰殺，留縛之，趨告妻黨。皆來，曰：「常嫉毆吾女，乃誣以過失。今復賊殺之矣。安得他殺事？即其他殺，而安得獨存耶！」共持嬰，且百餘笞，遂不能言。官家收繫殺人罪，莫有辨者，強伏其辜[7]。

司法官小吏持朴[8]者數十人，將嬰就市[9]，看者圍面[10]千餘人。有一人排看者來呼曰：「且無令不辜者死，吾竊其妻而又殺之，當繫我。」吏執自言人，乃燕也。司法官與俱見賈公，盡以狀對。賈公以狀聞，請歸其印以贖燕死。上誼[11]之，下詔凡滑城死罪皆免。

亞之曰：「予尚太史言，而又好敘誼事。其賓黨耳目之所聞見，而為予道。元和中，外郎劉元鼎語予，貞元中有馮燕事，得傳焉。嗚呼！淫惑之心，有甚水火，可不畏哉！然而燕殺不誼，白[12]不辜，真古豪矣。」

三、閱讀策略

請選擇一個關鍵詞，對文本進行詮釋。

1. 推理（殺情人的理由）：這是一篇唐朝的極短篇小說，發生於馮燕與張嬰的妻子之間的不倫故事，小說的關鍵是馮燕為什麼要殺情人。這關係到馮燕要離開，指著頭巾，但是張嬰的妻子卻拿了刀子給他，請問，她是會錯意拿錯了，或者故意拿刀子？馮燕又為什麼動了殺機？動機夠強嗎？請就每一個可能性進行討論。

7　強伏其辜：強，勉強；辜，罪也，意思是勉強認罪，因為屈打成招之意。
8　朴：行刑用的木杖。
9　就市：押到市場行刑、之後棄屍示眾。
10　圍面：圍在張嬰四周圍觀。
11　誼：即「義」也，皇帝認為馮燕是有道義的。下兩誼字，意思相同。
12　白：動詞，為人洗雪冤情。

2. 司法正義：本篇小說有其相當特殊的司法邏輯，忽略馮燕的什麼罪刑，又看重他的什麼行為，導致最後的判決。

3. 外遇：從社會制度面觀察，這是一個破壞婚姻、夫妻忠誠的故事。

4. 偷情：從情慾的觀點來看，這是一個情慾高漲的男女的肉體故事。

曾陽晴老師　撰

四、深度提問

　　以〈馮燕傳〉這一段文字「將嬰就市，看者圍麵千餘人。有一人排看者來呼曰：『且無令不辜者死，吾竊其妻而又殺之，當繫我。』吏執自言人，乃燕也。司法官與俱見賈公，盡以狀對。賈公以狀聞，請歸其印以贖燕死。上誼之，下詔凡滑城死罪皆免。……亞之曰：……嗚呼！淫惑之心，有甚水火，可不畏哉！然而燕殺不誼，白不辜，真古豪矣。」為例，你覺得在這一場審判大戲裡面，1.賈公的意見如何？皇帝的判斷如何？2.還有本篇作者沈亞之說馮燕殺了不義的婦人，表白了無罪的張嬰，他是真正像古代的豪傑啊，你認為呢？

五、創意發想

　　從張嬰妻的角度，重寫這一篇愛情故事（被丈夫凌虐、家暴的女人的眼光重新審視這一個失敗婚姻與偷情事件）。或者，從張嬰的角度，重新說故事（一個被老婆劈腿、與自己同僚上床的綠帽男的心聲）。或者張嬰妻子的娘家的角度，審視這一個事件。

請沿虛線剪下

六、經典與自我主體的撞擊

　　從文本得到的啟發，請以現代社會的角度討論馮燕如何能夠與張嬰妻子勾搭上，請用手機社群媒體（Line、Messenger、IG、FB等等）寫一段對話來讓「使人熟其意，遂室之」這一段話能夠真正落實，也就是兩人如何透過社群媒體認識、在一起。

七、短文習作

　　馮燕殺人、自首，被皇帝赦免，說說你對死刑的意見。

聶隱娘

一、題解

　　這是唐朝短篇小說大師裴鉶的傑作，寫一個原創型角色女職業殺手，從他訓練、養成到成熟，爲人處世，甚至開啟一種超人、神怪、變化的武俠文類，成爲後代西遊記類似的神怪小說先導。

二、原文

　　聶隱娘者，唐貞元[1]中魏博大將聶鋒之女也。方十歲，有尼乞食於鋒舍，見隱娘，悦之，乃云：「問押衙[2]乞取此女教。」鋒大怒，叱尼。尼曰：「任押衙鐵櫃中盛，亦須偷去矣。」及夜，果失隱娘所向。鋒大驚駭，令人搜尋，曾無形響。父母每思之，相對涕泣而已。

　　後五年，尼送隱娘歸，告鋒曰：「教已成矣，可自領取。」尼欻[3]亦不見。一家悲喜，問其所習。曰：「初但讀經念咒，餘無他也。」鋒不信，懇詰。隱娘曰：「**真說又恐不信，如何？**」鋒曰：「**但真說之。**」乃曰：「隱娘初被尼挈[4]去，不知行幾里。及明，至大石穴中，嵌空[5]數十步，寂無居人，猿猱極多。尼先已有二女，亦各十歲。皆聰明婉麗，不食，能於峭壁上飛走，若捷猱[6]登

1　貞元：唐德宗李适（A.D.742～805）的第三個年號，共二十一年（A.D.785～805）。
2　唐朝節度使下設置有「押衙兵馬使」，簡稱節度押衙，聶鋒既是魏博節度使的大將，所以尊稱他爲押衙。
3　欻：音與「忽」相同，即是忽然的意思。
4　挈：帶領的意思。
5　嵌空：嵌音同「欠」，嵌空意思是凹陷。
6　猱：音同「撓」，一種體型小、臂長柔軟，擅長攀緣，行動輕巧迅捷。

木，無有蹶失。尼與我藥一粒，兼令長執寶劍一口，長一二尺許，鋒利吹毛可斷。遂令二女教某攀緣，漸覺身輕如風。一年後，刺猿猱百無一失。後刺虎豹，皆決[7]其首而歸。三年後，能使刺鷹隼，無不中。劍之刃漸減五寸，飛禽遇之，不知其來也。至四年，留二女守穴，挈我於都市，不知何處也。指其人者，一一數其過，曰：『爲我刺其首來，無使知覺。定其膽，若飛鳥之容易也。』授以羊角匕首[8]，刃廣三寸，遂白日刺其人於都市中，人莫能見。以首入囊返命，則以藥化之爲水。五年，又曰：『某大僚有罪，無故害人若干，夜可入其室，決其首來。』又攜匕首入室，度其門隙無有障礙，伏之梁上。至暝[9]時，得其首而歸。尼大怒曰：『何太晚如是？』某云：『見前人戲弄一兒，可愛，未忍便下手。』尼叱曰：『已後遇此輩，必先斷其所愛，然後決之。』某拜謝。尼曰：『吾爲汝開腦後，藏匕首而無所傷。用即抽之。』曰：『汝術已成，可歸家。』」遂送還。云：「後二十年，方可一見。」鋒聞語甚懼。後，遇夜即失蹤，及明而返。鋒亦不敢詰之，因茲亦不甚憐愛。忽值磨鏡少年及門，女曰：「此人可與我爲夫。」白父，父不敢不從，遂嫁之。其夫但能淬鏡[10]，餘無他能。父乃給衣食甚豐。

　　數年後，父卒，魏帥知其異，遂以金帛召署爲左右吏。如此又數年。至元和間，魏帥與陳許節度使劉昌裔不協，使隱娘賊其首。隱娘辭帥之許。劉能神算，已知

7　決：斷也，切下虎豹的頭。
8　羊角匕首：形狀似羊角彎曲的匕首，大約類似唐朝當時突厥部隊帶進中國的回教徒所用的匕首。
9　暝：夜晚，此指更深的夜晚。
10　淬鏡：古代磨銅鏡，需先燒紅，迅速放入水中冷卻謂之淬，再磨亮鏡子。

其來。召衙將令曰：「早至城北。候一丈夫、一女子各跨白黑衛[11]。至門，遇有鵲來噪，丈夫以弓彈之不中。妻奪夫彈，一丸而斃鵲者，揖之，云吾欲相見，故遠相祗迎也。」衙將受約束[12]，遇之。隱娘夫妻曰：「劉僕射[13]果神人。不然者，何以動吾也。願見劉公。」劉勞之。隱娘夫妻拜曰：「得罪僕射，合[14]萬死。」劉曰：「不然，各親其主，人之常事。魏今與許何異。請當留此，勿相疑也。」隱娘謝曰：「僕射左右無人，願舍彼而就此，服公神明也。」蓋知魏帥之不及劉也。劉問其所需。曰：「每日只要錢二百文足矣。」乃依所請。忽不見二衛所在。劉使人尋之，不知所向。後潛於布囊中，見二紙衛，一黑一白。

　　後月餘，白劉曰：「彼未知住，必使人繼至。今宵請剪髮，繫之以紅綃，放於魏帥枕前，以表不回。」劉聽之，至四更卻返，曰：「送其信矣。是夜必使精精兒來殺某及賊僕射之首。此時亦萬計殺之。乞不憂耳。」劉豁達大度，亦無畏色。是夜明燭，半宵之後，果有二幡子，一紅一白，飄飄然如相擊於床四隅。良久，見一人自空而踣[15]，身首異處。隱娘亦出曰：「精精兒已斃。」拽出於堂之下，以藥化爲水，毛髮不存矣。

　　隱娘曰：「後夜當使妙手空空兒繼至。空空兒之神

11　衛：意爲驢子，有一說晉朝名士衛玠愛驢，所以後來稱驢爲衛，見南宋羅願《爾雅翼》。
12　受約束：指接受長官的命令。
13　劉昌裔有一個官銜「檢校右僕射」，所以稱他劉僕射，檢校的意思是低位階占高職缺。
14　合：應該的意思。
15　踣：音同「博」，跌倒的意思。

術，人莫能窺其用，鬼莫得躡其蹤。能從空虛入冥漠，善無形而滅影。隱娘之技，故不能造其境。此即繫僕射之福耳。但以於闐玉周其頸，擁以衾，隱娘當化為蟭蟟[16]，潛入僕射腸中聽伺，其餘無逃避處。」劉如言。至三更，瞑目未熟，果聞項上鏗然聲甚厲，隱娘自劉口中躍出，賀曰：「僕射無患矣。此人如俊鶻[17]，一搏不中，即翩然遠逝，恥其不中耳，才未逾一更，已千里矣。」後視其玉，果有匕首劃處，痕逾數分，自此劉轉厚禮之。

元和八年，劉自許入覲，隱娘不願從焉。云：「自此尋山水，訪至人，但乞一虛給[18]與其夫。」劉如約。後漸不知所之。及劉薨於統軍[19]，隱娘亦鞭驢而一至京師柩前，慟哭而去。

開成[20]年，昌裔子縱除陵州刺史，至蜀棧道，遇隱娘，貌若當時。相見喜甚，依前跨白衛如故。謂縱曰：「郎君大災，不合適此。」出藥一粒，令縱吞之。云：「來年火急拋官歸洛，方脫此禍。吾藥力只保一年患耳。」縱亦不甚信。遺其繒綵，隱娘一無所受，但沉醉而去。後一年，縱不休官，果卒於陵州。自此無復有人見隱娘矣。

三、閱讀策略

1. 女職業殺手：這是一篇唐朝的非常特殊的武俠小說，以聶隱娘為中心發展出來的一個故事，但又不是傳統一般的武功概念。

16　蟭蟟：一種小飛蟲。
17　俊鶻：隼科的猛禽，行動迅捷、凶猛有力，獵人訓練以捕捉獵物。
18　虛給：但領錢、不必工作的閒缺。
19　劉昌裔於元和八年六月回到長安，五個月後，十一月在左龍武軍統軍任上過世。
20　開成：唐文宗年號，公元836～840年。

2. 性別：聶隱娘在被老尼擄走前是一位大將軍聶鋒家的女兒，但是被尼姑訓練之後，她與父親的關係發生翻天覆地的改變；即使是她的婚姻，也是顛覆一般人的想像。聶隱娘顛覆了傳統父權中心、男性中心的角色。

3. 職場文化：聶隱娘在老尼處受訓、在魏博節度使、許昌節度使衙門工作，工作內容與選擇公司、老闆的原則，甚至後來與前老闆的兒子互動的狀況。

曾陽晴老師　撰

四、深度提問

1. 以〈聶隱娘〉這一段文字「五年，又曰：『某大僚有罪，無故害人若干，夜可入其室，決其首來。』又攜匕首入室，度其門隙無有障礙，伏之梁上。至瞑時，得其首而歸。尼大怒曰：『何太晚如是？』某云：『見前人戲弄一兒，可愛，未忍便下手。』尼叱曰：『已後遇此輩，必先斷其所愛，然後決之。』某拜謝。」為例，你覺得在聶隱娘的這一場期末考的戲裡面，師傅尼姑的教訓合理嗎？

2. 以下這兩段文字「⑴忽值磨鏡少年及門，女曰：『此人可與我為夫。』白父，父不敢不從，遂嫁之。其夫但能淬鏡，餘無他能。 ；⑵許帥能神算，已知其來。召衙將令曰：『早至城北。候一丈夫、一女子各跨白黑衛。至門，遇有鵲來噪，丈夫以弓彈之不中。妻奪夫彈，一丸而斃鵲者……』」請你用自己的文字描述聶隱娘夫妻的關係？

五、創意發想

　　從聶隱娘的媽媽的角度，重寫這一篇親情故事（女兒十歲被拐走、傷心欲絕的媽媽，但是十五歲回家卻成了一位職業殺手的女兒）。或者，從聶隱娘的丈夫的角度，重新說故事（一個沒有能力、只會磨刀子男人的心聲）。可以大量修改原文，創新情節。

六、經典與自我主體的撞擊

　　從聶隱娘這樣一個中國文學界第一個女殺手，且武功如此高強，能力如此強大，換成是21世紀的現代女職業殺手，她隱藏身分，跟你成為至交好友。但是有一天，你發現她的真實身分，而且在她的手機裡看見她的下一個目標就是你所敬愛的一個家族長輩（從小愛你的爺爺，在政府裡任部長），請問你會如何做？

七、短文習作

　　從現代社會文明來看，你如何看待像聶隱娘這樣在司法體系（的無能）之外、執行正義任務的殺手。

霍小玉傳

一、題解

　　相遇在這最美好的四年，是每個大學生的浪漫期盼，在這花開的季節，牽手並行，相知相惜，是令人豔羨的青春光景，但人生的路上難免「錯過」、「錯看」、「可惜不是你」；不幸「流水無心戀落花」，如何「好聚好散」、「分手快樂」，更考驗各位新鮮人的智慧。

　　兩性相處相互尊重，平等多元，已是大學生所不可免之素養。隨著時代的變遷，網路及通訊軟體的發達與略為保護的家庭教育，終於導致了兩性相處的時代議題：「恐怖情人」、「情緒勒索」、「渣男」的出現——包裝著「愛意」的糾纏，往往讓人更難以逃脫。面對不理性的情人，如何有所警惕、安全退場，一千五百年前的李益與霍小玉的愛情故事，值得我們借鏡。

二、原文

　　大曆[1]中，隴西李生名益，年二十，以進士擢第。其明年，拔萃，俟試於天官。夏六月，至長安，舍於新昌里。生門族清華，少有才思，麗詞佳句，時謂無雙；先達丈人，翕然[2]推伏。每自矜風調，思得佳偶，博求名妓，久而未諧。

　　長安有媒鮑十一娘者，故薛駙馬家青衣[3]也；折券[4]從良，十餘年矣。性便辟[5]，巧言語，豪家戚里，無不經

1　大曆：唐代宗年號，約西元766～779年。
2　翕然：「翕」音同「夕」，歙然，和順貌。
3　青衣：婢女。
4　折券：毀棄賣身契約。
5　便辟：音同「胼薜」，善於逢迎巧辯，巴結他人。

過，追風挾策，推爲渠帥。常受生誠託厚賂，意頗德之。
經數月，生方閒居舍之南亭。申未間，忽聞扣門甚急，云
是鮑十一娘至。攝衣從之，迎問曰：「鮑卿今日何故忽然
而來？」鮑笑曰：「蘇姑子⁶作好夢也未？有一仙人，謫
在下界，不邀財貨，但慕風流。如此色目，共十郎相當
矣。」生聞之驚躍，神飛體輕，引鮑手且拜且謝曰：「一
生作奴，死亦不憚。」因問其名居。鮑具說曰：「故霍王
小女，字小玉，王甚愛之。母曰淨持。淨持即王之寵婢
也。王之初薨，諸弟兄以其出自賤庶，不甚收錄。因分與
資財，遣居於外，易姓爲鄭氏，人亦不知其王女。資質穠
豔，一生未見，高情逸態，事事過人，音樂詩書，無不通
解。昨遣某求一好兒郎，格調相稱者。某具說十郎。他亦
知有李十郎名字，非常歡愜。住在勝業坊古寺曲，甫上
車門宅是也。已與他作期約。明日午時，但至曲頭覓桂
子⁷，即得矣。」鮑既去，生便備行計。遂令家僮秋鴻，
於從兄京兆參軍尚公處，假青驪駒，黃金勒。其夕，生
澣⁸衣沐浴，修飾容儀，喜躍交並，通夕不寐。

　　遲明，巾幘，引鏡自照，唯懼不諧也。徘徊之間，至
於亭午。遂命駕疾驅，直抵勝業。至約之所，果見青衣立
候，迎問曰：「莫是李十郎否？」即下馬，令牽入屋底，
急急鎖門。見鮑果從內出來，遙笑曰：「何等兒郎，造次
入此？」生調誚未畢，引入中門。庭間有四櫻桃樹；西北
懸一鸚鵡籠，見生入來，鳥語曰：「有人入來，急下簾
者！」生本性雅淡，心猶疑懼，忽見鳥語，愕然不敢進。

6　對單身未婚男性的稱呼。
7　桂子：人名，爲霍小玉侍女。
8　澣：音同「緩」，清洗衣物。

逡巡，鮑引淨持下階相迎，延入對坐。年可四十餘，綽約
多姿，談笑甚媚。因謂生曰：「素聞十郎才調風流，今又
見容儀雅秀，名下固無虛士。某有一女子，雖拙教訓，顏
色不至醜陋，得配君子，頗爲相宜。頻見鮑十一娘說意
旨，今亦便令永奉箕帚。」生謝曰：「鄙拙庸愚，不意顧
盼，倘垂採錄，生死爲榮。」遂命酒饌，即令小玉自堂東
閣子中出來。生即拜迎，但覺一室之中，若瓊林玉樹，互
相照曜，轉盼精彩射人，既而遂坐母側。母謂曰：「汝嘗
愛念『開簾風動竹，疑是故人來』即此十郎詩也。爾終日
吟想，何如一見。」玉乃低鬟微笑，細語曰：「見面不如
聞名，才子豈能無貌？」生遽起連拜曰：「小娘子愛才，
鄙夫重色。兩好相映，才貌相兼。」母女相顧而笑，遂舉
酒，數巡。生起，請玉唱歌。初不肯，母固強之。發聲清
亮，曲度精奇。酒闌及暝，鮑引生就西院憩息。

　　閒庭邃宇，簾幕甚華。鮑令侍兒桂子、浣紗，與生
脫靴解帶。須臾，玉至，言敘溫和，辭氣宛媚。解羅衣之
際，態有餘妍，低幃昵枕，極其歡愛。生自以爲巫山、洛
浦不過也。中宵之夜，玉忽流涕觀生曰：「妾本倡家，自
知非匹。今以色愛，託其仁賢。但慮一旦色衰，恩移情
替，使女蘿無託，秋扇見捐。極歡之際，不覺悲至。」生
聞之，不勝感歎。乃引臂替枕，徐謂玉曰：「平生志願，
今日獲從，粉骨碎身，誓不相捨。夫人何發此言。請以素
縑，著之盟約。」玉因收淚，命侍兒櫻桃，褰幄[9]執燭，
授生筆硯，玉管絃之暇，雅好詩書，筐箱筆硯，皆王家之
舊物。遂取繡囊，出越姬烏絲欄素縑三尺以授生。生素多

9　褰幄：「褰」音同「牽握」，掀起、揭開帳幕。

才思，援筆成章，引諭山河，指誠日月，句句懇切，聞之動人。染畢，命藏於寶篋之內。自爾婉孌[10]相得，若翡翠之在雲路也。如此二歲，日夜相從。

其後年春，生以書判拔萃登科，授鄭縣主簿。至四月，將之官，便拜慶[11]於東洛。長安親戚，多就筵餞。時春物尚餘，夏景初麗，酒闌賓散，離思縈懷。玉謂生曰：「以君才地名聲，人多景慕，願結婚媾，固亦眾矣。況堂有嚴親，室無冢婦[12]，君之此去，必就佳姻。盟約之言，徒虛語耳。然妾有短願，欲輒指陳。永委君心，復能聽否？」生驚怪曰：「有何罪過，忽發此辭？試說所言，必當敬奉。」玉曰：「妾年始十八，君才二十有二，迨君壯士之秋，猶有八歲。一生歡愛，願畢此期。然後妙選高門，以求秦晉，亦未為晚。妾便捨棄人事，剪髮披緇，夙昔之願，於此足矣。」生且愧且感，不覺涕流。因謂玉曰：「皎日之誓，死生以之。與卿偕老，猶恐未愜素志，豈敢輒有二三。固請不疑，但端居相待。至八月，必當卻到華州，尋使奉迎，相見非遠。」更數日，生遂訣別東去。

到任旬日，求假往東都覲親。至家旬日，太夫人已與商量表妹盧氏，言約已定。太夫人素嚴毅，生逡巡不敢辭讓，遂就禮謝，便有近期。盧亦甲族也，嫁女於他門，聘財必以百萬為約，不滿此數，義在不行。生家素貧，事須求貸，便託假故，遠投親知，涉歷江淮，自秋及夏。生

10　婉孌：親暱、依戀之義。
11　拜慶：子女遠遊在外，而後回家省親，唐人稱為「拜家慶」。
12　冢婦：嫡長子的妻子，即正室、正妻。

自以辜負盟約，大愆[13]回期，寂不知聞，欲斷其望，遙託親故，不遺漏言。玉自生逾期，數訪音信。盧詞詭說，日日不同。博求師巫，遍詢卜筮[14]，懷憂抱恨，周歲有餘。羸[15]臥空閨，遂成沉疾。雖生之書題竟絕，而玉之想望不移，賂遺親知，使通消息。尋求既切，資用屢空，往往私令侍婢潛賣篋中服玩之物，多託於西市寄附鋪侯景先家貨賣。曾令侍婢浣紗將紫玉釵一隻，詣景先家貨之。路逢內作老玉工，見浣沙所執，前來認之曰：「此釵，吾所作也。昔歲霍王小女將欲上鬟[16]，令我作此，酬我萬錢。我嘗不忘。汝是何人，從何而得？」浣沙曰：「我小娘子，即霍王女也。家事破散，失身於人。夫婿昨向東都，更無消息。恛怏[17]成疾，今欲二年。令我賣此，賂遺於人，使求音信。」玉工淒然下泣，曰：「貴人男女，失機落節，一至於此！我殘年向盡，見此盛衰，不勝傷感。」遂引至延先公主宅，具言前事，公主亦為之悲歎良久，給錢十二萬焉。

時生所定盧氏女在長安，生既畢於聘財，還歸鄭縣。其年臘月，又請假入城就親。潛卜靜居，不令人通。有明經崔允明者，生之重表弟也。性甚長厚，常與生同飲於鄭氏之室，杯盤笑語，曾不相間。每得生信，必誠告於玉。玉常以薪蒭[18]衣服，資給於崔。崔頗感之。生既至，崔具以誠告玉。玉恨且歎曰：「天下豈有是事乎！」遍託親

13　愆：音同「牽」，耽擱、延誤。
14　筮：音同「式」，占卜。
15　羸：音同「雷」，瘦弱。
16　鬟：音同「環」，女子十五歲時，以髮簪將頭髮挽起的成年禮。
17　恛怏：音同「異樣」，悶悶不樂。
18　蒭：音同「芻」，原指薪柴和牧草，此指生活費用。

朋，多方召致。生自以愆期負約，又知玉疾候沉綿，慚恥忍割，終不肯往。晨出暮歸，欲以迴避。玉日夜涕泣，都忘寢食，期一相見，竟無因由。冤憤益深，委頓床枕。自是長安中稍有知者。風流之士，共感玉之多情；豪俠之倫，皆怒生之薄行。時已三月，人多春遊。生與同輩五六人詣崇敬寺，玩牡丹花，步於西廊，遞吟詩句。有京兆韋夏卿者，生之密友，時亦同行。謂生曰：「風光甚麗，草木榮華。傷哉鄭君，銜冤空室！足下終能棄置，實是忍人。丈夫之心，不宜如此。足下宜爲思之！」

歎讓之際，忽有一豪士，衣輕黃紵衫，挾彈弓，風神俊美，衣服輕華，唯見一剪頭胡雛[19]從後，潛行而聽之。俄而前揖生曰：「公非李十郎者乎？某族本山東，姻連外戚。雖乏文藻，心實樂賢。仰公聲華，常思覯[20]止。今日幸會，得睹清揚。某之敝居，去此不遠，亦有聲樂，足以娛情。妖姬八九人，駿馬十數匹，唯公所要，但願一過。」生之儕輩，共聆斯語，更相歎美。因與豪士策馬同行，疾轉數坊，遂至勝業。生以近鄭之所止，意不欲過，便託事故，欲迴馬首。豪士曰：「敝居咫尺，忍相棄乎？」乃輓[21]挾其馬，牽引而行。遷延之間，已及鄭曲。生神情恍惚，鞭馬欲迴。豪士遽命奴僕數人，抱持而進。急走，推入中門，便令鎖卻，報云：「李十郎至也！」一家驚喜，聲聞於外。

先此一夕，玉夢黃衫丈夫抱生來，至席，使玉脫鞋。驚悟而告母。因自悟曰：「鞋者諧也。夫婦再合。脫者解

19　胡雛：短髮的胡人少年。
20　覯：音同「夠」，覯止，相遇。止，助詞，無意義。
21　輓：音同「晚」，拉。

也。既合而解，亦當永訣。由此徵之，必遂相見，相見之後當死矣。」淩晨，請母梳妝。母以其久病，心意惑亂，不甚信之。僶[22]勉之間，強為妝梳。妝梳才畢，而生果至。玉沉綿日久，轉側須人。忽聞生來，欻然[23]自起，更衣而出，恍若有神。遂與生相見，含怒凝視，不復有言。羸質嬌姿，如不勝致，時復掩袂，還顧李生。感物傷人，坐皆欷歔。頃之，有酒肴數十盤，自外而來。一坐驚視，遽問其故，悉是豪士之所致也。因遂陳設，相就而坐。玉乃側身轉面，斜視生良久，遂舉杯酒酬地曰：「我為女子，薄命如斯！君是丈夫，負心若此！韶顏稚齒，飲恨而終。慈母在堂，不能供養。綺羅弦管，從此永休。徵[24]痛黃泉，皆君所致。李君李君，今當永訣！我死之後，必為厲鬼，使君妻妾，終日不安！」乃引左手握生臂，擲杯於地，長慟號哭數聲而絕。母乃舉屍，置於生懷，令喚之，遂不復蘇矣。

生為之縞素，旦夕哭泣甚哀。將葬之夕。生忽見玉繐帷之中，容貌妍麗，宛若平生。著舊石榴裙，紫褐襠，紅綠帔[25]子。斜身倚帷，手引繡帶，顧謂生曰：「愧君相送，尚有餘情。幽冥之中，能不感歎。」言畢，遂不復見。明日，葬於長安御宿原。生至墓所，盡哀而返。

後月餘，就禮於盧氏。傷情感物，鬱鬱不樂。夏五月，與盧氏偕行，歸於鄭縣。至縣旬日，生方與盧氏寢，忽帳外叱叱作聲。生驚視之，則見一男子，年可二十餘，

姿狀溫美，藏身暎幔[26]，連招盧氏。生惶遽走起，繞幔數匝，倏然不見。生自此心懷疑惡，猜忌萬端，夫妻之間，無聊生矣。或有親情，曲相勸諭。生意稍解。後旬日，生復自外歸，盧氏方鼓琴於床，忽見自門拋一斑犀鈿花合子，方圓一寸餘，中有輕絹，作同心結，墜於盧氏懷中。生開而視之，見相思子二，叩頭蟲[27]一，發殺觜[28]一，驢駒媚[29]少許。生當時憤怒叫吼，聲如豺虎，引琴撞擊其妻，詰令實告。盧氏亦終不自明。爾後往往暴加捶楚，備諸毒虐，竟訟於公庭而遣之。

盧氏既出，生或與侍婢媵[30]妾之屬，暫同枕席，便加妒忌。或有因而殺之者。生嘗遊廣陵，得名姬，曰營十一娘者，容態潤媚，生甚悅之。每相對坐，嘗謂營曰：「我嘗於某處得某姬，犯某事，我以某法殺之。」日日陳說，欲令懼己，以肅清閨門。出則以浴斛[31]覆營於床，周迴封署，歸必詳視，然後乃開。又畜一短劍，甚利，顧謂侍婢曰：「此信州葛溪鐵，唯斷作罪過頭！」大凡生所見婦人，輒加猜忌，至於三娶，率皆如初焉。

三、閱讀策略

傳統論述認為李益負心，失約背信，不敢面對霍小玉，是所謂的媽寶、渣男，導致小玉日夜思念，終至香消玉損，李益固然有錯，然而小玉的情感強烈如斯，是否也可能是李益迴避，不敢見面的原因。如果跟

26　幔：音同「暎曼」，布幔。
27　叩頭蟲：相思子、叩頭蟲，皆為唐人傳情之物。
28　發殺觜：「觜」音同「嘴」，發殺觜不知何物，今人疑其為媚藥。
29　駒媚：一種媚藥。
30　媵：音同「暎」，陪嫁的側室、小妾。
31　浴斛：澡盆、洗澡的用具。

你／妳在一起，就必須是斬釘截鐵、生死不渝的「一輩子」，此一代價是否太過巨大？李益有錯，霍小玉豈全然無辜？透過本課，嘗試分析此一兩性相處議題，說明其原因與結局，將更能看見兩性相處所應有的價值：相知相惜，互信互助，即無法「與子偕老」，亦當追求好聚好散。

　　二人情感之悲劇結局，乃一愛情故事的負面教材，主要可從兩個方向加以探索。從背景而言，唐初甚重門第：李、霍二人地位之懸殊，是二人悲劇結局主因。捨妓女而娶大姓，人之常情；世族大家之利益誘人，即唐朝皇室都不能免，非是李益可以輕易拒絕。其次，唐代胡漢兼容，多元開放，性別意識相對平等，女性外出工作、改嫁者時而有之，霍小玉非李益不嫁的理由相對薄弱，故其癡情乃是性格上的突出，並非時代風氣使然。

　　從性格而言，「性格決定命運」，此一愛情故事走向悲劇收場的關鍵在此。李益性格懦弱、不敢反抗母親、社會，偏又愛面子，立下誓約，反而給予小玉不當的期待；小玉情感極端，近乎偏激且缺乏自信，故對於李益的「情話」看重異常，越發不能控制自己，不論是抑鬱而死，或是悲憤詛咒，都是不理性，乃至瘋狂的展現。從自我保護的角度而言，李益固然有錯，但霍小玉選了錯的人就賠上了自己的一生，值得嗎？二人的互相傷害、悲劇的結局，值得我們反思與檢討，進一步體認到兩性相處中可貴的價值與原則。

　　請任選以下一個關鍵詞，對文本進行詮釋：1.恐怖情人、2.性別平等、3.承諾、4.渣男。

　　　　　　　　　　　　　　　　　　　　　戴子平老師　撰

四、深度提問

1. 誰更像是「恐怖情人」？恐怖情人可能有什麼特徵？

　　李益負心固然有過，但霍小玉日夜思念，「不能放下」之執念與糾結，恐怕也令人毛骨悚然：小玉性格極端，非李益不嫁，即相愛之際，也想著如果跟不幸跟李益分手之後，要斷髮出家，無法接受其他選擇；執著、過度極端、強烈的情感，往往會導致悲劇的慘生。霍小玉自咒為厲鬼，詛咒索命，絕非理性作為，如走出傳統論述，李益犯錯的代價是否太過巨大？

2. 愛情中的犯錯：李益做錯了什麼？霍小玉做錯了什麼？

　　傳統論述認為李益不該「失約」，做不到還要答應小玉願意娶她，但實際上，李益承諾之際，正值二人歡好，花前月下，逢場作戲，製造浪漫，乃人情之必然，要給予同情的理解；如果認為李益是「渣男」，那身為霍小玉的朋友，應該勸霍小玉離開才對——霍小玉竟為渣男而死，豈不可惜？霍小玉癡心無法放下，又做錯了什麼？

3. 如何幫助李益、霍小玉「好聚好散」？

　　學會放下，是人生的一大課題。任何事情都應該有其他選擇，適時放棄、學會面對現實，讓傷痛止跌，應該是人生所必習。小說中杜撰了一位「黃衫客」出來主持正義。此一黃衫客有何象徵？延伸議題，如果你的好友遇到恐怖情人，你該如何幫助他？

4. 新世代的兩性價值觀：渣男vs老實人。

　　李益的行為令人不恥，但如果將李益與老實人比較，許多人又樂意選擇當渣男。顯見現實與理想之落差，對於女性而言，選擇渣男的原因，不外：渣男比較有趣，比較會打扮、比較潮、更捨得花錢。顯見在兩性意識上，隨著時代的變化，原本的規矩、本分，日益受社會風氣影響而有所變化。

　　渣男不值得鼓勵，但見微知著，積極言之，此或是追求伴侶的你，所以應該關注的：負心、花俏不可取，但過度素樸，亦有不當。適時的裝扮自己、觀察與練習講話、溝通，當更有機會一攬芳心；消極而言，女生對於花俏的男生，更應該有所警惕——如果抱持著試試看的心態，那就要有承擔後果的覺悟與勇氣。

五、創意發想

1. 「微電影」改編：

愛情題材，每是觀眾所樂見者。李益霍小玉分手的理由眾多，可使學生增加變因，進一步改編為「微電影」。假如李益先霍小玉病死，結果將會是如何？又或者增加李益不敢見面的背後，其實有許多無奈，一反傳統論述；甚至可以改編李益喜歡上男生，出櫃後不愛小玉等討論現代愛情觀點、性別平等的劇情。

2. 書信或作文練習：

身為李益好友的你，請想辦法幫李益寫信告訴霍小玉，你不去見他了，請他好好保重；或反之，請以小玉的角度寫信給李益，跟他說你很想他，請求見一面。理性、清楚的表達自己訴求，方能夠期盼和平、雙贏的溝通結果。

3. 向黃衫客求救：

假設李益發現霍小玉是恐怖情人，或是反之，霍小玉發現李益是恐怖情人，有心分手，卻遭到對方糾纏不休。面對這樣的情況，你該如何自處？試說明：恐怖情人可能有什麼樣的行徑？面對這樣的局面，你該如何保護自己？請將你的困擾傾訴給黃衫客，他會好好幫你處理這件感情上的糾紛。

六、經典與自我主體的撞擊

從文本得到的啟發，請以現代社會的詮釋角度討論你在生活中面對的類似情況，富二代情結？性工作女性？權貴階級與心態？

七、短文習作

〈致李益／霍小玉的一封信〉

　　李益與霍小玉的故事，最終走向悲劇，不免可嘆。身為旁觀者的你，請想像自己是李、霍二人的好友，寫信給對方，嘗試幫助故事走向不同的結局。如果你支持李益，請寫信給霍小玉：告訴她，為什麼你不去見她，你的理由是什麼？是否有苦衷？希望二人未來的發展是什麼？身為霍小玉的好友，亦可寫信給李益：數落負心漢的不是，表述霍小玉的可憐，希望李益趕快相見（或反之）；抑或努力勸告、安慰，讓她不再癡情，下一位會更好？請發揮想像力，以「致李益／霍小玉的一封信」為題，做一書信格式之短文。（如已學會應用文，亦請嘗試使用應用文格式）

杜十娘怒沉百寶箱

一、題解

　　明朝的短篇小說，已經是極為成熟的文體，特別是三言兩拍的出版，在閱讀市場上獲得非常大的成功。本作品選自《警世通言》卷32，對於女性的個人選擇、對愛情的追求、自我的認同，男性的自私、父權的壓力，有淋漓盡致的表現。

二、原文

　　……話中單表萬曆二十年間，日本國關白¹作亂，侵犯朝鮮。朝鮮國王上表告急，天朝發兵泛海往救。有戶部官奏准：「目今兵興之際，糧餉未充，暫開納粟入監之例。原來納粟入監的，有幾般便宜」好讀書，好科舉，好中，結末來又有個小小前程結果。以此宦家公子、富室子弟，倒不願做秀才，都去援例做太學生。自開了這例，兩京太學生各添至千人之外。内中有一人，姓李名甲，字子先，浙江紹興府人氏。父親李布政所生三兒，唯甲居長，自幼讀書在庠，未得登科，援例入於北雍。因在京坐監，與同鄉柳遇春監生同游教坊司院内，與一個名姬相遇。那名姬姓杜名媺，排行第十，院中都稱為杜十娘，生得：

　　渾身雅豔，遍體嬌香，兩彎眉畫遠山青，一對眼明秋水潤。臉如蓮萼，分明卓氏文君；唇似櫻桃，何減白家樊素²。可憐一片無瑕玉，誤落風塵花柳中。

1　關白：指日本古代的宰相，此即萬曆20年率軍入侵朝鮮的豐臣秀吉。
2　樊素：唐朝詩人白居易的家妓歌姬樊素。

　　那杜十娘自十三歲破瓜[3]，今一十九歲，七年之內，不知歷過了多少公子王孫。一個個情迷意蕩，破家蕩產而不惜。院中傳出四句口號來，道是：

　　　　坐中若有杜十娘，斗筲之量飲千觴。
　　　　院中若識杜老媺，千家粉面都如鬼。

　　卻說李公子風流年少，未逢美色，自遇了杜十娘，喜出望外，把花柳情懷，一擔兒挑在他身上。那公子俊俏龐兒，溫存性兒，又是撒漫[4]的手兒，幫襯的勤兒，與十娘一般兩好，情投意合。十娘因見鴇兒貪財無義，久有從良之志，又見李公子忠厚志誠，甚有心向他。奈李公子懼怕老爺，不敢應承。雖則如此，兩下情好愈密，朝歡暮樂，終日相守，如夫婦一般。海誓山盟，各無他志。真個：

　　　　恩深似海恩無底，義重如山義更高。

　　再說杜媽媽，女兒被李公子占住，別的富家巨室，聞名上門，求一見而不可得。初時李公子撒漫用錢，大差大使，媽媽脅肩[5]諂笑，奉承不暇。日往月來，不覺一年有餘，李公子囊篋漸漸空虛，手不應心，媽媽也就怠慢了。老布政在家聞知兒子闞院[6]，幾遍寫字來喚他回去。他迷戀十娘顏色，終日延捱。後來聞知老爺在家發怒，越不敢

3　破瓜：指女子初次性交。
4　撒漫：指用錢大方闊綽。
5　脅肩：聳起雙肩，裝出一副恭敬模樣。
6　闞院：闞音同「嫖」，到妓院嫖妓。

回。古人云：「以利相交者，利盡而疏。」那杜十娘與李
公子真情相好，見他手頭愈短，心頭愈熱。媽媽也幾遍叫
女兒打發李甲出院，見女兒不統口[7]，又幾遍將言語觸突
李公子，要激怒他起身。公子性本溫克，詞氣愈和。媽媽
沒奈何，日逐只將十娘叱罵道：「我們行戶[8]人家，吃客
穿客，前門送舊，後門迎新，門庭鬧如火，錢帛堆成垛。
自從那李甲在此，混帳一年有餘，莫說新客，連舊主顧都
斷了。分明接了個鍾馗老，連小鬼也沒得上門，弄得老娘
一家人家，有氣無煙，成什麼模樣！」

　　杜十娘被罵，耐性不住，便回答道：「那李公子不
是空手上門的，也曾費過大錢來。」媽媽道：「彼一時，
此一時，你只叫他今日費些小錢兒，把與老娘辦些柴米，
養你兩口也好。別人家養的女兒便是搖錢樹，千生萬活，
偏我家晦氣，養了個退財白虎！開了大門七件事，般般都
在老身心上。到替你這小賤人白白養著窮漢，叫我衣食從
何處來？你對那窮漢說：『有本事出幾兩銀子與我，到得
你跟了他去，我別討個丫頭過活卻不好？』」十娘道：
「媽媽，這話是真是假？」媽媽曉得李甲囊無一錢，衣衫
都典盡了，料他沒處設法，便應道：「老娘從不說謊，當
真哩。」十娘道：「娘，你要他許多銀子？」媽媽道：
「若是別人，千把銀子也討了。可憐那窮漢出不起，只要
他三百兩，我自去討一個粉頭代替。只一件，須是三日內
交付與我，左手交銀，右手交人。若三日沒有銀時，老身
也不管三十二十一，公子不公子，一頓孤拐[9]，打那光棍

7　統口：指改口，意即答應改變原本的意念。
8　行戶：指加入商行的店家，此指妓院。
9　孤拐：指腳踝的部位。

出去。那時莫怪老身！」十娘道：「公子雖在客邊乏鈔，諒三百金還措辦得來。只是三日忒近，限他十日便好。」媽媽想道：「這窮漢一雙赤手，便限他一百日，他那裡來銀子？沒有銀子，便鐵皮包臉，料也無顏上門。那時重整家風，嫩兒也沒得話講。」答應道：「看你面，便寬到十日。第十日沒有銀子，不干老娘之事。」十娘道：「若十日內無銀，料他也無顏再見了。只怕有了三百兩銀子，媽媽又翻悔起來。」媽媽道：「老身年五十一歲了，又奉十齋[10]，怎敢說謊？不信時與你拍掌為定。若翻悔時，做豬做狗！」

從來海水斗難量，可笑虔婆意不良。
料定窮儒囊底竭，故將財禮難嬌娘。

是夜，十娘與公子在枕邊，議及終身之事。公子道：「我非無此心。但教坊[11]落籍[12]，其費甚多，非千金不可。我囊空如洗，如之奈何！」十娘道：「妾已與媽媽議定只要三百金，但須十日內措辦。郎君遊資雖罄，然都中豈無親友可以借貸？倘得如數，妾身遂為君之所有，省受虔婆之氣。」公子道：「親友中為我留戀行院，都不相顧。明日只做束裝起身，各家告辭，就開口借貸路費，湊聚將來，或可滿得此數。」起身梳洗，別了十娘出門。十娘道：「用心作速，專聽佳音。」公子道：「不須分付。」

---

10 十齋：指一個月齋戒十天。
11 教坊：原本指管理宮廷音樂、舞蹈、戲曲的部門，此指妓院。
12 落籍：從妓籍中除名，指妓女從良。

公子出了院門，來到三親四友處，假說起身告別，
眾人倒也歡喜。後來敘到路費欠缺，意欲借貸。常言道：
「說著錢，便無緣。」親友們就不招架[13]。他們也見得
是，道李公子是風流浪子，迷戀煙花，年許不歸，父親都
為他氣壞在家。他今日抖然要回，未知真假，倘或說騙盤
纏到手，又去還脂粉錢，父親知道，將好意翻成惡意，始
終只是一怪，不如辭了乾淨。便回道：「目今正值空乏，
不能相濟，慚愧，慚愧！」人人如此，個個皆然，並沒有
個慷慨丈夫，肯統口許他一十二十兩。李公子一連奔走了
三日，分毫無獲，又不敢回絕十娘，權且含糊答應。到第
四日又沒想頭，就羞回院中。平日間有了杜家，連下處也
沒有了，今日就無處投宿。只得往同鄉柳監生寓所借歇。

柳遇春見公子愁容可掬，問其來歷。公子將杜十娘願
嫁之情，備細說了。遇春搖首道：「未必，未必。那杜媺
曲中第一名姬，要從良時，怕沒有十斛明珠，千金聘禮。
那鴇兒如何只要三百兩？想鴇兒怪你無錢使用，白白占住
他的女兒，設計打發你出門。那婦人與你相處已久，又礙
卻面皮，不好明言。明知你手內空虛，故意將三百兩賣個
人情，限你十日；若十日沒有，你也不好上門。便上門
時，他會說你笑你，落得一場褻瀆，自然安身不牢，此乃
煙花逐客之計。足下三思，休被其惑。據弟愚意，不如早
早開交[14]為上。」公子聽說，半晌無言，心中疑惑不定。
遇春又道：「足下莫要錯了主意。你若真個還鄉，不多幾
兩盤費，還有人搭救；若是要三百兩時，莫說十日，就是

13　招架：本指抵擋的意思，此指答應。
14　開交：分開、分手。

十個月也難。如今的世情，那肯顧緩急二字的！那煙花也算定你沒處告債，故意設法難你。」公子道：「仁兄所見良是。」口裡雖如此說，心中割捨不下。依舊又往外邊東央西告，只是夜裡不進院門了。

　　公子在柳監生寓中，一連住了三日，共是六日了。杜十娘連日不見公子進院，十分著緊，就教小廝四兒街上去尋。四兒尋到大街，恰好遇見公子。四兒叫道：「李姐夫，娘在家裡望你。」公子自覺無顏，回復道：「今日不得工夫，明日來罷。」四兒奉了十娘之命，一把扯住，死也不放，道：「娘叫咱尋你，是必同去走一遭。」李公子心上也牽掛看婊子[15]，沒奈何，只得隨四兒進院，見了十娘，嘿嘿無言。十娘問道：「所謀之事如何？」公子眼中流下淚來。十娘道：「莫非人情淡薄，不能足三百之數麼？」公子含淚而言，道出二句：

　　不信上山擒虎易，果然開口告人難。

　　一連奔走六日，並無銖兩，一雙空手，羞見芳卿，故此這幾日不敢進院。今日承命呼喚，忍恥而來。非某不用心，實是世情如此。」十娘道：「此言休使虔婆知道。郎君今夜且住，妾別有商議。」十娘自備酒肴，與公子歡飲。睡至半夜，十娘對公子道：「郎君果不能辦一錢耶？妾終身之事，當如何也？」公子只是流涕，不能答一語。漸漸五更天曉。十娘道：「妾所臥絮褥內藏有碎銀一百五十兩，此妾私蓄，郎君可持去。三百金，妾

15　婊子：又作「表」子，表意為外，外面的相好，指妓女。

任其半，郎君亦謀其半，庶易為力[16]。限只四日，萬勿遲誤！」十娘起身將褥付公子，公子驚喜過望。喚童兒持褥而去。逕到柳遇春寓中，又把夜來之情與遇春說了。將褥拆開看時，絮中都裹著零碎銀子，取出兌時果是一百五十兩。遇春大驚道：「此婦真有心人也。既係真情，不可相負，吾當代為足下謀之。」公子道：「倘得玉成，絕不有負。」

當下柳遇春留李公子在寓，自出頭各處去借貸。兩日之內，湊足一百五十兩交付公子道：「吾代為足下告債，非為足下，實憐杜十娘之情也。」

李甲拿了三百兩銀子，喜從天降，笑逐顏開，欣欣然來見十娘，剛是第九日，還不足十日。十娘問道：「前日分毫難借，今日如何就有一百五十兩？」公子將柳監生事情，又述了一遍。十娘以手加額道：「使吾二人得遂其願者，柳君之力也！」兩個歡天喜地，又在院中過了一晚。

次日十娘早起，對李甲道：「此銀一交，便當隨郎君去矣。舟車之類，合當預備。妾昨日於姊妹中借得白銀二十兩，郎君可收下為行資也。」公子正愁路費無出，但不敢開口，得銀甚喜。說猶未了，鴇兒恰來敲門叫道：「嫩兒，今日是第十日了。」公子聞叫，啟門相延道：「承媽媽厚意，正欲相請。」便將銀三百兩放在桌上。鴇兒不料公子有銀，嘿然變色，似有悔意。

十娘道：「兒在媽媽家中八年，所致金帛，不下數千金矣。今日從良美事，又媽媽親口所訂，三百金不欠分毫，又不曾過期。倘若媽媽失信不許，郎君持銀去，兒即

16　庶易為力：為力指奏效、成功，這句意思是這樣比較容易成功吧。

刻自盡。恐那時人財兩失，悔之無及也。」鴇兒無詞以對。腹內籌畫了半晌，只得取天平兌准了銀子，說道：「事已如此，料留你不住了。只是你要去時，即今就去。平時穿戴衣飾之類，毫釐休想！」說罷，將公子和十娘推出房門，討鎖來就落了鎖。

此時九月天氣。十娘才下床，尚未梳洗，隨身舊衣，就拜了媽媽兩拜。李公子也作了一揖。一夫一婦，離了虔婆大門：

鯉魚脫卻金鉤去，擺尾搖頭再不來。

公子叫十娘且住片時：「我去喚乘小轎擡你，權往柳榮卿寓所去，再作道理。」十娘道：「院中諸姊妹平昔相厚，理宜話別。況前日又承他借貸路費，不可不一謝也。」乃同公子到各姊妹處謝別。姊妹中唯謝月朗、徐素素與杜家相近，尤與十娘親厚，十娘先到謝月朗家。月朗見十娘禿髻[17]舊衫，驚問其故。十娘備述來因，又引李甲相見。十娘指月朗道：「前日路資，是此位姐姐所貸，郎君可致謝。」李甲連連作揖。月朗便教十娘梳洗，一面去請徐素素來家相會。十娘梳洗已畢，謝、徐二美人各出所有，翠鈿金釧，瑤簪寶珥，錦袖花裙，鸞帶繡履，把杜十娘妝扮得煥然一新，備酒作慶賀筵席。月朗讓臥房與李甲、杜媺二人過宿。次日，又大排筵席，遍請院中姊妹。凡十娘相厚者，無不畢集，都與他夫婦把盞稱喜。吹彈歌舞，各逞其長，務要盡歡，直飲至夜分。十娘向眾姊妹

17　禿髻：指髮髻上沒有任何首飾裝扮。

一一稱謝。眾姊妹道：「十姊爲風流領袖，今從郎君去，我等相見無日。何日長行，姊妹們尚當奉送。」月朗道：「候有定期，小妹當來相報。但阿姊千里間關[18]，同郎君遠去，囊篋蕭條，曾無約束，此乃吾等之事。當相與共謀之，勿令姊有窮途之慮也。」眾姊妹各唯唯而散。

是晚，公子和十娘仍宿謝家。至五鼓，十娘對公子道：「吾等此去，何處安身？郎君亦曾計議有定著否？」公子道：「老父盛怒之下，若知娶妓而歸，必然加以不堪，反致相累。展轉尋思，尚未有萬全之策。」十娘道：「父子天性，豈能終絕？既然倉卒難犯，不若與郎君於蘇、杭勝地，權作浮居[19]。郎君先回，求親友於尊大人面前勸解和順，然後攜妾於歸，彼此安妥。」公子道：「此言甚當。」

次日，二人起身辭了謝月朗，暫往柳監生寓中，整頓行裝。杜十娘見了柳遇春，倒身下拜，謝其周全之德：「異日我夫婦必當重報。」遇春慌忙答禮道：「十娘鍾情所歡，不以貧窶易心，此乃女中豪傑。僕因風吹火，諒區區何足掛齒！」三人又飲了一日酒。次早，擇了出行吉日，催倩[20]轎馬停當。十娘又遣童兒寄信，別謝月朗。

臨行之際，只見肩輿紛紛而至，乃謝月朗與徐素素拉眾姊妹來送行。月朗道：「十姊從郎君千里間關，囊中消索，吾等甚不能忘情。今合具薄贐[21]，十姊可檢收，或長途空乏，亦可少助。」說罷，命從人挈一描金文具[22]至

18　間關：指道路險阻、不易前行。
19　浮居：暫時的住所。
20　倩：請也。
21　贐：臨行贈別的財物。
22　描金文具：描繪有金色圖案的梳妝盒。

前，封鎖甚固，正不知什麼東西在裡面。十娘也不開看，也不推辭，但殷勤作謝而已。須臾，輿馬齊集，僕夫催促起身。柳監生三杯別酒，和眾美人送出崇文門[23]外，各各垂淚而別。正是：

　　他日重逢難預必，此時分手最堪憐。

　　再說李公子同杜十娘行至潞河，拾陸從舟。卻好有瓜州差使船轉回之便，講定船錢，包了艙口。比及下船時，李公子囊中並無分文餘剩。你道杜十娘把二十兩銀子與公子，如何就沒了？公子在院中嫖得衣衫藍縷，銀子到手，未免在解庫[24]中取贖幾件穿著，又製辦了鋪蓋，剩來只夠轎馬之費。公子正當愁悶，十娘道：「郎君勿憂，眾姊妹合贈，必有所濟。」及取鑰開箱。公子有傍自覺慚愧，也不敢窺覷箱中虛實。只見十娘在箱裡取出一個紅絹袋來，擲於桌上道：「郎君可開看之。」公子提在手中，覺得沉重，啟而觀之，皆是白銀，計數整五十兩。十娘仍將箱子下鎖，亦不言箱中更有何物。但對公子道：「承眾姊妹高情，不唯途路不乏，即他日浮寓吳、越間，亦可稍佐吾夫妻山水之費矣。」公子且驚且喜道：「若不遇恩卿，我李甲流落他鄉，死無葬身之地矣。此情此德，白頭不敢忘也！」自此每談及往事，公子必感激流涕，十娘亦曲意撫慰。一路無話。

　　不一日，行至瓜州，大船停泊岸口，公子別僱了民

23　崇文門：北京東南角的城門。
24　解庫：解音同「界」，即當鋪的意思。

船，安放行李。約明日侵晨，剪江而渡。其時仲冬中旬，月明如水，公子和十娘坐於舟首。公子道：「自出都門，困守一艙之中，四顧有人，未得暢語。今日獨據一舟，更無避忌。且已離塞北，初近江南，宜開懷暢飲，以舒向來抑鬱之氣。恩卿以爲何如？」十娘道：「妾久疏談笑，亦有此心，郎君言及，足見同志耳。」公子乃攜酒具於船首，與十娘舖氈並坐，傳杯交盞。飲至半酣，公子執卮[25]對十娘道：「恩卿妙音，六院推首。某相遇之初，每聞絕調，輒不禁神魂之飛動。心事多違，彼此鬱鬱，鸞鳴鳳奏，久矣不聞。今清江明月，深夜無人，肯爲我一歌否？」十娘興亦勃發，遂開喉頓嗓，取扇按拍，嗚嗚咽咽，歌出元人施君美《拜月亭》雜劇上「狀元執盞與嬋娟」一曲，名《小桃紅》。真個：

聲飛霄漢雲皆駐，響入深泉魚出遊。

卻說他舟有一少年，姓孫名富，字善賚，徽州新安人氏。家資巨富，積祖揚州種鹽。年方二十，也是南雍[26]中朋友。生性風流，慣向青樓買笑，紅粉追歡，若嘲風弄月，到是個輕薄的頭兒。事有偶然，其夜亦泊舟瓜州渡口，獨酌無聊，忽聽得歌聲嘹亮，風吟鸞吹，不足喻其美。起立船頭，佇聽半晌，方知聲出鄰舟。正欲相訪，音響倏已寂然，乃遣僕者潛窺蹤跡，訪於舟人。但曉得是李相公僱的船，並不知歌者來歷。孫富想道：「此歌者必非

25　卮：音同「之」，酒杯。
26　南雍：雍即辟雍，古代的大學，南雍就是明朝設立在南京的國子監。

良家，怎生得他一見？」輾轉尋思，通宵不寐。捱至五
更，忽聞江風大作。及曉，彤雲密佈，狂雪飛舞。怎見
得，有詩為證：

千山雲樹滅，萬徑人蹤絕。
扁舟蓑笠翁，獨釣寒江雪。

因這風雪阻渡，舟不得開。孫富命艄公移船，泊於李
家舟之傍。孫富貂帽狐裘，推窗假作看雪。值十娘梳洗方
畢，纖纖玉手揭起舟傍短簾，自潑盂中殘水。粉容微露，
卻被孫富窺見了，果是國色天香。魂搖心蕩，迎眸注目，
等候再見一面，杳不可得。沉思久之，乃倚窗高吟高學士
《梅花詩》二句，道：

雪滿山中高士臥，月明林下美人來。

李甲聽得鄰舟吟詩，舒頭出艙，看是何人。只因這一
看，正中了孫富之計。孫富吟詩，正要引李公子出頭，他
好乘機攀話。當下慌忙舉手，就問：「老兄尊姓何諱？」
李公子敘了姓名鄉貫，少不得也問那孫富。孫富也敘過
了。又敘了些太學中的閒話，漸漸親熟。孫富便道：「風
雪阻舟，乃天遣與尊兄相會，實小弟之幸也。舟次無聊，
欲同尊兄上岸，就酒肆中一酌，少領清誨，萬望不拒。」
公子道：「萍水相逢，何當厚擾？」孫富道：「說哪裡
話！『四海之內，皆兄弟也』。」即教艄公打跳[27]，童兒

27　打跳：放置船隻與岸邊之間的連接木板。

張傘，迎接公子過船，就於船頭作揖。然後讓公子先行，
自己隨後，各各登跳上涯。

　　行不數步，就有個酒樓。二人上樓，揀一副潔淨座
頭，靠窗而坐。酒保列上酒肴。孫富舉杯相勸，二人賞雪
飲酒。先說些斯文中套話，漸漸引入花柳之事。二人都是
過來之人，志同道合，說得入港，一發成相知了。孫富屏
去左右，低低問道：「昨夜尊舟清歌者，何人也？」李甲
正要賣弄在行，遂實說道：「此乃北京名姬杜十娘也。」
孫富道：「既係曲中[28]姊妹，何以歸兄？」公子遂將初遇
杜十娘，如何相好，後來如何要嫁，如何借銀討他，始末
根由，備細述了一遍。

　　孫富道：「兄攜麗人而歸，固是快事，但不知尊府中
能相容否？」公子道：「賤室不足慮，所慮者老父性嚴，
尚費躊躇耳！」孫富將機就機，便問道：「既是尊大人未
必相容，兄所攜麗人，何處安頓？亦曾通知麗人，共作計
較否？」公子攢眉而答道：「此事曾與小妾議之。」孫富
欣然問道：「尊寵必有妙策。」公子道：「他意欲僑居蘇
杭，流連山水。使小弟先回，求親友宛轉於家君之前，俟
家君回嗔作喜，然後圖歸。高明以爲何如？」孫富沉吟半
晌，故作愀然之色，道：「小弟乍會之間，交淺言深，誠
恐見怪。」公子道：「正賴高明指教，何必謙遜？」孫富
道：「尊大人位居方面，必嚴帷薄[29]之嫌，平時既怪兄游
非禮之地，今日豈容兄娶不節之人？況且賢親貴友，誰不
迎合尊大人之意者？兄枉去求他，必然相拒。就有個不識

28　曲中：指妓院的意思。
29　帷薄：指帷幕和簾子，特別指男女性愛關係。

時務的進言於尊大人之前，見尊大人意思不允，他就轉口了。兄進不能和睦家庭，退無詞以回復尊寵。即使留連山水，亦非長久之計。萬一資斧困竭，豈不進退兩難！」

公子自知手中只有五十金，此時費去大半，說到資斧困竭，進退兩難，不覺點頭道是。孫富又道：「小弟還有句心腹之談，兄肯俯聽否？」公子道：「承兄過愛，更求盡言。」孫富道：「疏不間親，還是莫說罷。」公子道：「但說何妨！」孫富道：「自古道：『婦人水性無常。』況煙花之輩，少真多假。他既係六院名姝，相識定滿天下；或者南邊原有舊約，借兄之力，挈帶而來，以爲他適之地。」公子道：「這個恐未必然。」孫富道：「既不然，江南子弟，最工輕薄。兄留麗人獨居，難保無踰牆鑽穴之事。若挈之同歸，愈增尊大人之怒。爲兄之計，未有善策。況父子天倫，必不可絕。若爲妾而觸父，因妓而棄家，海內必以兄爲浮浪不經之人。異日妻不以爲夫，弟不以爲兄，同袍不以爲友，兄何以立於天地之間？兄今日不可不熟思也！」

公子聞言，茫然自失，移席問計：「據高明之見，何以教我？」孫富道：「僕有一計，於兄甚便。只恐兄溺枕席之愛，未必能行，使僕空費詞說耳！」公子道：「兄誠有良策，使弟再睹家園之樂，乃弟之恩人也。又何憚而不言耶？」孫富道：「兄飄零歲餘，嚴親懷怒，閨閣離心。設身以處兄之地，誠寢食不安之時也。然尊大人所以怒兄者，不過爲迷花戀柳，揮金如土，異日必爲棄家蕩產之人，不堪承繼家業耳！兄今日空手而歸，正觸其怒。兄倘能割衽席之愛，見機而作，僕願以千金相贈。兄得千金

以報尊大人，只說在京授館[30]，並不曾浪費分毫，尊大人必然相信。從此家庭和睦，當無間言。須臾之間，轉禍爲福。兄請三思，僕非貪麗人之色，實爲兄效忠於萬一也！」李甲原是沒主意的人，本心懼怕老子，被孫富一席話，說透胸中之疑，起身作揖道：「聞兄大教，頓開茅塞。但小妾千里相從，義難頓絕，容歸與商之。得其心肯，當奉復耳。」孫富道：「說話之間，宜放婉曲。彼既忠心爲兄，必不忍使兄父子分離，定然玉成兄還鄉之事矣。」二人飲了一回酒，風停雪止，天色已晚。孫富教家僮算還了酒錢，與公子攜手下船。正是：

逢人且說三分話，未可全拋一片心。

卻說杜十娘在舟中，擺設酒果，欲與公子小酌，竟日未回，挑燈以待。公子下船，十娘起迎。見公子顏色匆匆，似有不樂之意，乃滿斟熱酒勸之。公子搖首不飲，一言不發，竟自床上睡了。十娘心中不悅，乃收拾杯盤爲公子解衣就枕，問道：「今日有何見聞，而懷抱鬱鬱如此？」公子歎息而已，終不啟口。問了三四次，公子已睡去了。十娘委決不下，坐於床頭而不能寐。到夜半，公子醒來，又歎一口氣。十娘道：「郎君有何難言之事，頻頻歎息？」公子擁被而起，欲言不語者幾次，撲簌簌掉下淚來。十娘抱持公子於懷間，軟言撫慰道：「妾與郎君情好，已及二載，千辛萬苦，歷盡艱難，得有今日。然相從數千里，未曾哀戚。今將渡江，方圖百年歡笑，如何反起

30　授館：在私塾教書的意思。

悲傷？必有其故。夫婦之間，死生相共，有事盡可商量，萬勿諱也。」

　　公子再四被逼不過，只得含淚而言道：「僕天涯窮困，蒙恩卿不棄，委曲相從，誠乃莫大之德也。但反復思之，老父位居方面，拘於禮法，況素性方嚴，恐添嗔怒，必加黜逐。你我流蕩，將何底止？夫婦之歡難保，父子之倫又絕。日間蒙新安孫友邀飲，爲我籌及此事，寸心如割！」十娘大驚道：「郎君意將如何？」公子道：「僕事內之人，當局而迷。孫友爲我劃一計頗善，但恐恩卿不從耳！」十娘道：「孫友者何人？計如果善，何不可從？」公子道：「孫友名富，新安鹽商，少年風流之士也。夜間聞子清歌，因而問及。僕告以來歷，並談及難歸之故，渠意欲以千金聘汝。我得千金，可藉口以見吾父母，而恩卿亦得所天。但情不能捨，是以悲泣。」說罷，淚如雨下。

　　十娘放開兩手，冷笑一聲道：「爲郎君劃此計者，此人乃大英雄也！郎君千金之資既得恢復，而妾歸他姓，又不致爲行李之累，發乎情，止乎禮，誠兩便之策也。那千金在哪裡？」公子收淚道：「未得恩卿之諾，金尚留彼處，未曾過手。」十娘道：「明早快快應承了他，不可挫過[31]機會。但千金重事，須得兌足交付郎君之手，妾始過舟，勿爲賈豎子所欺。」時已四鼓，十娘即起身挑燈梳洗道：「今日之妝，乃迎新送舊，非比尋常。」於是脂粉香澤，用意修飾，花鈿繡襖，極其華豔，香風拂拂，光采照人。裝束方完，天色已曉。

　　孫富差家童到船頭候信。十娘微窺公子，欣欣似有

31　挫過：即「錯過」也。

喜色，乃催公子快去回話，及早兌足銀子。公子親到孫富
船中，回復依允。孫富道：「兌銀易事，須得麗人妝臺為
信。」公子又回復了十娘，十娘即指描金文具道：「可便
擡去。」孫富喜甚。即將白銀一千兩，送到公子船中。
十娘親自檢看，足色足數，分毫無爽，乃手把船舷，以
手招孫富。孫富一見，魂不附體。十娘啟朱唇，開皓齒
道：「方才箱子可暫發來，內有李郎路引一紙，可檢還之
也。」孫富視十娘已為甕中之鱉，即命家童送那描金文
具，安放船頭之上。十娘取鑰開鎖，內皆抽替小箱。十娘
叫公子抽第一層來看，只見翠羽明璫，瑤簪寶珥，充牣[32]
於中，約值數百金。十娘遽投之江中。李甲與孫富及兩船
之人，無不驚詫。又命公子再抽一箱，乃玉簫金管；又抽
一箱，盡古玉紫金玩器，約值數千金。十娘盡投之於大江
中。岸上之人，觀者如堵。齊聲道：「可惜，可惜！」正
不知什麼緣故。最後又抽一箱，箱中復有一匣。開匣視
之，夜明之珠約有盈把。其他祖母綠、貓兒眼，諸般異
寶，目所未睹，莫能定其價之多少。眾人齊聲喝采，喧聲
如雷。十娘又欲投之於江。李甲不覺大悔，抱持十娘慟
哭，那孫富也來勸解。

　　十娘推開公子在一邊，向孫富罵道：「我與李郎備
嘗艱苦，不是容易到此。汝以奸淫之意，巧為讒說，一旦
破人姻緣，斷人恩愛，乃我之仇人。我死而有知，必當訴
之神明，尚妄想枕席之歡乎！」又對李甲道：「妾風塵數
年，私有所積，本為終身之計。自遇郎君，山盟海誓，白
首不渝。前出都之際，假託眾姊妹相贈，箱中韞藏百寶，

32　充牣：裝得滿滿的意思。

不下萬金。將潤色郎君之裝，歸見父母，或憐妾有心，收佐中饋[33]，得終委託，生死無憾。誰知郎君相信不深，惑於浮議，中道見棄，負妾一片真心。今日當眾目之前，開箱出視，使郎君知區區千金，未爲難事。妾櫝中有玉，恨郎眼內無珠。命之不辰，風塵困瘁，甫得脫離，又遭棄捐。今眾人各有耳目，共作證明，妾不負郎君，郎君自負妾耳！」於是眾人聚觀者，無不流涕，都唾罵李公子負心薄倖。公子又羞又苦，且悔且泣，方欲向十娘謝罪。十娘抱持寶匣，向江心一跳。眾人急呼撈救，但見雲暗江心，波濤滾滾，杳無蹤影。可惜一個如花似玉的名姬，一旦葬於江魚之腹！

三魂渺渺歸水府，七魄悠悠入冥途。

當時旁觀之人，皆咬牙切齒，爭欲拳毆李甲和那孫富。慌得李、孫二人手足無措，急叫開船，分途遁去。李甲在舟中，看了千金，轉憶十娘，終日愧悔，鬱成狂疾，終身不痊。孫富自那日受驚，得病臥床月餘，終日見杜十娘在傍詬罵，奄奄而逝。人以爲江中之報也。

卻說柳遇春在京坐監完滿，束裝回鄉，停舟瓜步。偶臨江淨臉，失墜銅盆於水，覓漁人打撈。及至撈起，乃是個小匣兒。遇春啟匣觀看，內皆明珠異寶，無價之珍。遇春厚賞漁人，留於床頭把玩。是夜夢見江中一女子，淩波而來，視之，乃杜十娘也。近前萬福，訴以李郎薄倖之事，又道：「向承君家慷慨，以一百五十金相助。本意息肩[34]之後，徐圖報答，不意事無終始。然每懷盛情，恓恓

33　中饋：指妻室的意思。
34　息肩：讓肩頭重擔得以卸下休息，指生活安定下來。

未忘。早間曾以小匣托漁人奉致，聊表寸心，從此不復相見矣。」言訖，猛然驚醒，方知十娘已死，歎息累日。

　　後人評論此事，以爲孫富謀奪美色，輕擲千金，固非良士；李甲不識杜十娘一片苦心，碌碌蠢才，無足道者。獨謂十娘千古女俠，豈不能覓一佳侶，共跨秦樓之鳳[35]，乃錯認李公子。明珠美玉，投於盲人，以致恩變爲仇，萬種恩情，化爲流水，深可惜也！有詩歎云：

　　　　不會風流莫妄談，單單情字費人參。
　　　　若將情字能參透，喚作風流也不慚。

三、閱讀策略

1. 小說篇幅太長，分段落，更容易掌握重點。小組討論，從情節發展的轉折來分析，小說可以分爲幾大段，請下大標題標註。
2. 請同學分組討論，選擇一個關鍵詞，對文本進行詮釋。
   ⑴愛情：這是一篇明朝的愛情小說，發生於李甲與杜十娘之間一篇被背叛的愛情故事。
   ⑵認同：一個人的身分認同，由許多重要因素構成，而其中「工作」是一個重要的認同依據。杜十娘的悲劇性，其中一項就在於當她從良，變成一個離開妓女這個行業的一般女性，卻只被人以妓女這樣的身分繼續對待。
   ⑶家族：李甲和杜十娘的交往從一開始到結束，後面有一個大背景，就是家族的影響力。

曾陽晴老師　撰

35　秦樓之鳳：指神仙眷侶的意思。典故出於秦穆公爲其女弄玉所建之樓，也名鳳樓。相傳弄玉喜好音樂，蕭史善吹簫作鳳鳴，秦穆公以弄玉妻之，爲之作鳳樓。二人吹簫，鳳凰來集，後乘之飛升而去。

四、深度提問

　　以〈杜十娘怒沉百寶箱〉這一段文字「十娘對公子道：『吾等此去，何處安身？郎君亦曾計議有定著否？』公子道：『老父盛怒之下，若知娶妓而歸，必然加以不堪，反致相累。展轉尋思，尚未有萬全之策。』」為例，你覺得在當時的社會情境下這一場愛情戲，李甲和杜十娘的私訂終生有解套的可能性嗎？

五、創意發想

　　我們來玩標籤遊戲，給人貼標籤。閱讀掌握角色性格，可以迅速掌握故事發展的內在邏輯，因為某某某是這樣的人，所以他會這麼做等等。小組成員可以輪流對一個角色貼上一個人格特質，一直到再也擠不出新的標籤。所貼的標籤一定要根據文本得出，不可以隨意捏造。本篇〈杜十娘怒沉百寶箱〉頗長，人物經歷轉折，突顯個性中各樣特質。人都是複雜的，找出幾位主角的性格特色，相當有趣也富挑戰性。

1. 李甲，例如，「個性溫和（溫存性兒）」。請繼續貼標籤。
2. 杜十娘，「外表亮麗」。請繼續貼標籤。
3. 孫富，「陰險狡詐」，請貼標籤。

六、經典與自我主體的撞擊

　　從文本得到的啟發，請以現代社會的詮釋角度討論你在生活中面對的類似情況，也就是一個官二代（富二代）與一個美麗的性工作者進出摩鐵，被媒體偷拍登上版面。請小組討論，PTT上會出現什麼言論？你們如果是這個官二代的政府高官爸爸，你會如何因應。如果是他們家的外籍幫傭與移工（菲傭、印傭）？或者就是那位性工作者？那位政府高官爸爸的同事其他權貴階級的心態（李布政）？小組可以選一個角度發揮你們的想法。

七、短文習作

　　面對結婚，你會在愛情與麵包之間如何抉擇？

李生

一、題解

　　清朝乾隆年間編纂的四庫全書的總編輯紀曉嵐的晚年之作《閱微草堂筆記》15卷〈姑妄聽之〉1，其中有許多膾炙人口的篇章，這一篇〈李生〉寫一對相愛卻無緣相親的故事，彷彿一場夢般的淒涼。

二、原文

　　太白詩曰：「徘徊映歌扇，似月雲中見；相見不相親，不如不相見。」[1]此爲冶游言也。人家夫婦有睽離阻隔，而日日相見者，則不知是何因果矣。

　　郭石洲言，中州有李生者，娶婦旬餘而母病，夫婦更番守侍，衣不解結者七八月。母歿後，謹守禮法，三載不內宿。後貧甚，同依外家[2]。外家亦僅僅溫飽，屋宇無多，掃一室留居。未匝月，外姑之弟[3]遠就館[4]，送母來依姊。無室可容，乃以母與女共一室，而李生別榻書齋，僅早晚同案食耳。閱兩載，李生入京規進取，外舅[5]亦攜家就幕[6]江西。後得信，云婦已卒。李生意氣懊喪，益落拓不自存，仍附舟南下覓外舅。外舅已別易主人，隨往他所。無所棲託，姑賣字餬口。

1　李白的〈相逢行〉詩的其中四句，原文作「銜杯映歌扇，似月雲中見。相見不得親，不如不相見。」
2　外家：妻子的娘家。
3　外姑之弟：外姑指岳母，外姑之弟即指妻子的舅舅。
4　就館：去當私塾老師。
5　外舅：指岳父。
6　就幕：去當幕僚人員。

　　一日，市中遇雄偉丈夫，取視其字曰：「君書大好，能一歲三四十金，爲人書記乎？」李生喜出望外，即同登舟。煙水渺茫，不知何處。至家供張亦甚盛，及觀所屬筆札，則綠林豪客也。無可如何，姑且依止。慮有後患，因詭易里籍姓名。

　　主人性豪侈，聲伎滿前，不甚避客。每張樂必召李生。偶見一姬酷肖其婦，疑爲鬼。姬亦時時目李生，似曾相識。然彼此不敢通一語。蓋其外舅江行，適爲此盜所劫，見婦有姿首，併掠以去。外舅以爲大辱，急市薄槥，詭言女中傷死，僞爲哭斂，載以歸。婦憚死失身，已充盜後房。故於是相遇。然李生信婦已死，婦又不知李生改姓名，疑爲貌似，故兩相失。大抵三五日必一見，見慣亦不復相目矣。如是六七年。

　　一日，主人呼李生曰：「吾事且敗，君文士，不必與此難。此黃金五十兩，君可懷之，藏某處叢荻間。候兵退，速覓漁舟返，此地人皆識君，不慮其不相送也。」語訖，揮手使急去伏匿。未幾，聞哄然格鬥聲。既而聞傳呼曰：「盜已全隊揚帆去，且籍其金帛婦女！」時已曛黑，火光中窺見諸樂伎皆披髮肉袒，反接繫頸，以鞭杖驅之行。此姬亦在內，驚怖戰慄，使人心惻。

　　明日，島上無一人，癡立水次[7]。良久，忽一人棹小舟呼曰：「某先生耶？大王故無恙，且送先生返。」行一日夜，至岸。懼遭物色[8]，乃懷金北歸，至則外舅已先返。仍住其家。貨所攜，漸豐裕。念夫婦至相愛，而結禍

7　水次：水邊的意思。
8　物色：原指尋找、訪求人物或人才，此指害怕衙門兵卒追捕。

十載始終無一月共枕席，今物力稍充，不忍終以薄櫬[9]葬。擬易佳木，且欲一睹其遺骨，亦凤昔之情。外舅力沮不能止，詞窮吐實。急兼程至豫章，冀[10]合樂昌之鏡[11]。則所俘樂伎，分賞已久，不知流落何所矣。

　　每回憶六七年中，咫尺千里，輒惘然如失。又回憶被俘時，縲紲鞭笞之狀，不知以後摧折，更復若何，又輒腸斷也。從此不娶，聞後竟為僧。

　　戈芥舟[12]前輩曰：「此事竟可作傳奇[13]，惜末無結束，與《桃花扇》[14]相等。雖曲終不見，江上峰青，縣邈含情，正在煙波不盡，究未免增人怊悵耳。」

三、閱讀策略

1.你會給這個故事什麼關鍵詞？婚姻？從「婚姻」的角度，你對這個故事有什麼想法。

2.或者「愛情」，明明愛這個人（他的妻子，或她的丈夫），也見面了，但是卻愛不下去？

曾陽晴老師　撰

9　櫬：棺木。

10　冀：希望的意思。

11　樂昌之鏡：指破鏡重圓的故事，根據唐朝孟棨《本事詩・情感》的記載，南朝陳國將亡時，駙馬徐德言料想妻子樂昌公主會被搶走，於是將一面銅鏡打破，與妻子二人各執一半，約定未來若是有重逢之日可為憑證。陳亡後，樂昌公主為隋朝權臣楊素霸占。後來徐德言來到京城，遇人賣鏡，拿出自己所藏半鏡與之相合，感而題詩。公主見詩悲泣，楊素知情後，使公主與徐德言團圓。

12　戈濤：字芥舟，號遵園，乾隆16年進士，早作者紀曉嵐3年，故此稱其為前輩。

13　傳奇：原指唐朝的短篇小說創作，到了明清則指長篇劇作，此指本篇故事可改編為劇作之意。

14　《桃花扇》：清朝孔尚仁的歷史愛情大劇，寫明末侯方域與秦淮名妓李香君的故事，結局男女主角入山修道，之後的事就沒再書寫，因此此處說「惜末無結束」。

四、深度提問

你覺得什麼是暗戀？試著給暗戀下一個定義。這一對相愛的夫妻，是暗戀嗎？為什麼？如果不是，那你認為應該是什麼？

五、經典與自我主體的撞擊

我們可以改寫這一篇故事，第四段「主人性豪侈，聲伎滿前，不甚避客。每張樂必召李生。偶見一姬酷肖其婦，疑為鬼。姬亦時時目李生，似曾相識。然彼此不敢通一語。蓋其外舅江行，適為此盜所劫，見婦有姿首，併掠以去。外舅以為大辱，急市薄槥，詭言女中傷死，偽為哭斂，載以歸。婦憚死失身，已充盜後房。故於是相遇。然李生……」請續寫，給他們夫妻的婚姻一個新的結局吧。

六、經典與自我主體的撞擊

　　把事件放到現代社會，如果你是記者（或是警察、或是作家），破獲這樣一個強盜集團，發現竟然有這樣離奇的故事，請問你會採取什麼行動。

七、短文習作

　　聊聊你對「暗戀」的看法。

畫皮

一、題解

　　〈畫皮〉出於清朝蒲松齡的《聊齋誌異》。非常膾炙人口的故事，所以被改編為電影劇本，還拍了續集。

二、原文

　　太原王生早行，遇一女郎，抱襆[1]獨奔，甚艱於步，生急走趁[2]之，乃二八麗姝。心相愛樂，問：「何夙夜踽踽獨行？」女曰：「行道之人，不能解愁憂，何勞相問。」生曰：「卿何愁憂？或可效力，不辭也。」女黯然曰：「父母貪賂，鬻[3]妾朱門[4]。嫡妒甚，朝詈[5]而夕楚[6]辱之，所弗堪也，將遠遁耳。」問：「何之？」曰：「在亡之人，烏有定所。」生言：「敝廬不遠，即煩枉顧。」女喜從之。生代攜襆物，導與同歸。女顧室無人，問：「君何無家口？」答云：「齋[7]耳。」女曰：「此所良佳。如憐妾而活之，須秘密勿洩。」生諾之。乃與寢合。使匿密室，過數日而人不知也。生微告妻。妻陳，疑為大家媵妾[8]，勸遣之，生不聽。

　　偶適市，遇一道士，顧生而愕。問：「何所遇？」

1　襆：包袱的意思。
2　趁：追逐、追趕。
3　鬻：賣的意思。
4　朱門：王侯貴族門漆為朱色，指富豪之家。
5　詈：大罵。
6　楚：用藤條鞭打。
7　齋：指書齋，書房的意思。
8　媵妾：媵音同「映」，媵妾的意思是陪嫁過來的侍妾。

答言：「無之。」道士曰：「君身邪氣縈繞，何言無？」
生又力白，道士乃去，曰：「惑哉！世固有死將臨而不悟
者！」生以其言異，頗疑女。轉思明明麗人，何至爲妖，
意道士借魘禳[9]以獵食者。無何，至齋門，門內杜不得
入，心疑所作，乃逾垝垣[10]，則室門亦閉。躡跡而窗窺
之，見一獰鬼，面翠色，齒巉巉[11]如鋸，舖人皮於榻上，
執彩筆而繪之。已而擲筆，舉皮如振衣狀，披於身，遂化
爲女子。睹此狀，大懼，獸伏而出。急追道士，不知所
往。遍跡之，遇於野，長跪乞救。道士曰：「請遣除之，
此物亦良苦，甫能覓代者，予亦不忍傷其生。」乃以蠅
拂[12]授生，令挂寢門。臨別，約會於青帝廟。生歸，不
敢入齋，乃寢內室，懸拂焉。一更許，聞門外戢戢有聲，
自不敢窺也，使妻窺之。但見女子來，望拂子不敢進，立
而切齒，良久乃去。少時復來，罵曰：「道士嚇我，終不
然，寧入口而吐之耶！」取拂碎之，壞寢門而入，徑登生
床，裂生肚，掬生心而去。妻號。婢入燭之，生已死，腔
血狼籍。陳駭涕不敢聲。

　　明日使弟二郎奔告道士。道士怒曰：「我固憐之，
鬼子乃敢耳！」即從生弟來。女子已失所在。既而仰首四
望，曰：「幸遁未遠。」問：「南院誰家？」二郎曰：
「小生所舍也。」道士曰：「現在君舍。」二郎愕然，以
爲未有。道士問曰：「曾否有不識者一人來？」答曰：
「僕赴青帝廟，良不知，當歸問之。」少頃而返，曰：

9　魘禳：魘音同「演」，禳音同「讓」的二聲，指道士畫符咒作法驅魔。
10　垝垣：圍牆的缺口。
11　巉：音同「蟬」，巉巉指銳利的樣子。
12　蠅拂：即道士用的拂塵。

「晨間一嫗來，欲傭，為僕家操作，室人止之，尚在
也。」道士曰：「即是物矣。」遂與俱往。仗木劍立庭
心，呼曰：「業魅償我拂子來！」嫗在室惶遽無色，出門
欲遁，道士逐擊之。嫗仆，人皮劃然而脫，化為厲鬼，臥
嗥如豬。道士以木劍梟其首。身變作濃煙，匝地作堆。道
士出一葫蘆，拔其塞，置煙中，颼颼然如口吸氣，瞬息煙
盡。道士塞口入囊。共視人皮，眉目手足，無不備具。道
士卷之，如卷畫軸聲，亦囊之，乃別欲去。陳氏拜迎於
門，哭求回生之法。道士謝不能。陳益悲，伏地不起。道
士沉思曰：「我術淺，誠不能起死。我指一人，或能之，
往求必合有效。」問：「何之？」曰：「市人有瘋者，時
臥糞土中，試叩而哀之。倘狂辱夫人，夫人勿怒也。」二
郎亦習知之，乃別道士，與嫂俱往。

　　見乞人顛歌道上，鼻涕三尺，穢不可近。陳膝行而
前。乞人笑曰：「佳人愛我乎？」陳告以故。又大笑曰：
「人盡夫也，活之何為！」陳固哀之。乃曰：「異哉！人
死而乞活於我，我閻摩耶？」怒以杖擊陳，陳忍痛受之。
市人漸集如堵。乞人咯痰唾盈把，舉向陳吻[13]曰：「食
之！」陳紅漲於面，有難色；既思道人之囑，遂強啖焉。
覺入喉中，硬如團絮，格格而下，停結胸間。乞人大笑
曰：「佳人愛我哉！」遂起行，已不顧。尾之，入於廟
中。迫而求之，不知所在，前後冥搜，殊無端兆，慚恨而
歸。既悼夫亡之慘，又悔食唾之羞，俯仰哀啼，但願即
死。方欲展血斂尸，家人佇望，無敢近者。陳抱尸收腸，

13　吻：指嘴唇。

且理且哭。哭極聲嘶，頓欲嘔，覺鬲[14]中結物突奔而出，不及回首，已落腔中。驚而視之，乃人心也，在腔中突突猶躍，熱氣騰蒸如煙焉。大異之。急以兩手合腔，極力抱擠。少懈，則氣氤氳自縫中出，乃裂繒帛急束之。以手撫尸，漸溫，覆以衾裯。中夜啟視，有鼻息矣。天明竟活。為言：「恍惚若夢，但覺心隱痛耳。」視破處，痂結如錢，尋愈。

　　異史氏曰：「愚哉世人！明明妖也，而以為美。迷哉愚人！明明忠也，而以為妄。然愛人之色而漁之，妻亦將食人之唾而甘之矣。天道好還，但愚而迷者不悟耳。可哀也夫！」

三、閱讀策略

　　請同學分組討論，選擇一個關鍵詞，對文本進行詮釋。

1.色相：這是一篇男人貪戀美色的小說，導致一連串的可怕後果。

2.救贖：王生的妻子勸老公不要占來路不明女子的便宜，美色當前的男人，怎擋得住誘惑。但是被老公背叛的王妻，卻願意為了救老公，做出巨大的犧牲。

曾陽晴老師　撰

14　鬲：通「膈」。指橫隔膜，鬲中指胸腹之間。

四、深度提問

1. 作者在文章最後說的幾句話：「愛人之色而漁之，妻亦將食人之唾而甘之矣。天道好還」，我們來思考一下他所說的「天道好還」，你可以解釋一下這個天道是如何運作的？這背後代表什麼樣的兩性觀。

2. 小組討論：「躡跡而窗窺之，見一獰鬼，面翠色，齒巉巉如鋸，鋪人皮於榻上，執彩筆而繪之。已而擲筆，舉皮如振衣狀，披於身，遂化為女子。」小組中男、女同學討論一下，小說中這樣寫美女，背後的意識形態是什麼？

五、創意發想

　　我們來玩標籤遊戲，給人貼標籤。閱讀掌握角色性格，可以讓我們迅速掌握故事發展的內在邏輯。小組成員一起討論對文本中的角色貼上人格特質，一直到再也擠不出新的標籤。如此，我們就可以大致了解那個角色是一個什麼樣的人。所貼的標籤一定要根據文本得出，不可以隨意捏造。捷克小說大師米蘭昆德拉，在他的《小說的藝術》一書中，就說了他寫小說一開始都是先設定角色的複雜性格，然後就讓這些角色自己演戲。

1. 王生，例如：「好色」。請繼續貼標籤。
2. 王生的妻子，「很聽老公話（自不敢窺也，使妻窺之）」。請繼續貼標籤。
3. 瘋癲乞丐，請貼標籤。
4. 你們可以利用這些所貼的標籤，甚至換掉其中一、兩個標籤，然後改寫這一篇故事嗎？最好是出乎一般讀者意料之外的。

六、經典與自我主體的撞擊

　　從文本得到的啟發，請以現代社會的詮釋角度討論你在生活中面對的類似情況。其實這個故事的高潮，應該就是王妻救夫這一段情節。請小組討論，如果在現代女性意識如此高漲的情形，我們看到這一個「王妻救夫」的社會事件，請問你們會如何在Dcard、PTT上討論。

七、短文習作

　　聊聊你對「劈腿」的看法。

鏡花緣

一、題解

　　《鏡花緣》號稱中國十大名著之一，與《紅樓夢》、《水滸傳》、《三國演義》、《西遊記》等齊名，作者李汝珍在此書中大膽結合古今名著之場景、角色及傳說故事……等等，敘述百回精彩故事，其中最為人熟悉者，為前半部主人翁唐敖四海遊歷許多特別國家之經歷。然而，本書作者以「女誡」起始，試圖為中國女性寫出另一番見解，其中大篇幅談到婦女受到的不公平待遇等問題，在晚清中國已處於封建統治數千年之際，李汝珍此番見解因此而受到胡適先生讚譽，並肯定其為「中國最早提出（女權）這個問題的人」，並定位《鏡花緣》為「一部討論婦女問題的書」，雖有其他研究或評論者並不如胡適先生般推崇《鏡花緣》在中國女權史上的地位，但其中一些站在女性角度發聲的言論與編排，不失為當時期之創舉。

二、原文

第三十二回　訪籌算暢遊智佳國　觀豔妝閒步女兒鄉

　　……行了幾日，到了女兒國，船隻泊岸。多九公來約唐敖上去遊玩。唐敖因聞得太宗命唐三藏西天取經，路過女兒國，幾乎被國王留住，不得出來，所以不敢登岸。多九公笑道：「唐兄慮的固是。但這女兒國非那女兒國可比。若是唐三藏所過女兒國，不獨唐兄不應上去，就是林兄明知貨物得利，也不敢冒昧上去。此地女兒國卻另有不同，歷來本有男子，也是男女配合，與我們一樣。其所異於人的，男子反穿衣裙，作為婦人，以治內事；女子反穿靴帽，作為男人，以治外事。男女雖亦配偶，內外之分，

卻與別處不同。」唐敖道：「男爲婦人，以治内事，面上可脂粉？兩足可須纏裹？」林之洋道：「聞得他們最喜纏足，無論大家小戶，都以小腳爲貴；若講脂粉，更是不能缺的。幸虧俺生天朝[1]，若生這裡，也教俺裹腳，那才坑死人哩！」因從懷中取出一張貨單道：「妹夫，你看：上面貨物就是這裡賣的。」唐敖接過，只見上面所開脂粉、梳篦[2]等類，儘是婦女所用之物。看罷，將單遞還道：「當日我們嶺南起身，查點貨物，小弟見這物件帶的過多，甚覺不解，今日才知卻是爲此。單内既將貨物開明，爲何不將價錢寫上？」林之洋道：「海外賣貨，怎肯預先開價，須看他缺了那樣，俺就那樣貴。臨時見景生情，卻是俺們飄洋討巧處。」唐敖道：「此處雖有女兒國之名，並非純是婦人，爲何要買這些物件？」多九公道：「此地向來風俗，自國王以至庶民，諸事儉樸；就只有個毛病，最喜打扮婦人。無論貧富，一經講到婦人穿戴，莫不興致勃勃，哪怕手頭拮据，也要設法購求。林兄素知此處風氣，特帶這些貨物來賣。這個貨單拿到大戶人家，不過三兩日就可批完，臨期兌銀髮貨。雖不能如長人國、小人國大獲其利，看來也不止兩三倍利息。」唐敖道：「小弟當日見古人書上有『女治外事，男治内事』一説，以爲必無其事；那知今日竟得親到其地。這樣異鄉，定要上去領略領略風景。舅兄今日滿面紅光，必有非常喜事，大約貨物定是十分得彩，我們又要暢飲喜酒了。」林之洋道：「今日有兩隻喜鵲，只管朝俺亂噪；又有一對喜蛛[3]，巧巧落

1　天朝：此處意指唐朝。
2　梳篦：梳子與篦子。齒疏爲梳，用來梳理頭髮；齒密爲篦，用來清除髮垢。
3　喜蛛：一種長腳蜘蛛，古時以其出現爲喜兆。

俺腳上，只怕又像燕窩那樣財氣，也不可知。」拿了貨
單，滿面笑容去了。

　　唐敖同多九公登岸進城，細看那些人，無老無少，
並無鬍鬚；雖是男裝，卻是女音；兼之身段瘦小，裊裊婷
婷。唐敖道：「九公，你看：他們原是好好婦人，卻要裝
作男人，可謂矯揉造作了。」多九公笑道：「唐兄：你是
這等說；只怕他們看見我們，也說我們放著好好婦人不
做，卻矯揉造作，充作男人哩。」唐敖點頭道：「九公此
話不錯。俗話說的：『習慣成自然。』我們看她雖覺異
樣，無如她們自古如此；他們看見我們，自然也以我們為
非。此地男子如此，不知婦人又是怎樣？」多九公暗向旁
邊指道：「唐兄：你看那個中年老嫗，拿著針線做鞋，豈
非婦人麼？」唐敖看時，那邊有個小戶人家，門內坐著一
個中年婦人：一頭青絲黑髮，油搭的雪亮，真可滑倒蒼
蠅，頭上梳一盤龍鬆兒，鬢旁許多珠翠，真是耀花人眼
睛；耳墜八寶金環；身穿玫瑰紫的長衫，下穿蔥綠裙兒；
裙下露著小小金蓮。穿一雙大紅繡鞋，剛剛只得三寸；伸
著一雙玉手，十指尖尖，在那裡繡花；一雙盈盈秀目，兩
道高高蛾眉，面上許多脂粉；再朝嘴上一看，原來一部鬍
鬚，是個絡腮鬍子！

　　看罷，忍不住撲嗤笑了一聲。那婦人停了針線，望
著唐敖喊道：「你這婦人，敢是笑我麼？」這個聲音，老
聲老氣，倒像破鑼一般，把唐敖嚇的拉著多九公朝前飛
跑。那婦人還在那裡大聲說道：「你面上有須，明明是個
婦人；你卻穿衣戴帽，混充男人！你也不管男女混雜！你
明雖偷看婦女，你其實要偷看男人。你這臊貨！你去照照

鏡子，你把本來面目都忘了！你這蹄子[4]，也不怕羞！你今日幸虧遇見老娘；你若遇見別人，把你當作男人偷看婦女，只怕打個半死哩！」

唐敖聽了，見離婦人已遠，因向九公道：「原來此處語音卻還易懂。聽他所言，果然竟把我們當作婦人，他才罵我『蹄子』：大約自有男子以來，未有如此奇罵，這可算得『千古第一罵』。我那舅兄上去，但願他們把他當作男人才好。」多九公道：「此話怎講？」唐敖道：「舅兄本來生的面如傅粉；前在厭火國，又將鬍鬚燒去，更顯少壯，他們要把他當作婦人，豈不耽心麼？」多九公道：「此地國人向待鄰邦最是和睦，何況我們又從天朝來的，更要格外尊敬。唐兄只管放心。」

唐敖道：「你看路旁掛著一道榜文，圍著許多人在那裡高聲朗誦，我們何不前去看看？」走近聽時，原來是為河道雍塞之事。唐敖意欲擠進觀看。多九公道：「此處河道與我們何干，唐兄看他怎麼？莫非要替他挑河，想酬勞麼？」唐敖道：「九公休得取笑。小弟素於河道絲毫不諳。適因此榜，偶然想起桂海地方每每寫字都寫本處俗字，即如『垚』字就是我們所讀『穩』字，『歪』字就是『終』字，諸如此類，取義也還有些意思，所以小弟要去看看，不知此處文字怎樣。看在眼內，雖算不得學問，廣廣見識，也是好的。」分開眾人進去，看畢，出來道：「上面文理倒也通順，書法也好；就只有個『襃』字，不知怎講。」多九公道：「老夫記得桂海等處都以此字讀作

4　蹄子：古時罵女子之詞，於《紅樓夢》中亦常出現。一說因女子纏足，腳似馬蹄而來；一說「小蹄子」為「小弟子」的諧音，為元朝戲謔妓女之詞。

『矮』字，想來必是高矮之義。」唐敖道：「他那榜上講的果是『堤岸高隥』之話，大約必是『矮』字無疑。今日又識一字，卻是女兒國長的學問，也不虛此一行了。」

又朝前走，街上也有婦人在內，舉止光景，同別處一樣，裙下都露小小金蓮，行動時腰肢顫顫巍巍；一時走到人煙叢雜處，也是躲躲閃閃，遮遮掩掩，那種嬌羞樣子，令人看著也覺生憐，也有懷抱小兒的，也有領著小兒同行的。內中許多中年婦人，也有鬍鬚多的，也有鬍鬚少的，還有沒須的，及至細看，那中年須的，因為要充少婦，唯恐有須顯老，所以撥的一毛不存。唐敖道：「九公，你看，這些拔須婦人，面上須孔猶存，倒也好看。但這人中下巴，被他拔的一乾二淨，可謂寸草不留，未免失了本來面目，必須另起一個新奇名字才好。」多九公道：「老夫記得《論語》有句『虎豹之鞟』。他這人中下巴，都拔的光光，莫若就叫『人鞟』罷。」唐敖笑道：「『鞟』是『皮去毛者也』。這『人鞟』二字，倒也確切。」多九公道：「老夫才見幾個有須婦人，那部鬍鬚都似銀針一般，他卻用藥染黑，面上微微還有墨痕，這人中下巴，被他塗的失了本來面目。唐兄何不也起一個新奇名字呢？」唐敖道：「小弟記得衛夫人講究書法，曾有『墨豬』[5]之說。他們既是用墨塗的，莫若就叫『墨豬』罷。」多九公笑道：「唐兄這個名字不獨別緻，並且狠得『墨』字『豬』字之神。」二人說笑，又到各處游了多時。

回到船上，林之洋尚未回來；用過晚飯，等到二

5　墨豬：原比喻書法字體筆畫肥厚臃腫，缺乏筋骨力道，使字體顯得如一墨團。在此處為唐敖與多九公兩人嘲笑女兒國男子以墨染鬚之樣貌。

鼓[6]，仍無消息。呂氏甚覺著慌。唐敖同多九公提著燈籠，上岸找尋。走到城邊，城門已閉，只得回船，次日又去尋訪。仍無蹤影。至第三日，又帶見個水手，分頭尋找，也是枉然。一連找了數日，竟似石沉大海。呂氏同婉如[7]只哭的死去活來，唐、多二人仍是日日找尋，各處探信。

　　誰知那日林之洋帶著貨單，走進城去，到了幾個行店，恰好此地正在缺貨。及至批貨，因價錢過少，又將貨單拿到大戶人家。那大戶批了貨物，因指引道：「我們這裡有個國舅府，他家人眾，須用貨物必多，你到那裡賣去，必定得利。」隨即問明路徑，來到國舅府，果然高大門第，景象非凡。

　　未知如何，下回分解——

第三十三回　粉面郎纏足受困　長鬚女玩股垂情

　　話說林之洋來到國舅府，把貨單求管門的呈進。裡面傳出話道：「連年國主採選嬪妃，正須此貨。今將貨單替你轉呈，即隨來差同去，以便聽候批貨。」不多時，走出一個內使，拿了貨單，一同穿過幾層金門，走了許多玉路；處處有人把守，好不威嚴，來到內殿門首，內使立住道：「大嫂在此等候。我把貨單呈進，看是如何，再來回你。」走了進去，不多時出來道：「大嫂單內貨物並未開價，這卻怎好？」林之洋道：「各物價錢，俺都記得，如要那幾樣，等候批完，俺再一總開價。」內使聽了進去，

6　二鼓：古代夜晚用鼓打更，因此二鼓即為二更天，相當於現代晚間九點到十一點。

7　呂氏同婉如：呂氏為林之洋之妻，婉如為其女，並為書中百花仙子之司素馨花仙子，凡間一百位才女之第三十四名才女「賽鐘徭」。

又走出道：「請問大嫂：胭脂每擔若干銀？香粉每擔若干銀？頭油每擔若干銀？頭繩每擔若干銀？」林之洋把價說了。內使走去，又出來道：「請問大嫂：翠花每盒若干銀？絨花每盒若干銀？香珠每盒若干銀？梳篦每盒若干銀？」林之洋又把價說了。內使入去，又走出道：「大嫂單內各物，我們國主大約多寡不等，都要買些。就只價錢問來問去，恐有訛錯，必須面講，才好交易。國主因大嫂是天朝婦人，天朝是我們上邦，所以命你進內。大嫂須要小心！」林之洋道：「這個不消分付。」跟著內使走進向殿。見了國王，深深打了一躬，站在一旁。看那國王，雖有三旬以外，生的面白唇紅，極其美貌。旁邊圍著許多宮娥[8]。國王十指尖尖，拿著貨單，又把各樣價錢，輕啟朱唇問了一遍。一面問話，一面只管細細上下打量；林之洋忖道：「這個國王為甚只管將俺細看，莫非不曾見過天朝人麼？」不多時，宮娥來請用膳。國王分付內使將貨單存下，先去回覆國舅；又命宮娥款待天朝婦人酒飯。轉身回宮。

　　遲了片時，有幾個宮娥把林之洋帶至一座樓上，擺了許多餚饌。剛把酒飯吃完，只聽下面鬧鬧吵吵，有許多宮娥跑上樓來，都口呼「娘娘」，嗑頭叩喜。隨後又有許多宮娥捧著鳳冠霞帔，玉帶蟒衫並裙褲簪環首飾之類，不由分說，七手八腳，把林之洋內外衣服脫的乾乾淨淨。這些宮娥都是力大無窮，就如鷹拿燕雀一般，那裡由他作主。剛把衣履脫淨，早有宮娥預備香湯，替他洗浴。換了襖褲，穿了衫裙；把那一雙「大金蓮」暫且穿了綾襪；頭上

8　宮娥：此為宮中侍女。

梳了鬆兒，搽了許多頭油，戴上鳳釵；搽了一臉香粉，又把嘴唇染的通紅；手上戴了戒指，腕上戴了金鐲。把床帳安了，請林之洋上坐。此時林之洋倒像做夢一般，又像酒醉光景，只是發愣。細問宮娥，才知國王將他封為王妃，等選了吉日，就要進宮。

正在著慌，又有幾個中年宮娥走來，都是身高體壯，滿嘴鬍鬚。內中一個白鬚宮娥，手拿針線，走到床前跪下道：「稟娘娘：奉命穿耳。」早有四個宮娥上來，緊緊扶住。那白鬚宮娥上前，先把右耳用指將那穿針之處碾了幾碾，登時一針穿過。林之洋大叫一聲：「疼殺俺了！」往後一仰，幸虧宮娥扶住。又把左耳用手碾了幾碾，也是一針直過。林之洋只疼的喊叫連聲。兩耳穿過，用些鉛粉塗上，揉了幾揉，戴了一副八寶金環。白鬚宮娥把事辦畢退會。接著有個黑鬚宮人，手拿一匹白綾，也向床前跪下道：「稟娘娘：奉命纏足。」又上來兩個宮娥，都跪在地下，扶住「金蓮」，把綾襪脫去。那黑鬚宮娥取了一個矮凳，坐在下面，將白綾從中撕開，先把林之洋右足放在自己膝蓋上，用些白礬灑在腳縫內，將五個腳指緊緊靠在一處，又將胸面用力曲作彎弓一般，即用白綾纏裹；才纏了兩層，就有宮娥象著針線上來密密縫口：一面狠纏，一面密縫。林之洋身旁既有四個宮娥緊緊靠定，又被兩個宮娥把腳扶住，絲毫不能轉動。及至纏完，只覺腳上如炭火燒的一般，陣陣疼痛。不覺一陣心酸，放聲大哭道：「坑死俺[9]了！」兩足纏過，眾宮娥草草做了一雙軟底大紅鞋替

9　坑死俺：書中角色林之洋常用語。林之洋雖在書中被描述為貌美英俊的男子，其說話用語卻較顯粗俗。

他穿上。林之洋哭了多時，左思右想，無計可施，只得央及眾人道：「奉求諸位老兄替俺在國王面前方便一聲：俺本有婦之夫，怎作王妃？俺的兩隻大腳，就如遊學秀才，多年來曾歲考[10]，業已放蕩慣了，何能把他拘束？只求早早放俺出去，就是俺的妻子也要感激的。」眾宮娥道：「剛才國主業已分付，將足纏好，就請娘娘進官。此時誰敢亂言！」

不多時，宮娥掌燈送上晚餐，真是肉山酒海，足足擺了一桌。林之洋哪裡吃得下，都給眾人吃了，一時忽要小解，因向官娥道：「此時俺要撒尿，煩老兄領俺下樓走走。」官娥答應，早把淨桶掇來。林之洋看了，無可奈何。意欲扎挣起來，無如兩足纏的緊緊，那裡走得動。只得扶著宮娥下床，坐上淨桶；小解後，把手淨了。宮娥掇了一盆熱水道：「請娘娘用水。」林之洋道：「俺才洗手，為甚又要用水？」官娥道：「不是淨手，是下面用水。」林之洋道：「怎叫下面用水？俺倒不知。」宮娥道：「娘娘才從何處小解，此時就從何處用水。既怕動手，待奴婢替洗罷。」登時上來兩個胖大官娥，一個替他解褪中衣，一個用大紅綾帕蘸水，在他下身揩磨。林之洋喊道：「這個頑的不好！請位莫亂動手！俺是男人，弄的俺下面發癢。不好，不好！越揩越癢！」那個宮娥聽了，自言自語道：「你說越揩越癢，俺還越癢越揩哩！」把水用過，坐在床上，只覺兩足痛不可當，支撐不住，只得倒在床上和衣而臥。那中年宮娥上前稟道：「娘娘既覺身

---

10 歲考：古代科舉學制中，一年一次的考試，用以評判優劣、訂定賞罰。此處林之洋以遊學秀才比喻其雙腳，歲考比喻纏足。

倦，就請盥漱安寢罷。」眾宮娥也有執著燭臺的，也有執著漱盂的，也的捧著面盆的，也有捧著梳妝的，也有托著油盒的，也有托著粉盒的，也的提著手巾的，也的提著綾帕的：亂亂紛紛，圍在床前。只得依著眾人略略應酬。淨面後，有個宮娥又來搽粉，林之洋執意不肯。白鬚宮娥道：「這臨睡搽粉規矩最有好處，因粉能白潤皮膚，內多冰麝，王妃面上雖白，還欠香氣，所以這粉也是不可少的。久久搽上，不但面加白玉，還從白色中透出一般肉香，真是越白越香，越香越白；令人越聞越愛，越愛越聞：最是討人歡喜的。久後才知其中好處哩。」宮娥說之至再，那裡肯聽。眾人道：「娘娘如此任性，我們明日只好據實啟奏，請保母過來，再作道理。」登時四面安歇。

到了夜間，林之洋被兩足不時疼醒，即將白綾左撕右解，費盡無窮之力，才扯了下來，把十個腳指個個舒開。這一暢快，非同小可，就如秀才免了歲考一般，好不鬆動。心中一爽，竟自沉沉睡去。次日起來，盥漱已罷。那黑鬚宮娥正要上前纏足，只見兩足已脫精光，連忙啟奏。國王教保母過來重責二十，並命在彼嚴行約束。保母領命，帶了四個手下，捧著竹板，來到樓上，跪下道：「王妃不遵約束，奉令打肉。」林之洋看了，原來是個長鬚婦人，手捧一塊竹板，約有三寸寬、八尺長。不覺吃了一嚇道：「怎麼叫作『打肉』？只見保母手下四個微鬚婦人，一個個膀闊腰粗，走上前來，不由分說，輕輕拖翻，褪下中衣。保母手舉竹板，一起一落，竟向屁股、大腿，一路打去。林之洋喊叫連聲，痛不可忍。剛打五板，業已肉綻皮開，血濺茵褥。保母將手停住，向纏足宮娥道：「王妃下體甚嫩，才打五板，已是『血流漂杵』；若打到二十·

恐他貴體受傷，一時難愈，有誤吉期，拜煩姐姐先去替我轉奏，看國主鈞諭[11]如何，再作道理。」纏足宮人答應去了。保母手執竹板，自言自語道：「同是一樣皮膚，他這下體為何生的這樣又白又嫩？好不令人可愛！據我看來：這副尊臀，真可算得『貌比潘安，顏如宋玉』了！」因又說道：「『貌比潘安，顏如宋玉』，是說人的容貌之美，怎麼我將下身比他？未免不倫。」只見纏足宮人走來道：「奉國主鈞諭，問王妃此後可遵約束？如痛改前非，即免責放起。」林之洋怕打，只得說道：「都改過了。」眾人於是歇手。宮娥拿了綾帕，把下體血跡擦了。國王命人賜了一包棒瘡藥，又送了一盞定痛人參湯。隨即敷藥，吃了人參湯，倒在床上歇息片時，果然立時止痛。纏足宮娥指足從新纏好，教他下床來往走動。宮娥攙著走了幾步。棒瘡雖好，兩足甚痛，只想坐下歇息；無奈纏足宮娥唯恐誤了限期，毫不放鬆，剛要坐下，就要啟奏；只得勉強支持，走來走去，真如掙命一般。到了夜間，不時疼醒，每每整夜不能合眼。無論日夜，俱有宮娥輪流坐守，從無片刻離人，竟是絲毫不能放鬆。林之洋到了這個地位，只覺得湖海豪情，變作柔腸寸斷了。

　　未知如何，下回分解——

三、閱讀策略

1. 背景介紹

　　鏡花緣故事從王母娘娘的壽宴開始，跟西遊記場景類似，但主角為女性的百花仙子。「西遊記」中孫悟空號稱來自花果山水濂洞，並因

11　鈞諭：古代對於君主、帝王所給的命令或指示的敬稱。

大鬧天宮惹到不少人，而有了後續的故事及因緣。而「鏡花緣」中女主角的來歷敘述也有相似之處：「蓬萊山有個薄命岩，岩上有個紅顏洞，洞內有位仙姑，總司天下名花，乃群芳之主，名百花仙子，在此修行多年。」雖來自蓬萊仙山，卻套用了「紅顏薄命」，極爲諷刺。作者以眾多女性爲主角，雖在紅樓夢之後，故不算中國小說中之創舉，但紅樓夢的故事仍以中國傳統女性認知爲主，無論多聰慧、溫婉、強悍或才華洋溢的女子，都繞著一個賈寶玉。不若「鏡花緣」中雖看似以唐敖（百花仙子唐小山之父）爲主要角色敘述旅途經歷，實則以代表百花的百位女子爲書中實際主角。其中唐敖經過之國度中，又以「女兒國」的描述，最翻轉當世代人之性別觀念。此篇即以鏡花緣中女兒國相關節選文爲主要介紹。

2.請同學分組討論，選擇一個關鍵詞，對文本進行詮釋、發想、或討論：

(1) 關鍵詞一：刻板印象Stereotype

　　西遊記中的女兒國，舉國皆爲女子，不需要男子，包含延續後代的關鍵，也藉由小說家的創意，由飲用子母河之水代勞，男性徹底失去所有必須存在之意義。反觀鏡花緣中的女兒國，基本上「架構」與一般社會無異，「男人」主外、「女人」主內，「男人」著男裝，「女人」著女裝、塗抹胭脂、甚至如同古代女子一般裹小腳。最大的差異是，女兒國中的「男人」其實是女性，而「婦人」其實是男子，如同置身一場超大型戲劇之中，所有男演員皆男扮女裝、而所有女演員皆女扮男裝。

　　小說家的描述並不複雜，簡單以幾幕顯示，例如第三十二回主人翁唐敖進城所見：「唐敖同多九公登岸進城，細看那些人，無老無少，並無髭鬚；雖是男裝，卻是女音；兼之身段瘦小，嬝嬝婷婷。唐敖道：「九公，你看：他們原是好好婦人，卻要裝作男人，可謂矯揉造作了。」此段文字顯示女兒國中的「男人」在唐敖與多九公兩人眼中之樣貌，同時也突顯唐敖對其所屬社會中「女性」的既定印象，認爲女性身形一律瘦小，即使穿著當時男性的服飾，看在唐敖這傳統文人的眼裡，便是「矯揉造作，違反四德」。而在看到女兒國的一名中

年「婦人」時，唐敖更因其如一般女子的妝髮、胭脂塗抹的面容上猛然出現的絡腮鬍而忍俊不住，惹怒該民「婦人」，只得落荒而逃。作者在此倒是藉著多九公為女兒國的性別顛倒平反，認為不論是他們所熟悉的男女之別或女人國的男女穿著、行徑，都只是習以為常的自然現象。回到二十一世紀，活在現代的你，對於自己的穿著是否會因社會文化的期待而受影響？是否對於周遭人的穿著打扮一律平等視之？還是會因生長背景或文化教育的影響，而有既定印象的心態呢？

(2) 關鍵詞二：女權Women's Rights

在唐敖以為女兒國是唐朝唐三藏西天取經所路過之地，不敢上岸探訪之時，多九公解釋：「這女兒國非那女兒國可比。……此地女兒國卻另有不同：歷來本有男子，也是男女配合，與我們一樣。其所異於人的，男子反穿衣裙，作為婦人，以治內事；女子反穿靴帽，作為男人，以治外事。男女雖亦配偶，內外之分，卻與別處不同。」如上所述，鏡花緣中的女兒國是以女子掌權，國王是女性，嬪妃為男性，因此男性須如同古代女子一般面抹脂粉、頭髮抹油梳髻、頭戴珠翠、耳墜，身穿裙子，腳下三寸金蓮。這裏小腳可謂古今中外有名的不仁道行為。作者在女兒國讓誤入皇宮的林之洋（唐敖妻兄）被國王看上，繼而承受清朝女子所需承受之苦，將裹小腳之痛楚描繪得淋漓盡致，可為替當代女子發聲。

然而也許李汝珍本身畢竟非女性，且生活一向優渥、自在，或者仍多少畏於當時朝廷，在替女性發聲的部分，時有過於表面之論述，甚至整個國家雖以女性為主，名稱為女兒國，為何國內所有女子以男性穿著為主？並要被稱為「男人？」且徹底保存男性國王嬪妃眾、又隨時可強搶「民婦」的惡習。而原本是男兒身的「婦女」，也因在此國是「婦人」，所以顯得卑微，這樣的女權是真女權？還是更加突顯當時社會女性地位與認知之低微？

(3) 關鍵詞三：歧視或偏見？Discrimination or Bias？

續上之討論，小說家這樣的設定，也許是特意安排，也許只是方便撰寫，無論其原始用意，或者編撰文章時的思考邏輯為何，文句

中時而顯示類似性別歧視（或偏見）之言論，除了對於跟自己認知不同的性別穿著、打扮投以異樣眼光之外，書中角色語氣中也潛在顯示唐敖（或作者）對身著男裝之女性的歧視，甚至對女性裝扮之同性的歧視。例如：唐敖對於該國「婦女」抹粉的臉上出現絡腮鬍而「嘆哧一笑」、或者他在看到該國「婦人」有為了裝年輕而拔除鬍鬚或染黑者，而與多九公玩笑替其取綽號。而多九公雖曾勸解唐敖應試著理解不同國家的文化，在此時卻仍以傳統男性思維與友人笑謔，兩人玩笑取了「人彘」、「墨豬」二名稱，還洋洋得意賣弄文采緣由，這樣的言詞雖是私下玩笑話，但若在現代社會中以網路聊天方式呈現，是否就有可能形成網路霸凌、言語霸凌？在現今的社會中，許多人認為這已是一個沒有性別歧視，或不應該有性別歧視的時代，類似唐敖與多九公這樣以言語嘲弄性別、或與性別辨識相關之裝扮的歧視言詞與情況是否仍存在？你是否有遇過或聽說過相關的經驗與場景呢？

陳正婷老師　撰

五、深度提問

1. 以〈鏡花緣〉這一段文字「又朝前走，街上也有婦人在內，舉止光景，同別處一樣，裙下都露小小金蓮，行動時腰肢顫顫巍巍：一時走到人煙叢雜處，也是躲躲閃閃，遮遮掩掩，那種嬌羞樣子，令人看著也覺生憐，也有懷抱小兒的，也有領著小兒同行的。」為例，你覺得在女兒國中的「婦人」要做的事，跟現代我們社會的女性有何相似或不同之處？

2. 小組討論：關於選文中第三十三回林之洋因為被女人國國王看中，故單方面封為王妃之描述與際遇，與現實社會中某些恐怖情人一心一意要追求自己心儀之人，而不顧對方感受類似。請小組中同學們分別假設自己若為女人國國王，會如何處理這樣的感情？若為林之洋，應該如何保護自己？

六、創意發想

1. 作家張曼娟在2006年成立張曼娟奇幻學堂，選了四部風格各異之經典奇幻名著改寫，包含唐代「杜子春」、明代「封神演義」和「西遊記」、以及清代「鏡花緣」。每個故事以原書當中一主要角色為改寫之奇幻冒險故事之主角。其中，「花開了」即是以鏡花緣中的百花仙子唐小山為主角，並同時改變並加重其弟之描述與故事中之份量。在原本即有特別對性別著墨的清代原著之外，依據現代社會現象重新審視性別偏見之議題。請依照此改寫型態，選出選文中一次要角色，以其角度重新述說此故事。

2. 女人國國王雖然很喜歡林之洋，想直接封他為「王妃」，選擇對待他的方式卻令其「血流漂杵」、「柔腸寸斷」，若真成為夫妻，一開始的不平等對待會變成平等的婚姻關係嗎？若是像現代人自由戀愛結婚的狀況，也必定是平等的婚姻關係嗎？請與小組討論並擬出一份理想的「真（男女）平等婚姻契約」。

七、經典與自我主體的撞擊

鏡花緣中第七回敘述百花仙子墮入人間唐氏家中，取名小山，自小精通文義、文武雙全，一日因父親唐敖上京赴試，小山與叔叔唐敏月下談文，說道：「請問叔叔：當今既開科考文，自然男有男科，女有女科了。不知我們

女科幾年一考？求叔叔說明，姪女也好用功，早作準備。」不論是本書設定時代的唐朝，或作者本身時代的清朝，歷史上持續了一千三百多年的科舉制度中，都沒有女性參加的記載，作者李汝珍藉著小山理所當然的一問，點出中國封建制度與科舉制度中，女性所承受的不公平待遇持續被忽視。

　　而在這一千多年之間，歷史上仍有著名的女詩人、女詞人，或頗具才學之女性留名於史書、相關文獻或記載之中，難道這些女性不想與男性一般追求功名嗎？但看晚唐女詩人魚玄機在〈游崇真觀南樓，睹新及第題名〉一詩中長嘆：「自恨羅衣掩詩句，舉頭空羨榜上名。」即可知漫長的歷史中，女性雖有抱負，卻無法在當時的社會中獲得與男性一般平等的權利。

　　反觀現代社會，女性已可獲得與男性平等之教育，不再受限於「女子無才便是德」的封建觀念，也可自由選擇就學、就業管道，以及擁有婚姻、配偶之選擇權。相對民國以前的數千年而言，民國建立以來不過一百年多，臺灣甚至已有第一任女性總統，可見女權在當代確實獲得極大的進展。

　　然而，當代女性是否就的確在任何場合都與男性平起平坐？也必定比古代女性處境更佳？改編自2018年暢銷小說的韓國電影，「82年生的金智英」，受到許多女性作家與觀者的熱烈討論，在理應為男女平等的現代社會中，是否潛藏著不被注意的隱性不平等待遇？男女在進入婚姻階段後的第二人生，境遇有何差別？韓國電影顯示的是該國的特有情境？抑或在相鄰亞洲國家可找到共通點？

　　此外，隨著網路的普及以及網路自媒體的發展，許多女性網路作家興起，平凡生活中的男女差異議題不再只存在於女性朋友聚會的閒聊之中，而甚囂於網路或社會議題之上。於是在鏡花緣女人國的男女外觀差異之外，實際生活中被社會所允許或不允許、推崇或不推崇的男女行徑、文化、被對待的方式……等等，在現今社會中仍可以再度思考與比較。

八、短文習作

　　請在女兒國章節之後，自創另一奇幻國度，敘述該國之特色，並描述主要人物在該國之奇遇及對其人生態度之影響。

心聲

一、題解

　　〈心聲〉一文，出自周瘦鵑所譯之《歐美名家短篇小說叢刊》一書。此書初版於1918年，延續清末以來風潮，此時文人志士視歐美短篇小說爲革新文學創作之來源，競相爭譯世界各國短篇小說作品。愛倫坡普遍被當時文壇公認爲「短篇小說之父」，因此其作品在早期譯壇頗受歡迎。光是《The Tale-tell heart》一作，一共曾有十一個譯本問世。周瘦鵑在選譯美國短篇小說作品時，自然也沒有遺漏此篇作品。〈心聲〉一文特殊之處有三。首先，故事主角並非偉大英雄，而是某個名不見經傳，全文自稱「我」的殺人犯。第二，愛倫坡鉅細彌遺地刻畫故事者「我」罹患精神疾患後，聽覺如何易於常人敏銳，相關刻畫極爲細膩，彷彿如電影一般帶領讀者體驗「我」的所知所感，是當時相當創新的文學表現手法。第三、這個犯罪故事中，「我」一再試圖與讀者對話，利用修辭反詰欲證明自己神智清醒，絕非瘋狂，然而最後卻恰恰反證明了其神智有違常人之處，正常與違常的對照試圖探問「何謂理智」之定義。周瘦鵑譯文特別值得關注之處在於，當時文壇雖普遍認爲短篇小說爲現代西方之產物，偏好以貼近原文的筆法來翻譯，周卻以類似唐傳奇的手法來詮釋這個故事。原作中madness一詞，周將其詮釋爲「狂易」，如此一來原作中的精神失常、可能被界定爲「瘋人」的敘事者，搖身一變成爲了類似唐傳奇中「狂俠」一類的狂人。此狂人因老人邪惡之眼將其殺害，最後又不敵良心自投於警，實現了某種狂俠信奉的正義，某種程度也略爲改寫了這個故事。周瘦鵑譯文不但行文落筆皆相當貼近中文，就連故事的敘事邏輯也做了文化上的調整適應，爲中西翻譯交會過程留下了一個相當有趣的篇章。

二、原文

　　吾之神經過敏，事固屬實。特爾謂狂易，是何理也？前此吾嘗病，病後五官匪特不木，反視前此爲銳，而尤以聽官爲最。凡此天地間之萬籟，吾均一一能聞，並能下及地獄，無復閾隔。然則吾果狂耶？吾亦不自知。但觀吾體魄健旺，態度沉著，顯非狂易之徵。諸君諦聽，吾當盡舉吾事述之矣。

　　此一意如何入吾腦府？吾已弗能自道。第知此意一起，日夕乃淹纏[1]弗去。吾無目的，否無情感。願獨愛比老人，既深且切。彼亦未嘗誤吾，未嘗加吾以戮辱[2]。彼之黃金，匪吾思存。唯其眸子，至足令吾繫念。雙眸均熠熠有光，而一眸尤肖鷹眼。色淺藍，翳以薄膜。此眸一著吾面，吾血立冰。於是吾意漸動，決欲取彼老人之命，俾去此可怖之眸子，不復懾吾。

　　吾但起此一意已耳，而爾乃以吾爲狂易。狂人心瞀神亂[3]，弗省人事。然爾觀吾如何者，吾爲此事，實至慎密。匪特慎密已也，且有先見。而著手之時，更以詐術出之。當吾殺彼老人之前一來復中，待之無復溫意。每值夜半，吾必潛啟其臥內之門，緩徐而輕悄，寂然不作纖晌。既啟其半，則先以一暗燈入。燈之四周，護以重幕，光乃深斂而不透。次即探首而入，爾時脫爲爾見，必且笑吾狡獪。蓋吾深防老人之醒，故探首入時，緩乃無藝[4]。以時計之，殆一小時。而老人僵臥床上。即亦了了可見。試思

1　淹纏：盤桓不去。
2　戮辱：侮辱。
3　心瞀神亂：瞀，混亂之意。心瞀神亂，心神混亂。
4　緩乃無藝：無藝，無限制之意。緩乃無藝，極度緩慢。

天下狂人，有如吾之聰明者乎？吾首既已入室，則徐去燈
上之幕。幕去，而一線之光，乃立射於老人鷹眼之上。吾
之爲此，前後凡七夜，每夜必在夜半，未嘗有誤。顧見老
人可怖之眸，終嚴閉而弗張，吾刃遂亦弗能剚其腹中。蓋
吾初不疾此老人，但疾其一眸。每日侵晨，曙光才透，吾
尚入其臥內，以懇摯之聲呼其名字，並問宵來安否，仍類
良友之悃款5，渠又安之知夜夜夜半，吾方竊窺於其臥榻
之側哉。

　　第八夜中，吾益小心翼翼。潛啟其臥內之門，時計
之針，徐徐移動，尚較吾啟門爲速。吾於是夜，亦覺己之
聰明，爲常人所弗逮。自謂今夜必將死彼老人，功成而
出。渠於斯時，又何嘗夢及吾之秘密。吾漸漸推門，機警
絕倫，繼又龁然而笑。而老人忽轉側於床上，似已聞吾笑
聲者然。顧吾以勇自持，初不卻退，且窗闥6嚴閉，室
中亦洞黑如漆，吾雖啟門，彼必弗見。於是吾仍徐徐推
門，一不之顧。先入以首，開燈，而吾指忽觸銅扣，聲聞
於老人，則即虎躍而起，揚聲呼曰：「誰入此者？」予噤
默無語，可一小時。並此竟體之筋絡，幾亦寂然而弗動。
特亦不聞老人下眠，似兀坐傾聽如故，厥狀正與予前數夕
之伺彼肖也。如是久久，始聞微呻。此一呻也，低抑而弗
揚，一若發自氣息垂絕之人，由其靈魂深處，宣達於外。
其聲非痛非懮，第寓惶怖怔營之意，予固亦稔知此聲，非
復一日，每值午夜，世界都睡，此聲輒震盪於吾胸臆7
之中，令吾畏慴至於萬狀。斯時吾聞老人之呻，乃不期而

5　悃款：誠懇。
6　窗闥：闥，門之意。窗闥，即指門窗。
7　胸臆：心中的想法。

萌憐憫之心。雖自匿笑，噤不敢發。知彼一聞吾聲，即已皇恐無措。逐度而加，排之弗去。已而似知其皇恐之出於無因，喃喃自語曰：「吾何懾者，是殆風動煙突中，故有此響。或則鼠過地板，蟋蟀吟夜耳。」老人故作是想，用自慰藉。顧雖如是，亦終弗能去其皇恐。而死神之黑影，則已幢幢然危立彼前。即吾之入此至室處，彼立冥然[8]罔覺。予延佇久之，尚未聞其下眠，遂啟燈露一小罅[9]，令微光外透。光絕細，有類蛛絲，直射老人鷹眼，眼乃大張而弗弇[10]。予乍睹此眸，怒已立滋，復了了見其眸子，色藍而濡，上冪重翳，一時吾身幾冰，並骨髓亦冷。即吾燈光所注，亦專在此眼，其餘面部，乃均無見。而聽官之力，則倍覺其銳。須臾遂聞一低抑疾急之聲，入吾耳膜，聲微木，如時計裹於積絮中而發者。吾乍聞此聲，立知其發自老人之心。顧老人之心聲愈屬，而吾亦愈怒。正類軍人聞戰鼓之聲，足以增益其勇氣。顧吾仍堅持弗動，屏氣持燈，令此燈光直射老人之眼。而其心聲又作，躍動愈急，聲亦愈高。於以知老人之皇恐，必已達於極點。吾適不嘗謂吾神經過敏耶？唯其神經過敏，故聽此心聲，亦益明瞭。況在夜深人靜之候，萬物均已寂寂如死，而此古屋之中，蕭寥[11]愈甚，吾所聞者，唯此老人之心聲，聲聲入耳，足生吾怖。吾僵立弗動，又數分鐘，而聲乃益屬。揣彼之心，殆將寸裂也者。吾忽大懼，懼此心聲苟為鄰右所聞，吾必無幸。而彼老人最後之時，至是亦居。吾遂啟燈

8 冥然：幽暗。
9 罅：縫隙。
10 弇：閉著、遮蓋。
11 蕭寥：寂然安靜。

令明，一躍入室。老人大呼，吾則力拽其身於地，壓之以床。事畢，乃莞爾而笑，自謂大功成矣。數分鐘中，老人之心聲尚未已，顧已漸漸低抑。予聽之無怖，鄰右亦弗能聞。數分鐘後，老人已死，聲亦立寂。吾去床視屍，撫之已僵。以手置其胸次，心已停而弗躍。老人既死，吾可不為其眸子所苦矣。

　諸君尚以吾為狂易否耶？則但聽吾如何處置此老人之屍，意諸君聞之，必不更目吾為狂易。夜將闌，吾尚鹿鹿未已[12]。顧雖忙迫萬狀，仍一出之以鎮靜。最先則解剖其屍，斷其首，截其腿臂，後乃起此地三方之地板，內以老人之屍，掩蓋如原狀，無復破綻。且老人被壓而死，初無血痕，即有人來，要亦弗能入吾於罪窌[13]。所事既畢，方四句鐘，天尚黝黑，如在午夜。而鐘聲鯨鏗而動[14]，適報四下。鐘聲乍寂，即聞叩門之聲。吾遂泰然下樓，啟關以納來者。中心輕暢，一無所攝。來者三人，貌至溫藹，自稱警署中人，以適者鄰右聞老人呼聲，頗蓄疑念，因往報替署。以警吏至，吾既悉來意，仍不中懾，掬此淺笑之容，以表歡迎，略謂午夜呼聲，實吾發自夢中。老人方出遊，初不在家，次則導彼三人，遍檢全屋，僻隅暗陬[15]，匪所不至，厥後則入老人之室，示以老人所有珍品，以示吾之無他。復以椅入，令各就坐少息。吾則據坐老人瘞處，揚揚若無事者。三警吏見吾態度沉著，無復疑慮，縱談家常瑣事，用為笑樂，吾亦侈口與語，出以諧謔。乃為

12　鹿鹿未已：應做「碌碌」，忙碌不已。
13　罪窌：監獄。
14　鯨鏗而動：大聲作響。
15　暗陬：陰暗的角落。

時未久，自覺顏色已變，首忽作痛，耳中亦營營有聲，私心至願三人之速去，弗復絆吾。而彼三人仍淹留弗行，健談如故。已而耳中之聲，益復了了。吾遂亦與三人縱談，用排中心之震怳。然而此聲初不少止，且益加屬。久之復覺其初不發自吾耳，而起於足下。至是吾色益暴變，慘白如死。顧談鋒愈肆，聲亦愈高，而吾足下之聲，亦逐度加屬。聽其聲木木然[16]，似時計作聲於積絮之中。吾大喘，呼吸幾窒。幸三警吏感覺麻木，懵然如弗聞，吾益抵掌高談，用以自淹，而聲之加屬也如故。吾亟起，指天划地，談瑣屑事，朗朗然響震屋瓦，而聲之加屬也如故。視彼三人，初無去意。吾恨極，翔步往來於室中，而聲之加屬也如故。嗟夫上帝，吾將奈何！一時神志麻亂，不知所可。且唾且詈，且指天而設誓。又拔椅起，投諸地上。並頓足以踏地板，而聲之加屬也如故，且高出諸聲之上。彼三人者，則仍談笑自如，若無所覺。嗟夫上帝，若輩果亦聞此聲否耶？以吾自度殆已聞之矣。吾事似亦爲若輩所知，方蓄疑於中心。若輩之談笑，即加吾以嘲謔。嗟夫上帝，是可忍孰不可忍者，吾欲高叫以舒吾氣，吾欲一死以了此局。嗟夫嗟夫，聲益加屬矣，聲益加屬矣。

　　吾引吭大呼曰：「萬惡之人，假惺惺作態胡爲者！茲事吾實爲之，吾今自承矣。趣[17]去此地板，以觀彼屍。須知適所聞者，即彼中心怒躍之聲也。

16　木木然：呆滯無神的樣子。
17　趣：催促、趕快。

三、閱讀策略

　　這個愛倫坡的短篇小說，以「瘋狂」、「神經過敏」、「理智」為寫作核心。譯者周瘦鵑以流暢無翻譯腔的中文，綜合上述三概念，勾勒出仿似唐傳奇筆下「狂俠」形象的敘事者「我」。文章伊始，敘事者便自陳「神經過敏」、「凡此天地間之萬籟，吾均一一能聞，並能下及地獄，無復間隔」，但「體魄健旺，態度沉著」，探問讀者「吾果狂耶」？接著，敘事者如若偵探推理般，娓娓道出自己何以動殺機、又如何謀殺鄰舍老人。扣著「神經過敏」一詞，敘事者以其過於敏銳的感官，細細描述鄰舍老人的樣態，又勾串出殺人過程中，受害者在萬籟俱寂下狂跳的心臟，如何成為最後的殺機，又一轉成為敘事者自首的動機。此一轉折，正好呼應了敘事者文首要讀者判斷自己是否理智的問題。文中，敘事者能抽絲剝繭，逐步分析自己犯罪過程，看似條理分明而「理智」。然而，正是這般過人冷靜沉著，彰顯出敘事者這個殺人兇手之「狂」。

　　　　　　　　　　　　　　　　　　　　吳碩禹老師　撰

四、深度提問

1. 文中，敘事者稱「吾但起此一意已耳，而爾乃以吾為狂易。狂人心瞀神亂，弗省人事。然爾觀吾如何者，吾為此事，實至慎密。匪特慎密已也，且有先見。而著手之時，更以詐術出之。」請問敘事者為什麼特意要說自己「吾為此事，實至慎密」。「縝密」一詞，對照的是什麼概念？這當中隱含人的理性跟思考邏輯有什麼關係？

2. 文中描述敘事者夜窺老人，稱「予延佇久之，尚未聞其下眠，遂啟燈露一小罅，令微光外透。光絕細，有類蛛絲，直射老人鷹眼，眼乃大張而弗弇。」又稱「而聽官之力，則倍覺其銳，須臾遂聞一低抑疾急之聲，入吾耳膜，聲微木，如時計裹於積絮中而發者。吾乍聞此聲，立知其發自老人之心。」請問作者用了哪些感官描述？這些感官描述堆疊出來的敘事者形象，與瘋狂又有何關聯？

五、創意發想

倘若你是故事中登門拜訪的警探，在犯人崩潰自陳殺人後要做紀錄，你會如何描寫這個乍看冷靜，實則瘋狂的嫌疑犯？

六、經典與主體的撞擊

近年來，心理健康一直是社會關注問題。如臺劇《我們與惡的距離》描寫患有精神疾病患者的困境與掙扎。請你從本文試著探討，所謂「心理違常」這個概念，在現代是否有新的看法？「正常」與「違常」的定義是否因社會文化可能有所差異？

七、短文習作

敘述者因為本身官能異於常人而受苦，但「異於常人」的定義往往因時代有所不同。請寫下你與同世代的同儕如何看待「與眾不同」的人。

點婢[1]

一、題解

　　原作格林童話爲德國兩兄弟Jacob Grimm與Wilheim Grimm於十八到十九世紀所創作，雖然兩位也有其他作品，但以格林童話最廣爲人知。譯者周桂笙爲第一位將格林童話譯介至中國。以時間來看，翻譯格林童話正好處於中國文壇譯風大開，文人學者積極翻譯引介外來文學的時候，隨著大量外來文學的進入，當中就有不少著名的外國兒童讀物，如《格林童話》、《伊索寓言》、《凡爾納科學幻想小說》、《無貓國》、《天方夜譚》、《魯濱孫漂流記》。周桂笙的譯文語言常採用當時的白話文，即便採用文言文，也盡力做到譯文淺顯易懂，這在他翻譯的格林童話上表現得很透徹，此外，在當時的譯壇採用白話文，可謂是一大膽創舉。

二、原文

　　田舍翁某，家小康，性愚而駭。有時或發獸性，則不可以理喻。灶下婢葛氏者，本庖人女，年少而點，酷喜杯中物，且饕餮殊甚。然亦惟知味，故調羹弄饌有專長，秉家學也。

　　一日，主人折柬邀某某二客，至家午餐，命備佳餚。葛氏奉命惟謹，羹饌外別宰二雛雞製焉。火候既至，而客蹤杳然。葛乃告於主人曰：「妾今日特備鐵排小雞二，已成熟如初寫黃庭[2]，恰到好處，及時不食，殊可惜也。」

1　此文及註釋皆取自賴慈芸教授的《譯難忘：遇見美好的老譯本》頁90-93。賴教授提到，此文收錄於周桂笙的《新庵譯屑》下卷，原文出自格林童話編號77的《Hans and His Wife Grettel》。
2　初寫黃庭：比喻行事恰到好處。

主人曰：「善，會當親往邀之。」遂匆匆命駕出。

萵返身入房，見日已加未[3]，因念自朝迄今，勤勞未息，佳客不來，未免負人。至是忽覺燥渴不可耐，遂傾酒自酌，意殊適然。一盞既盡，客不至如故。至廚下，則異香滿戶，芬芳觸鼻，聞之不禁饞涎滴地，不克自持。推窗四望，闃焉無人，知主人猶未歸也。意存染指，聊解饞脗[4]。乃啟釜先取雞翅，食而甘之，漸及兩足，寖假[5]而尾去矣，寖假而首亦去矣。

既而出外四觀，毫無影響。默念主人此去，必轉爲所留，反客爲主，故至今不歸。且恐歸時已夜深矣。思竟，怡然自得，且斟且酌，愈飲愈豪，放膽大嚼，無復顧忌。不須臾而二雞盡。

亡何，主人歸，則已杯盤狼藉矣。而主人不知也，猶狂呼備饌，曰：「客將至矣！」己乃磨刀於石，其聲霍霍然，將及鋒而試，爲瓜分雛雞計也。

少焉，二客果連袂偕來，翩翩而入。忽見婢倚窗竭力揮手，狀殊驚惶，曰：「客休矣！速毋入，入則兩耳將不能保！蓋主人今日騃性大作，所以亟亟邀諸公來者，甯爲請客計，不過欲割公等之耳耳！豈不聞主人磨刀之聲，猶霍霍其未已耶？」

客傾聽良是，知其素有騃性，亦遂信而不疑，急抽身返。婢見計得行，復入誑主人曰：「主人今日所請，果佳客哉？」

翁驚問何故。曰：「婢方和盤而出，以饗主人，不意

3　未：下午一點到三點。
4　脗：音同「吻」，指嘴唇。
5　寖假：逐漸。

特備之雛雞，忽爲二客各攫其一而去。」

　　翁聞之爽然[6]。自念予因候客之故，忍饑以待，豈可任彼盡攫以去，使我偏枯。乃急持刀追之，見客去猶未遠也，大聲呼止，而遙伸一指示之，其意將謂請還我一雞也。二客見其白刃在手，亟亟追來，以爲將各割一耳也，奔走愈速。歸家後，猶各惴惴然，自撫其兩耳云。

三、閱讀策略

　　學生請分組，就文本主題所提出之3個關鍵字，選出其中一個，抓出文本重點，提出分析觀點，建立詮釋意義。以此格林童話〈點婢〉爲例，可找出第一個關鍵字爲機智，文中我們可見此點婢發揮她的機智，逃過主人責罵。又例如，危機處理，小婢女眼看自己偷吃兩隻雞快要被發現，便想出矇騙客人的方法，成功逃過一劫，可說是非常成功的危機處理。第三個關鍵詞爲跳脫框架思考，小婢女利用主人磨刀霍霍，便告知客人，主人是想割下他們的耳朵，此舉讓客人速速離去，瞞過主人自己吃掉兩隻雞的事實。

李姿儀老師　撰

6　爽然：失意茫然的樣子。

請沿虛線剪下

四、深度提問

1.〈點婢〉文中敘事者稱主人「田舍翁某，家小康，性愚而駃。有時或發獸性，則不可以理喻」，你覺得這段話的用意為何？對於之後故事的發展有何影響？2.以下這段文字「客休矣！速毋入，入則二耳將不能保！蓋主人今日駃性大作，所以亟亟邀諸公來者，甯為請客計，不過欲割公等之耳耳！豈不聞主人磨刀之聲，猶霍霍未已耶？」為什麼是割耳朵而不是割其他地方？你認為割耳朵在不同文化裡有什麼不同含義嗎？

五、創意發想

古今中外，你能想出有任何人物或者是小說裡的主角同樣具備「機智」、「危機處理」、「跳脫框架思考」嗎？

六、經典與自我主體的撞擊

　　從文本得到的啟發，請以現代社會的詮釋角度討論你在生活中面對的類似情況。小婢女雖然是成功化解了眼前的危機，但另一方面卻有說謊之嫌，你認為在危機處理時是否應該考慮道德規範？此道德規範又應該如何拿捏呢？

七、短文習作

　　從此黠婢的危機處理，你是否有類似的經驗？請說明自己在類似情況的思考角度。

詩詞

漁父

一、題解

　　〈漁父〉是收錄於《楚辭》中的作品，是一篇兼具散文與詩歌性質的自剖、具自傳性格的作品，其中包含了屈原和漁父的相遇和對話，透過兩者的對話，表達出兩種不同的處世態度，也夾議夾敘的表達屈原的心情；最後的短詩「漁父歌」也傳達了屈原自我明志的心境。

【關鍵字】離散、放逐、抉擇

二、原文

　　屈原既放，遊於江潭，行吟澤畔，顏色憔悴，形容枯槁。漁父見而問之曰：「子非三閭大夫與？何故至於斯？」屈原曰：「舉世皆濁我獨清，眾人皆醉我獨醒，是以見放。」

　　漁父曰：「聖人不凝滯於物，而能與世推移。世人皆濁，何不淈其泥而揚其波？眾人皆醉，何不餔其糟而歠其醨？何故深思高舉，自令放為？」

　　屈原曰：「吾聞之，新沐者必彈冠，新浴者必振衣；安能以身之察察，受物之汶汶者乎？寧赴湘流，葬於江魚之腹中。安能以皓皓之白，而蒙世俗之塵埃乎？」

　　漁父莞爾而笑，鼓枻而去，乃歌曰：「滄浪之水清兮，可以濯吾纓；滄浪之水濁兮，可以濯吾足。」遂去，不復與言。

三、閱讀策略

1.放逐：在傳統中國的政治論述之下，讀書人（士）經常會有「遇／

「不遇」的問題，也就是如果遇到明君，政治理想與個人理念就得以實現，反之，如果遇到昏君，就可能會遭受政治權力的傷害，輕則被放逐，重則喪命。因此這類以「放逐」的遭遇而寫作的作品，也是重要的文學主題之一；同時也可以和「離散」（Diaspora）、「流浪」等具有當代意義的文學主題一起思考。

2. 抉擇：〈漁父〉一文描寫屈原最後的行止，與自沉的意志，這種面對人生挫敗的態度，也是一種生命的抉擇；而人生充滿各種抉擇，也是因為抉擇而使得人的生命呈現不同的姿態。

向鴻全老師　撰

四、深度提問

1. 屈原回答漁父：「舉世皆濁我獨清，眾人皆醉我獨醒」，傳達出屈原當時的心境為何？請試著揣摩屈原的心意，並用自己的語言重新表達。

2. 我們可以從哪些文字讀出屈原自沉以明志的心意和態度？

3. 當我們的立場和選擇，和多數主流價值不同的時候，我們應該採取什麼樣的心態去面對？

五、創意發想

　　在〈漁父〉中，漁父以隱者的形象出現，並透過設問的方式，傳達了屈原對自身遭遇的想法，以及所作出的生命抉擇；我們是否也曾經歷過矛盾和掙扎，在內心中有不同的聲音在相互拉扯，請試著建立一個兩難的困境，並從正反兩面描述各自不同的態度和想法。

六、經典與自我主體的撞擊

如果有一天我們成為「漁父」的角色，面對有人發出求救或是厭世的訊號時，你會如何處理？是聆聽和理解，還是給出意見？

七、短文習作

〈最終還是得面對真實的自己〉

在屈原的《漁父》中，屈原對著漁父道出了自己在仕宦名利場、與自我生命意義抉擇的拉扯衝突；請同學試以300字為原則，描述是否有面對真實世界與自我價值的衝突，以及自己內心真實的想法是什麼。

有所思　　漢代《鐃歌十八曲》之一

一、題解

　　漢代《鐃歌十八曲》本來就是鼓舞士氣的軍歌樂曲，後來被填上其他各樣主題的詞，本首〈有所思〉即是愛情詩。詩歌寫一位少女對其變心劈腿的情人的憤怒回應，是古代少有的書寫女性對移情別戀男人的噴張飽滿情緒的表達。

二、原文

　　　　有所思[1]，乃在大海南。

　　　　何用[2]問遺[3]君，雙珠瑇瑁[4]簪[5]。

　　　　用玉紹繚[6]之。

　　　　聞君有他心，拉雜[7]摧燒之。

　　　　摧燒之，當風揚其灰！

　　　　從今以往，勿復相思，相思與君絕！

　　　　雞鳴狗吠[8]，兄嫂當知之。

　　　　妃呼豨[9]！

1　有所思：詩人以一個女子的角度作為敘述者，意思是我所思念的那個男人。
2　何用：意思是何以。
3　問遺：讀作問「位」，漢代常用的二字連語詞，贈送之意。
4　瑇瑁：即玳瑁，海中龜類動物，甲殼可作裝飾品。
5　簪：即髮簪，此句意思是用兩顆珍珠綴在瑇瑁作的髮簪尾端。
6　紹繚：意思是繚繞。再用玉環裝飾瑇瑁髮簪。
7　拉雜：堆在一起。
8　雞鳴狗吠：指之前二人夜裡戀愛偷情，驚動引發雞叫狗吠。
9　妃呼豨：妃讀作「悲」，悲傷；呼豨，讀作「噓唏」，嘆息之意。

秋風蕭蕭[10]晨風颲[11]，東方須臾高[12]知之！

三、閱讀策略

　　請同學分組討論，選擇一個關鍵詞，對文本進行詮釋。

1. 愛情，少女情懷總是詩，可是一旦情人變心劈腿，女人也可以快刀斬亂麻。

2. 情傷，少女雖然告訴自己不要再相思，顯然還在相思，只是想斷然下定決心，不再為情所苦，然而情傷已然造成……

曾陽晴老師　撰

10　蕭蕭：即簌簌風聲也。

11　晨風颲：意思是清晨的風冷涼，學者聞一多說晨風指雄雞，颲為「思」假借字，意為戀慕，解釋說雄雞多在早晨鳴啼求偶，說法過於轉折牽強，不如直意秋天晨風簌簌冷涼，與此女心裡悲冷一般。

12　高：為「皓」假借字，白亮，此句意思是等會東方發白，太陽出來，我就知道該怎麼作。

四、深度提問

　　詩人寫下「摧燒之，當風揚其灰！從今以往，勿復相思，相思與君絕！」，顯然女主角下定決心就是要分手，決不回頭。分手，不再眷戀的原因很多。分手也分兩種：一種是主動分手，一種是被動分手。主動分手的一方，心理老早預備著，基本上傷害降到最低、甚至根本沒受到傷害；最慘的是「被分手」的一方，通常會招致痛不欲生的情傷。

　　你自己的分手經驗呢？你是主動方，還是被動方？或者都經歷過？說說內心的感受。

五、創意發想，加上你自己的創意重新書寫，可以與原文天差地　　遠。

　　〈有所思〉這首詩寫的情境，是戀愛中的少女得知男朋友已經移情別戀，憤而燒毀戀愛禮物，決心斷捨離、永不回頭。這首詩中好像沒聽見男主角的聲音，試著從男主角的角度說故事，看看另一個角色是如何想的。

　　又或者，「雞鳴狗吠，兄嫂當知之」。少女的哥哥知道男主角離棄自己妹妹的事件，他會如何反應？嫂嫂呢？所以，我們又多了兩個版本的故事。

　　選一個腳色，男友、哥哥、嫂嫂，說說他們的想法、回應的故事。

六、經典與自我主體的撞擊

分手，幾乎是最難的生命課題之一。並不是大家都能像〈有所思〉的女主角一樣，拿得起、放得下、燒掉紀念品、喊喊口號，就能恢復正常人生。真實的狀況可能是——再也回不去了。

你自己，或是身邊的人，發生分手事件，通常能否安然挺過來？身旁是否有一個關心、傾聽的腳色至關重要，這個關鍵腳色就是這身心崩裂時刻的支持體系。一個人孤獨品味哀傷是危險的，常會陷入自殘的絕境——因為自我價值崩解。

分享一下，也許是你分手的時候，願意待在你身邊的那一位傾聽者，或者你曾經是別人的傾聽者。寫下當時發生了什麼事。

七、短文習作

假如你談戀愛了，在什麼情況下，你會考慮分手。

青青河畔草　　古詩十九首

一、題解

　　古詩十九首是中國漢代的五言民歌，名為古詩，其實除了年代久遠，更重要的是不知道作者是誰，比較像是古代民歌由文人記載存留下來。最早被收錄在南朝梁昭明太子蕭統（501-531）所編輯的《文選》，距今約1500年前的作品。雖說是無主之作，然而卻一直受到文學家的崇高評價。在欣賞這首詩的時候，一定會先注意到前六句詩的疊字運用，對於用字精簡的五言詩每一句開頭都是疊字，實在大膽，也對詩人想表達的情感，產生了加強加重的藝術效果。

二、原文

> 青青河畔草，鬱鬱[1]園中柳。
> 盈盈[2]樓上女，皎皎[3]當窗牖。
> 娥娥[4]紅粉[5]妝，纖纖出素手[6]。
> 昔為倡家女[7]，今為蕩子[8]婦。
> 蕩子行不歸，空牀難獨守。

1　鬱鬱：茂盛的意思。
2　盈盈：儀態豐富的意思。
3　皎皎：本來是指月光皎潔，此處形容女子艷麗的風采。
4　娥娥：形容美好的面貌。
5　紅粉：婦女的化妝品。
6　素手：皮膚潔白的手，此句意思是伸出纖細的白皙手指。
7　倡家女：倡本來意思是唱歌，倡家女就是以歌舞、音樂娛樂客人的女歌手。
8　蕩子：意思是長期在外工作、無法歸家的男士，和今天所指的不事生產、無正當職業的意思不一樣。

三、閱讀策略

　　請同學分組討論，選擇一個關鍵詞，對文本進行詮釋。

1. 愛情，詩人寫下孤單的內心感慨。愛情帶來豐富的感受，其中最難忍受的一種應該就是孤單。
2. 旁觀，古詩十九首中唯一一首用第三人稱寫成的詩，觀看，不只看到對象，其實觀者自己的內心世界也會引發不同的反應。

曾陽晴老師　撰

四、深度提問

詩人寫下「蕩子行不歸，空牀難獨守」，顯然女主角在這樣的婚姻關係中是不滿足的，也透露出他的不滿意。以他當初的職業，遇上這樣一個願意娶他的男人，他好像也沒有太多可能的選擇性。可是到如今的時代，可能性多起來了，我們想一想，你對於愛情的願景與想像，應該具備些什麼重要元素。

五、創意發想，加上你自己的創意重新書寫，可以與原文天差地遠。

〈青青河畔草〉這首詩寫的情境，我們想像一下，他們兩人的身分，一個是歌廳、夜總會駐唱的女歌手，一個是在外國工作的成功商人回國休假。請你想像並書寫他二人相遇、相識的故事。

請沿虛線剪下

六、經典與自我主體的撞擊

　　遠距離愛情或婚姻，一直都不是個容易的生命課題。對於古代的〈青青河畔草〉女主角他幾乎沒有任何翻身的可能性，家庭的壓力、社會的不認同、沒有經濟自主的機會。但是，同樣的狀況放到今日又不一樣，不管今天是誰到遠地求學，好像都還有轉圜餘地，但是事實卻是相隔兩地，經營情感大不易。

　　如果今天你的另一半，他的公司要外派他遠行到遙遠異國去工作，他回來跟你說了這件事，他想知道你的想法。你說讓你想一想再回答他。請你寫一封mail給他，說出你心中真正的想法或顧慮。

七、短文習作

　　假設你是一位歌手：在舞台上，是眾人注目的焦點，可是當你下了舞台，在化妝間卸妝之時，一切都歸於寂靜……寫寫你的心情。

驅車上東門　古詩十九首

一、題解

　　古詩十九首是中國漢代的五言民歌，形式是工整的五個字一句，文字上也是經過文人潤飾，但由於是民歌的關係，情感與文字的表達顯然偏向直白，雖然是兩千年前的作品，今天讀來可說無有隔閡，掌握難度不高。〈驅車上東門〉這首詩就是寫當人遠望看見公墓，內心深處很自然引起對於生命、死亡的思考。

二、原文

　　　　驅車上東門[1]，遙望郭[2]北墓。

　　　　白楊何蕭蕭，松柏夾廣路[3]。

　　　　下有陳死人，杳杳即長暮。

　　　　潛寐[4]黃泉下，千載永不寤[5]。

　　　　浩浩陰陽移，年命如朝露。

　　　　人生忽如寄[6]，壽無金石固。

　　　　萬歲更相送[7]，聖賢莫能度[8]。

　　　　服食求神仙，多為藥所誤。

　　　　不如飲美酒，被服紈與素[9]。

1　東漢京城洛陽，共有十二道城門。東面三門，靠北邊的叫「上東門」。
2　郭：外城，當時東漢京城洛陽的墳區在城北。
3　墳前種上白楊、松柏，又有寬廣的墓道，顯為富貴人家的墓地。
4　潛寐：潛指暗暗地，寐意為睡著，意思是死者暗暗地躺在黃泉之下永眠。
5　寤：醒過來。
6　寄：指人生如客旅寄居。
7　萬歲更相送：千秋萬歲一年一年過去。
8　度：指度過、超越，意即聖賢也無法超越時間的限制，長生不老。
9　紈與素：意思是細緻潔白的薄絲綢。

三、閱讀策略

　　請同學分組討論，選擇一個關鍵詞，對文本進行詮釋。

1. 生死，這是一首漢朝的民間詩歌，詩人寫下遠眺墳墓山的內心感慨。

2. 生命意義，既然人生在世終難逃一死，那麼究竟活著的意義是什麼。

3. 面對死亡，你思考過死亡的問題嗎，我們該採取什麼態度面對死亡。

曾陽晴老師　撰

四、深度提問

　　雖然同學年紀都很輕，談論死亡好像太沉重，也離我們太遠。在之前的課文，陶淵明的〈形影神〉三首，我們在創意發想的欄目中問了同學，寫下遺囑、與你希望自己的墓碑上的文字是什麼？現在我們換個問法，墓碑上的文字通常是你死前先決定好的，如果這時候(就是現在)你最要好的朋友走到你的墳前(你現在就躺在裡面)，你覺得對方會說你是一個怎樣的人？如果是你的戀人呢，他又會說你是一個怎樣的人？

五、創意發想，加上你自己的創意重新書寫，可以與原文天差地　　遠。

　　如果現在你已經九十歲了，即將面臨死亡，上帝說，我可以讓你穿越到大學時代，你會對大學時代的自己說什麼話。

六、經典與自我主體的撞擊

　　孔子說「不知生，焉知死」，意思是如果人不能好好思考生命活著的價值與意義，就不知道怎麼面對死亡。這個想法顛倒過來問「不知死，焉知生」，你同意嗎？也就是如果你不知道人死後是什麼狀況，你就不知道如何真正有意義地活著。這其實就牽涉到宗教的問題，不同的信仰告訴你不同的死後答案，即使是無神論者主張的死後就是完全的虛無也算是一種宗教理念。你認為呢？你認為死後的世界是什麼樣的狀況，這會影響你在世上的生命態度嗎？

七、短文習作

　　你去掃過墓，看過很多形式的墳地，如果你要離世了，你會選擇哪一種葬法？

短歌行

一、題解

　　「短歌行」是漢樂府舊題，以宋代郭茂倩《樂府詩集》的整理而言，屬於相和歌辭中的平調曲。儘管古辭內容今已失傳，但透過後人擬古創作的追仿，仍能窺風格之一二。

　　出自曹操手筆的〈短歌行〉共有兩首，分別以「對酒當歌，人生幾何」開篇，和從「周西伯昌，懷此聖德」起筆。前者為曹操名篇之一，旨在表達面對時光、局勢、歷程與未來的感懷，後者則引春秋典故自比，表達效法先賢、忠於漢室的心念。

　　兩首〈短歌行〉寫作時間皆未有定論，一般推測「周西伯昌」作於建安十七年（A.D.212）至二十二年（A.D.217）之間，也就是漢獻帝特允曹操「贊拜不名，入朝不趨，劍履上殿」之後。「對酒當歌」則因為與《三國演義》第48回「宴長江曹操賦詩，鎖戰船北軍用武」中「宴請將士」、「橫槊賦詩」情境的相合，而存在寫於赤壁戰前的說法，與根據「憂思」、「沉吟」等文字，而判斷其寫於赤壁戰後的看法相左。雖不影響文意解析，但昂然出征與敗戰頹唐的心境差異，卻始終賦予本作抑、揚兩極的賞閱情調。

　　曹操字孟德（A.D.155～220），是三國時期中原勢力「魏」的開疆者。是中國著名的軍事家、政治家與文學家，官至漢室丞相。離世後，嫡子曹丕繼之，並使漢獻帝禪位，自立魏文帝。因尊念先父畢生功業，諡其號為「武帝」。建安十三年（A.D.208），以官渡、倉亭之戰擊敗袁紹、統掌中原後七年，曹操揮軍南下，直指江東。雖意在攻克孫權、兼除劉備，但後來敗於孫、劉聯軍之手，史稱「赤壁之戰」。

二、原文

　　　對酒當歌，人生幾何！譬如朝露，去日苦多。
　　　慨當以慷，憂思難忘。何以解憂？唯有杜康。

青青子衿，悠悠我心。但爲君故，沉吟至今。
呦呦鹿鳴，食野之苹。我有嘉賓，鼓瑟吹笙。
明明如月，何時可掇？憂從中來，不可斷絕。
越陌度阡，枉用相存。契闊談宴，心念舊恩。
月明星稀，烏鵲南飛。繞樹三匝，何枝可依？
山不厭高，海不厭深。周公吐哺，天下歸心。

三、閱讀策略

　　就章法而言，全詩結構分成「感白駒過隙」、「念故人舊恩」、「盼賢才共治」三進。但問題或許不只三大主題爲何，而更在進一步思考，什麼情況下，人會意識到、思考到這三件事。正如同〈短歌行〉存在寫於赤壁之戰前後的分歧一般，事實是會讓人開始察覺時光匆匆，進而想起舊友、思忖未來的，也多以大喜、大悲之類的契機。

1.意氣風發時，喜悅帶來的回首動機，是細數自己翻越的所有不易，進而感受過程當中每分辛酸的滋味。

2.沮喪頹唐時，失意推動的回顧心理，是慨嘆過去點滴的徒勞無功，進而厭棄自己和曾以爲值得的意義。

周文鵬老師　撰

四、深度提問

　　高位者的挫折不必然能誘發反省，但勢必會帶回寂寞。因為居高臨下的本質是另一種離群索居，於是無論從務實管理或精神尊榮的角度來看，至高的權位，往往等同於極致的孤單。請問，如果你是曹操，面對赤壁之戰的失敗，會如何為自己找回重振旗鼓的心理動機？會用什麼理由說服自己「就算盛年不再，就算功虧一簣，就算元氣大傷，就算灰頭土臉，依舊必須為了○○○○○而咬牙再起？」

五、創意發想

　　更多探討〈短歌行〉和曹操心境的視角，在於「憂思難忘」、「何以解憂，唯有杜康」所映照的敗戰情緒。看著近四十萬曹軍幾乎被疫病、江火吞沒，即使一生戎馬、保命而退，但在年過半百的領導者眼中，這番頓挫無疑打掉了多年的積累，形同質問自己重新再來的可能。於是光陰、歲月的無情開始有了實感，於是生命中所有曾經為敵、併肩、交心、分道揚鑣的對象，都像是一同擁有過時光，經歷過世代的「朋友」。

　　請問，如果你是曹操，而袁紹、郭嘉、劉備又各自代表三類曾出現在生命中的「朋友」，在你心中，他們三人各自會是什麼樣的定位？低潮中的你，又想對他們說些什麼呢？

六、經典與主體的衝擊

　　無論多麼叱吒風雲，總有一天，曾經矗立的事物會在時光洪流中傾倒。「歲月催人」、「盛衰相迭」是理所當然的物理現實，也是嚼愈有味的人生感悟。面對文學裡種種看似「必然」的述寫，如果不設法代入個人化的情致與生命情境，經典、主體之間，自然不容易交會出激盪及火花。

　　對曹操而言，正因為權傾一時，風頭無兩，所以不管〈短歌行〉是喜作或悲作，是豪情萬丈或霸王鎩羽，其間總有不足為外人道的寂寞。有趣的是，寂寞雖是負面情緒，卻不見得無法導出積極、奮起的熱血，請為這層論述補上自己的經驗及見解，在嘗試詮釋該「寂寞」為何物的同時，用千百年後的感同身受，找一副可能曾撐起古人意志的血肉。

七、短文習作

　　亦敵亦友的喜樂和悲傷。

歸去來辭並序

一、題解

　　〈歸去來辭並序〉是陶淵明膾炙人口的作品。這篇小文不僅是他個人生涯規劃的轉捩點，從公職轉歸務農，一個知識分子回家種田就夠挑戰了，若是放在那個時代（從東漢到魏晉），知識分子是應該經世濟民（改善社會、改變世界），然而一堆人對政治失望，逃進清談裡面（那才是最時髦的生活模式），寧可每天虛無飄渺，也不願冒生命危險從政，但是陶淵明卻選擇忠於內心、忠於自我，勇敢地跟一整個時代的價值體系走不一樣的道路。

二、原文

　　余家貧，耕植不足以自給。幼稚盈室，瓶[1]無儲粟，生生所資，未見其術。親故多勸餘為長吏[2]，脫然有懷，求之靡途。會有四方之事，諸侯以惠愛為德，家叔以餘貧苦，遂見用於小邑。於時風波未靜，心憚遠役，彭澤去家百里，公田之利，足以為酒。故便求之。及少日，眷然有歸歟之情。何則？質性自然，非矯厲所得。飢凍雖切，違己交病。嘗從人事，皆口腹自役。於是悵然慷慨，深愧平生之志。猶望一稔，當斂裳[3]宵逝。尋程氏妹喪於武昌，情在駿奔，自免去職。仲秋至冬，在官八十餘日。因事順心，命篇曰《歸去來兮》。乙巳歲十一月也。

　　歸去來兮，田園將蕪胡不歸？既自以心為形役，奚

1　瓶：特別指米缸。
2　長吏：此指縣令，《漢書》卷19，〈百官公卿表上〉：「縣令、長，……，是為長吏。」
3　斂裳：收拾衣物、行李。

惆悵而獨悲？悟已往之不諫，知來者之可追。實迷途其未遠，覺今是而昨非。舟遙遙以輕颺，風飄飄而吹衣。問征夫以前路，恨晨光之熹微。

乃瞻衡宇，載欣載奔。僮僕歡迎，稚子候門。三徑就荒，松菊猶存。攜幼入室，有酒盈樽。引壺觴以自酌，眄庭柯以怡顏。倚南窗以寄傲，審容膝之易安。園日涉以成趣，門雖設而常關。策扶老以流憩，時翹首而遐觀。雲無心以出岫，鳥倦飛而知還。景翳翳以將入，撫孤松而盤桓。

歸去來兮，請息交以絕遊。世與我而相違，復駕言兮焉求？悅親戚之情話，樂琴書以消憂。農人告余以春及，將有事於西疇[4]。或命巾車，或棹孤舟。既窈窕以尋壑，亦崎嶇而經丘。木欣欣以向榮，泉涓涓而始流。善萬物之得時，感吾生之行休。

已矣乎！寓形宇內[5]復幾時？曷不委心任去留？胡為乎遑遑欲何之？富貴非吾願，帝鄉[6]不可期。懷良辰以孤往，或植杖而耘耔。登東皋[7]以舒嘯，臨清流而賦詩。聊乘化以歸盡，樂夫天命復奚疑！

三、閱讀策略

請同學分組討論，選擇一個關鍵詞，對文本進行詮釋。

1.生涯規劃：這是一篇思考工作在生命中的意義的序文與詩。

4　西疇：指西邊的田地。
5　寓形宇內：寓是寄居的意思，宇內指天地之間，這句話的意思是我的形體寄居在天地之間。
6　帝鄉：天帝所居之處，指仙境。
7　皋：高地的意思。

2.選擇：人生是一連串選擇的過程，要這個、不要那個，喜歡這個、
不喜歡那個；看看陶淵明是如何選擇他人生的路。

3.自我：這不是單純的一個人對家庭、工作的反思，也是撥開自我表
象，深入自我省思的過程。

曾陽晴老師　撰

請沿虛線剪下

四、深度提問

　　小組討論：陶淵明說：「余家貧，耕植不足以自給。幼稚盈室，瓶無儲粟，生生所資，未見其術」，這是他生活整體的狀況，顯然他有經濟問題，養家活口有困難；「見用於小邑」好不容易有了份穩定的工作，但是只想喝酒「公田之利，足以為酒」；工作沒滿三個月他「及少日，眷然有歸歟之情」，居然又不想幹了；職場工作，誰沒有壓力，「質性自然，非矯厲所得」，他卻只想逃避，不願改變。你們小組員討論看看，他到底是一個什麼樣的人。如果你是他，你會怎麼做？

五、創意發想

　　從別人的眼光與角度重新觀看。我們的目光總是聚焦於這些偉大的文學家，可是對於生活在他們身旁的人那種近距離的接觸、日常生活的觀察，他們又是如何感受與評價。

1. 上司：如果你是彭澤縣令陶淵明的長官省長，請問你會在年終考核表上給這位縣令什麼評語？
2. 妻子：如果你是陶淵明的妻子，對於這樣的丈夫，你會如何面對？

六、經典與自我主體的撞擊

　　請以現代社會的詮釋角度討論你在生活中面對的類似情況，我們來思想看看，陶淵明其實是在巨大的社會壓力下（讀書人、知識分子就應該做官才有出息）與經濟壓力下，做出屬於他個人的生涯規劃。

　　請問同學，你有清楚思考過，你要什麼樣的人生嗎？你對未來的工作選擇，有深思熟慮嗎，你想做什麼工作，為什麼？

七、短文習作

　　選擇我的人生。

陶淵明形影神

一、題解

　　陶淵明〈形影神〉三首，是他少有的哲理詩，一般認為是回應晉朝慧遠和尚所寫的〈形盡神不滅論〉，以及之後的另一首〈萬佛影銘〉：「體神入化，落影離形。」，所涉及的「形、影、神」三主題之間的關係。每一個人都會關心身、心、靈的問題，這是關乎我們的生命的意義，一千六百年前的人關心，今天的人還是要關心，你會想人活著是為什麼，怎麼活才有意義，才是幸福，才有價值，這是一個永恆的問題，讓我們一起來思考。

二、原文

　　貴賤賢愚，莫不營營以惜生，斯甚惑焉；故極陳形影之苦，言神辨自然以釋之。好事君子，共取其心焉。

形贈影

　　　天地長不沒，山川無改時。
　　　草木得常理，霜露榮悴¹之。
　　　謂人最靈智，獨復不如茲。
　　　適見在世中，奄²去靡歸期。
　　　奚覺無一人，親識豈相思。
　　　但餘平生物，舉目情悽洏³。
　　　我無騰化術⁴，必爾不復疑。

1　悴：音同「翠」，枯萎的意思。
2　奄：音同「煙」，忽然的意思。
3　洏：音同「而」，涕泗縱橫的樣子。
4　騰化術：飛昇變化，指道教的羽化登仙之術。

願君取吾言，得酒莫苟辭。

影答形

存生不可言，衛生[5]每苦拙。
誠願遊昆華[6]，邈然茲道絕。
與子相遇來，未嘗異悲悅。
憩蔭若暫乖，止日終不別。
此同既難常，黯爾俱時滅。
身沒名亦盡，念之五情熱。
立善有遺愛，胡爲不自竭？
酒雲能消憂，方此詎不劣！

神釋

大鈞[7]無私力，萬理自森著。
人爲三才[8]中，豈不以我故。
與君雖異物，生而相依附。
結托既喜同，安得不相語。
三皇大聖人，今復在何處？
彭祖愛永年，欲留不得住。
老少同一死，賢愚無復數。
日醉或能忘，將非促齡具？
立善常所欣，誰當爲汝譽？
甚念傷吾生，正宜委運[9]去。
縱浪大化中，不喜亦不懼。
應盡便須盡，無復獨多慮。

5　衛生：此處指保護自己生命而言。
6　昆華：指崑崙山有西王母，華山乃修道名山，意思是修道成仙的仙境。
7　大鈞：指宇宙、大自然。
8　三才：指天、地、人。
9　委運：順應宇宙的運行。

三、閱讀策略

　　請同學分組討論，選擇一個關鍵詞，對文本進行詮釋。

1. 幸福：什麼樣的生命，讓你覺得幸福。用這個角度解讀這幾首詩。

2. 價值：活出什麼樣的生命意義，讓你覺得是最有價值。用這個角度解讀這幾首詩。

曾陽晴老師　撰

四、深度提問

1. 作者在第一首詩說的幾句話:「願君取吾言,得酒莫苟辭」,我們來思考一下及時行樂,其實沒什麼不對,人活著當然要快樂。你覺得做什麼事讓你快樂(寫三件事)?

2. 小組討論:「立善有遺愛,胡為不自竭?」陶淵明說出那個時代的價值觀,就是像儒家一樣經世濟民、行善助人。同樣地,小組成員各自說出你認為人生最有價值、你願意全力以赴的事是什麼?你為什麼會這樣想,是被什麼事、什麼人或什麼書影響的嗎?

五、創意發想

　　我們來寫一份功課,你很不可能會去寫的一份功課。陶淵明這三首詩,其實是一組不可分割的詩,都是為了回答他在序中提出的「貴賤賢愚,莫不營營以惜生,斯甚惑焉;故極陳形影之苦」的生命困境,無論是及時行樂、行善助人或與順應宇宙的運行,都是在談論要「如何活著」、「活著要做什麼」。所以我們的三樣功課是:如果你下個月就要死了……

1. 你的生命只剩30天,寫下10件你想去做的事(如果你沒做這些事,你會覺得人生白活了)。

2. 既然要死了,請寫一份遺囑,交代後事。

3. 死了就會埋葬,無論是土葬、或燒成骨灰,都會有一個墓碑,你希望你的墓碑上寫些什麼(除了名字、生於幾年、死於何時之外)?

六、經典與自我主體的撞擊

　　活在一千六百年之前的陶淵明認為人的存有可以分析成形、影、神三部分，當然他是主張三者在生命中是互相依存的（生而相依附）。以現代社會的詮釋角度來看，幾乎可以類比為身體（肉體、物質性的）、精神（心理的、理念的）、靈魂。對於一個活在現代科技如此發達的人來說，特別是經歷過上個世紀大大影響歷史的唯物論（共產主義主張無神論），你認同這樣的解析嗎？理由是什麼？

七、短文習作

　　人生最有價值的事。

歸園田居

一、題解

　　陶淵明寫下〈歸去來辭並序〉，完全回歸故鄉務農，在開墾荒地、種植作物辛苦工作後一年寫下了〈歸園田居〉五首，所以可以將之視爲他的農夫生涯的真實紀錄。

二、原文

其一

　　少無適俗韻，性本愛丘山。誤落塵網中，一去三十年[1]。
　　羈鳥[2]戀舊林，池魚思故淵。開荒南野際，守拙歸園田。
　　方[3]宅十餘畝，草屋八九間。榆柳蔭後園，桃李羅堂前。
　　曖曖遠人村，依依墟[4]里煙。狗吠深巷中，雞鳴桑樹巔。
　　戶庭無塵雜，虛室有餘閑。久在樊籠裏，復得返自然。

其二

　　野外罕人事，窮巷寡輪鞅。白日掩荊扉，虛室絕塵想。
　　時復墟曲[5]中，披草共來往。相見無雜言，但道桑麻長。
　　桑麻日以長，我土日已廣。常恐霜霰至，零落同草莽。

其三

　　種豆南山下，草盛豆苗稀。晨興理荒穢，帶月荷鋤歸。

1　三十年：一說陶淵明29歲出來從事公職，到此時完全離開、改為務農時，年41歲，前後共13年，故此三十當為十三之誤。另一說法，謂大半人生三十年都誤在紅塵中打滾。
2　羈鳥：被關起來的鳥，就是籠中鳥的意思。
3　方：包圍著。
4　墟：村莊、村落的意思。
5　曲：小巷、小路的意思。

道狹草木長，夕露沾我衣。衣沾不足惜，但使願無違。

其四

久去山澤游，浪莽林野娛。試攜子姪輩，披榛[6]步荒墟。
徘徊丘壟間，依依昔人居。井灶有遺處，桑竹殘朽株。
借問採薪者，此人皆焉如。薪者向我言，死沒無復餘。
一世異朝市，此語真不虛。人生似幻化，終當歸空無。

其五

悵恨獨策[7]還，崎嶇歷榛曲。山澗清且淺，可以濯吾足。
漉[8]我新熟酒，隻雞招近局。日入室中暗，荊薪代明燭。
歡來苦夕短，已復至天旭。

三、閱讀策略

分組討論，選一個關鍵詞、選一首詩，對文本進行詮釋。
1.放空：陶淵明似乎很優閒。
2.獨處：一個人不一定寂寞。
3.生命：人活著究竟意義是什麼。

曾陽晴老師　撰

6　榛：灌木叢。
7　策：木杖。
8　漉：音同「路」，過濾的意思。

四、深度提問

　　陶淵明努力耕種工作「晨興理荒穢，帶月荷鋤歸。」，為了他對自己人生理想的選擇「衣沾不足惜，但使願無違」，可是當他看到那些山裡的荒廢的村落遺址，不禁生出人生虛無的感受「井灶有遺處，桑竹殘朽株。借問採薪者，……死沒無復餘。……人生似幻化，終當歸空無。」你呢？你有人生願望理想嗎？你的努力是什麼？你在面對最終的死亡時，是什麼想法？覺得這一切努力真的是「終當歸空無」嗎？

五、創意發想

1. 現代都市生活，讓我們離農事越來越遠，我們雖然每天需要吃喝都和農業生產有關，但是幾乎所有人都對這一塊相當的陌生。在你身邊有務農的朋友親戚嗎？可以去訪談了解他們的作物、工作型態，以及他們為什麼會從事這一行。

2. 陶淵明說他「性本愛丘山」，所以他「久去山澤游，浪莽林野娛」，可以在手機中找一張旅遊的照片，要那種有故事的照片，寫一篇極短篇旅遊故事。

六、經典與自我主體的撞擊

　　從文本得到的啟發，請以現代社會的詮釋角度討論你在生活中面對的類似情況：無可否認地，現代生活步調越來越快，手機刷一下就要立刻有結果，我們越來越沒有耐心。分享你自己在這樣快速生活的每一天裡，有沒有哪個事情讓你停下來了（通常是生命中的重大事件，2020的新冠狀病毒？親人的忽然過世？生病？家中的大事故……）？那個時刻你思想了什麼？

七、短文習作

　　難忘的一次旅遊。

移居　陶淵明

一、題解

　　陶淵明在他那個時代算是異類詩人。這首詩大概在他46歲時候所寫，他本來住在潯陽（今天江西九江），後來發生火災，舉家搬到南村，寫下這兩首詩。這時候距離他退出公職的41歲，已經五年，此時的他算是個不折不扣的農夫詩人，而農夫的成分可能還高一些。

二、原文

1

昔欲居南村，非為卜其宅[1]。
聞多素心人[2]，樂與數晨夕[3]。
懷此頗有年，今日從茲役[4]。
敝廬[5]何必廣，取足蔽牀蓆。
鄰曲[6]時時來，抗言談在昔。
奇文共欣賞，疑義[7]相與析[8]。

2

春秋[9]多佳日，登高賦新詩。
過門更相呼，有酒斟酌[10]之。

1　卜其宅：古時人們用卜筮決定搬家的地點是否合適。
2　素心人：心地質樸之人。
3　數晨夕：晨夕就是早晚，數算早晚的日子，亦即數算日子過生活。
4　從茲役：從事這個任務，亦即從事搬家這個事情。
5　敝廬：簡陋的居所。
6　鄰曲：鄰居也。
7　疑義：文章有疑難、歧義的地方。
8　析：分析、解讀。
9　春秋：指春天、秋天兩季。
10　斟酌：這裡的意思不是考慮再三，而是斟酒酌一杯的意思。

農務各自歸，閒暇輒[11]相思。

相思則披衣[12]，言笑無厭時。

此理[13]將不勝[14]？無爲忽去茲[15]。

衣食當須紀[16]，力耕不吾欺。

三、閱讀策略

請同學分組討論，選擇一個關鍵詞，對文本進行詮釋。

1. 朋友圈，現在的社群媒體很容易形成同溫層，顯然這裡所指的是社區中常可見面的、知心的朋友圈子。

2. 住居環境，居住環境的選擇，顯示出個人的經濟力，當然也關乎個人的選擇。

曾陽晴老師　撰

11　輒：往往。

12　披衣：指穿上衣服、出門訪友。

13　理：生理、生活的意思。

14　勝：佳勝美好之意。這句詩的意思是這樣的生活豈不是非常美好嗎？

15　忽去茲：忽，輕忽；去，離去、棄掉；茲，這樣的生活。整句意思是不可輕易離棄這樣的生活。

16　紀：經營生活所需。

四、深度提問

你有搬家的經驗嗎？可能有人有好多次經驗，可能有人完全沒有。有一次暑假，我去參加營會，當時家裡正在搬家，我記得回到舊家發現人去樓空，趕緊打電話給哥哥來接我——很奇特的經驗。另外，有一個女性友人，小時候因為父親是外交人員，每隔兩年要搬一次家到不同的國家任職，她總是經歷新的國家、環境、語言、人際關係，大家都很羨慕她，然而她卻很痛苦，因為沒有長久的友情關係，總是在經歷分離，讓她不敢深交朋友。

你呢？1.寫下你的搬家感受(整理個人物品、新環境適應、新的人際關係等等，與心情轉換)。2.如果沒有搬家經驗，我們可以做一件事，亦即假裝你們就要搬家了，你需要整理、打包自己的東西，你20年的生活的私人物件(課本、書籍、衣物、照片、旅遊紀念品等)，請你找出一件最有意思的物件，說說背後的故事。

五、創意發想，加上你自己的創意重新書寫，可以與原文天差地遠。

寫下你的理想生活環境，可以參考新聞中常有這樣的特稿「世界十大適合人居城市」，你也可以構思最喜歡的居住環境。

六、經典與自我主體的撞擊

　　陶淵明說：「昔欲居南村，非為卜其宅。聞多素心人，樂與數晨夕」，意思是很久以前他就想搬去南村居住，原因是那裡的社區住的大多是心地質樸的居民(不是因為那裏有捷運，不是因為那裡近學區)。所以對於住居的條件，陶淵明他只考慮鄰居的因素，如果讓你選擇，不必考慮經濟的因素，你會想住在什麼樣的環境？

七、短文習作

　　從小到大，你一定住過一些社區，和一些不同的人做鄰居。寫一段你和鄰居之間發生的有趣事情。

和子由澠池懷舊　蘇東坡

一、題解

　　偉大的詩人是人類文化的共同遺產，蘇東坡在華文古典詩詞界的成就，毫無疑義絕對是祭酒級的地位。他應和也是文壇重量級人物的弟弟蘇轍的這一首懷舊詩，讓人好不羨慕兄弟之間可以有如此美麗的溝通互動。

　　蘇轍18歲時（1056年），被任命為澠池縣主簿，隔年與哥哥蘇軾一起中進士。他與蘇軾赴京，路經澠池，同住縣中僧舍，同於壁上題詩。嘉祐六年（1061年）冬，哥哥蘇軾25歲將赴陝西鳳翔任職，此時蘇轍23歲在鄭州送別哥哥，分手回京，因為知道哥哥赴任會經過澠池，於是作詩〈懷澠池寄子瞻兄〉寄給哥哥。不久蘇軾和詩，即這首〈和子由澠池懷舊〉。兩首詩對照，即可見蘇軾詩中事件、意象承接蘇轍原詩，意境卻大大提升。

二、原文

　　　　人生到處知何似，應似飛鴻[1]踏雪泥。
　　　　泥上偶然留指爪，鴻飛那復計東西。
　　　　老僧已死成新塔，壞壁無由見舊題。
　　　　往日崎嶇還記否，路長人困蹇驢[2]嘶。

　　　　附：蘇轍〈懷澠池寄子瞻兄〉詩文

　　　　相攜話別鄭原上，共道長途怕雪泥。

1　鴻：大雁也。
2　蹇驢：跛腳驢子，蹇，跛腳。蘇軾自注：「往歲，馬死于二陵（在澠池西），騎驢至澠池。」

> 歸騎還尋大梁陌[3]，行人已度古崤西。
> 曾爲縣吏民知否？舊宿僧房壁共題。
> 遙想獨遊佳味少，無方[4]羸馬但鳴嘶。

三、閱讀策略

　　請同學分組討論，選擇一個關鍵詞，對文本進行詮釋。

1.兄弟姊妹（哥兒們、姊妹淘）之情，詩人寫下兄弟分手的感慨。
2.人生，我們的過去與未來，往前看、往後看。

曾陽晴老師　撰

3　大梁陌：大梁城附近的田間。
4　無方：前途迷茫，似無方向。

請沿虛線剪下

四、深度提問

　　詩人寫下「鴻飛那復計東西」，蘇東坡當時也才25、6歲，但是他大概知道此去一別，相見遙遙無期。在我們的生活經驗中，一定有和好友、親人、情人分離的場景，而且要是那種分開很遠、相見很難的狀態，也許去國外工作、留學。試著寫下你們的情感變化與你的感受。

五、創意發想，加上你自己的創意重新書寫，可以與原文天差地　　遠。

　　蘇東坡寫下：「老僧已死成新塔，壞壁無由見舊題。」，上次（五年前）和弟弟住的那間廟的僧房，沒想到那一位老和尚已經死了，還立了一座新的骨灰塔；而他們倆住的那間房（兩人還在牆上題詩呢）的牆壁已經毀壞，再也看不見原先提的詩作。

　　你一定有舊地重遊的經歷。法文裡面有一個詞：Déjà vu，可以翻成似曾相識，或者場景相似，但是人事已非。我30幾歲的時候，有一次因為演講回到故鄉基隆、小時候住的地方，忽然覺得兒時住的房子變得好小，記憶一下子紛然雜沓地湧現……寫一段你的Déjà vu吧。

六、經典與自我主體的撞擊

　　關於人生，蘇東坡回應弟弟，說「人生到處知何似，應似飛鴻踏雪泥」，白話一點說就是人生像什麼？應該像大雁從遠方飛來，偶然降落在雪地泥巴裡留下幾個爪印，然後又飛走。

　　這不太像年輕氣盛、才氣縱橫的蘇東坡說的話，然而無論如何我們可以有自己的比擬。我們就用「人生到處知何似，應似……」填上五個字，最好是一樣的修辭句式，例如：「人生到處知何似，應似猛虎出鐵柙」。然後解釋你為何如此比擬，說出你對未來人生的看法，以這句為例，可以說我的人生已經預備好，能量蓄積充沛，像一隻猛虎衝出禁錮已久的鐵籠，準備大展身手。

　　整個思考的順序，1.先想你覺得人生是一個怎樣的狀態（充滿力量、希望），2.找出配合的動物（虎），3給他一個形容詞（猛），4再給他配合的動作（出柙）。

七、短文習作

　　人生充滿別離的場景，寫一段你最深刻難忘的離別經驗。

釵頭鳳

一、題解

　　〈釵頭鳳〉一詞乃南宋詞人陸游在和妻子唐琬離異後，兩人於沈園重逢寫下的詩篇。詞中陸游以文字描繪沈園的景緻與眼前的唐琬，抒發了內心對前妻愧疚與無奈之情。

二、原文

　　　紅酥手，黃縢酒，滿城春色宮牆柳。東風惡，歡情薄，一懷愁緒，幾年離索[1]。錯！錯！錯！春如舊，人空瘦，淚痕紅浥鮫綃[2]透。桃花落，閒池閣，山盟雖在，錦書難託。莫！莫！莫！

三、閱讀策略

1. 分手：〈釵頭鳳〉是陸游與前妻唐琬在沈園重逢時寫下的名篇，陸游與唐琬原十分恩愛，但因陸游母親希望陸游在求取功名上多努力，而介入兩人之間的婚姻，最後兩人以分手收場。
2. 重逢：陸游與唐琬分手後各自另組家庭，多年後兩人在沈園重逢。故人重逢常是喜多於悲，然而舊情人重逢可能有的情緒就較為複雜，陸游將其心情寫下了〈釵頭鳳〉一詞，後人託唐琬之名另以〈釵頭鳳〉詞回應陸游。
3. 悔恨：聽從母命的陸游，對唐琬的愛仍留存心中，除了在〈釵頭鳳〉一詞中得以窺探一二外，沈園重逢四十年後還寫下詩句思念故人。母親與情人之間的選擇，終究讓陸游心懷悔恨。

梁竣瓘老師　撰

1　離索：離群索居。
2　鮫綃：傳說鮫人善織薄紗。古典詩詞中鮫綃代指絲絹。

四、深度提問

1. 愛情往往有很多來自內外的阻力，陸游這闋〈釵頭鳳〉中，愛情的阻力為何？

2. 〈釵頭鳳〉如何描寫重逢的情景？又如何表現作者主觀的心情及對客觀環境限制的無奈？

五、創意發想

　　陸游與前妻唐琬在沈園的重逢，留下了傳唱千古的〈釵頭鳳〉，你認為情人在重逢的時刻，是否還有追憶及悔恨以外的可能作法？

六、經典與自我主體的撞擊

　　分手的情人，再度重逢是否是一件美事？如果重逢了，應該如何應對與自處？

七、短文習作

〈悔恨〉

　　陸游與唐琬的離異，讓他半生悔恨。每個人都曾做出讓自己後悔的事，你是不是也曾陷入悔恨的情緒裡？你會選擇什麼樣的方式面對或化解這樣的情緒？

蝶戀花

一、題解

　　〈蝶戀花〉一詞見於馮延巳《陽春集》及歐陽修《六一詞》，文學史上對於此作為何人所作仍有爭議，然，一般仍歸為北宋文豪歐陽修之作。詞中以女性的視角抒寫等待的心情以及對年華流逝的感傷。

二、原文

　　庭院深深深幾許，楊柳堆煙[1]，簾幕無重數。玉勒雕鞍遊冶處[2]，樓高不見章臺路[3]。雨橫風狂三月暮，門掩黃昏，無計留春住。淚眼問花花不語，亂紅飛過鞦韆去。

三、閱讀策略

1. 愛情：愛情有多種樣貌，單戀、苦戀、熱戀……。歐陽修這闋〈蝶戀花〉是一名女子等待所愛的人歸來的心情描繪，以空間與季節映襯了女子內心的渴望與絕望。
2. 等待：人與人之間的相處，常因彼此的習慣與所處現況等因素，而處於等待的狀態。等待的時刻雖然經常出現的是心焦、無奈或氣憤等情緒，但也可以是一個人獨處時與自我的對話，甚至能在獨處時觀照世界、感受大自然。

梁竣瑾老師　撰

1　楊柳堆煙：春天柳樹帶絨毛的種子隨風飛舞，如煙一般。
2　遊冶處：聲色娛樂的場所。
3　章臺路：原為長安一繁華街，後為歌樓妓院的代稱。

四、深度提問

1. 「庭院深深深幾許，楊柳堆煙，簾幕無重數。」作者如何以空間的描摹，暗示主人公正面對著的人生困境？

2. 季節與天候常常用來襯托人物的心情，這闋詞中如何用天氣的狀況來烘托女子的心情？

五、創意發想

　　作者連用三個「深」字的寫法，強調了深院的意象，你能否也能運用疊字來描寫外在的景物或心情？

六、經典與自我主體的撞擊

　　你是否曾經有過等待情人的經驗，在那個你不知道對方究竟身在何方的時刻，你會有什麼樣的情緒波動？

七、短文習作

〈等待〉

　　等待的心情常因等待的人、事、物而異。在你的生命中，有沒有什麼令你印象深刻的等待經驗？

醜奴兒

一、題解

　　南宋詞人辛棄疾〈醜奴兒〉一詞，創作於其晚年因官職遭罷，閒居之時。詞中以今昔對比的方式，展示詞人對人生的感悟與心情的轉變。

二、原文

　　　少年不識愁滋味，愛上層樓，
　　　愛上層樓，為賦新詞強¹說愁。
　　　而今識盡愁滋味，欲說還休²，
　　　欲說還休，卻道天涼好個秋。

三、閱讀策略

1. 青春：青春經常是充滿活力、勇於嘗試的人生階段，因社會歷練尚淺，對於困境的理解與處理，也經常因血氣方剛而更加自憐自艾，然而，能夠如此熱切地面對世界，也是人生難得的經驗。
2. 心境轉變：年歲的增長加上人生經歷的積累，面對外界與自身境遇的看法也會有所改變，對於年輕時執著的種種，也可能會慢慢放下。

梁竣瑾老師　撰

1　強：勉強地。
2　欲說還休：想說但最後終究沒說。

四、深度提問

1. 人生不同的階段，有不同的人生課題，辛棄疾的〈醜奴兒〉對比年少與現今，心境上有何變化？

2. 中國古典詩詞大多為以景抒情，這首〈醜奴兒〉卻使用了不少動詞，請你找出這闕詞的動詞，並說明這樣的寫法給你什麼樣的閱讀感受？

五、創意發想

　　〈醜奴兒〉以對比的手法，道出不同年齡層在心境上的轉變，你是否能模仿這類對比寫法，對比你的人生今昔的差異？

六、經典與自我主體的撞擊

　　辛棄疾的〈醜奴兒〉說「少年不識愁滋味」，年輕的你認同這樣的說法嗎？請訪問父母親或長輩，了解他們生活上的負擔，並對比你自己的愁緒，再試著說出你的想法。

七、短文習作

〈成長〉

　　有人說：幻滅是成長的開始，放手也是一種成長，對你來說成長是什麼呢？

卜算子

一、題解

　　西元1082年，蘇軾為人檢舉其作品諷刺當時朝政，而被貶到了黃州。這是他剛到黃州時所作的詞。從詞第一段落的字句來看：缺月、疏桐、幽人、孤鴻影，可以看出他的心情相當低落、孤寂。最後的部分，則抒發自己豁達的胸懷，比喻自己好像撿盡寒枝不肯棲息的鴻鳥，寧願孤單寂寞、凄冷，也不肯棲息攀附於任何高枝權貴。

二、原文

　　　　缺月挂疏桐，漏¹斷人初靜。
　　　　誰見幽人獨往來，縹緲孤鴻²影。
　　　　驚起卻回頭，有恨無人省。
　　　　揀盡寒枝不肯棲，寂寞沙洲冷。

三、閱讀策略

　　請學生在家裡看過這首詩的翻譯和註釋，到課堂後，先考基本簡單的概念，例如：作者是誰？哪一朝代人？押的是什麼韻？這首詩主要描寫什麼？然後將學生分成3到4人一組進行下面的活動：

1. 請用簡單的線條，採用四格漫畫的方式，畫出每一行的情景，並寫上詩句。
2. 上面詩句一共四行，請找出每一行的關鍵字詞，並解釋這個字詞可能代表著什麼？比如第一行用的是「缺月」，使用「缺」形容月

1　漏：漏壺，是一種計時器，「漏斷」是漏壺裡的水已經流完，這裡表示深夜。
2　鴻：一般指大雁。

亮，而非「明月」，這可能影射著什麼？

3.「漏」是漏壺，是一種計時器，古今中外還有什麼其他計時器，請查考。

4.從閱讀上，是否看到任何與事實不符合的地方，比如月亮可能掛在樹的上面嗎？「鴻」是什麼鳥？牠平常棲息在什麼地方？牠有可能棲在樹上嗎？請討論。

柳玉芬老師　撰

四、深度提問

1. 從這首詩看來，你認為蘇軾的心境如何？
2. 他為何把自己比喻成孤鴻，而不是其他的鳥類？
3. 從「驚起卻回頭，有恨無人省。」你認為他的感受如何？他可能想要什麼？
4. 從「揀盡寒枝不肯棲，寂寞沙洲冷。」這兩句，你認為蘇軾是一個什麼樣的人？
5. 從「驚起卻回頭，有恨無人省。揀盡寒枝不肯棲，寂寞沙洲冷。」進一步來剖析，你欣賞他的說法嗎？

五、創意發想

1. 請使用正面積極的語句，或者其他方式來改寫這首詩，比如「缺月」變成「明月」，可以的話也注意押韻。
2. 如果這不是描寫蘇軾被貶的詩句，而是一首描寫愛情的詩句，請使用白話文描述這篇故事可能的情節。

六、經典與自我主體的撞擊

　　有時候我們有很好的想法和意見，但不被賞識，且還被認為是無稽之談，這時你會「揀盡寒枝不肯棲」，還是有別的作法呢？請思考：

1. 你有你的想法，但爸爸、媽媽、老師都不認同，反而指責你，你會怎麼做？

2. 如果你有很好的企劃思維，但是你的老闆、同事都不認為那是好的觀點，你甚至因此而不能升職，你會怎麼面對這個情形？

七、短文習作

　　你暗戀一個人許久，如何表達能讓對方知曉、尊重你，而你也尊重對方。

情意篇
〈少年行〉

唐・王維

一、題解

　　快意、浪漫既是「少年」的特質，也是未經滄桑的靈魂，對世間仍有懷想、滿是信任的證明。熱情是感性的體現，所以欣於遭遇，樂於經驗；獨行是成群的序曲，因為志趣昂揚，無懼孤掌不鳴。盛唐時期，首都長安恰似漢代咸陽，多有志向高遠的少年遊俠前來，一時風雲際會。詩人王維[1]見此盛景，遂仿歌行體[2]作〈少年行〉四首，透過今古雙寫的筆法，把僅限青春的不羈豪情，留成不只歷史的形象圖卷。

二、原文

　　　新豐[3]美酒斗十千[4]，
　　　咸陽遊俠多少年。
　　　相逢意氣為君飲，
　　　繫馬高樓垂柳邊。

1　王維：字摩詰，唐肅宗乾元年間官拜尚書右丞，世稱「王右丞」。詩風清新淡遠，多寫山水、田園，與孟浩然並稱「王孟」。晚年崇尚佛教，有「詩佛」之號。兼擅書畫，北宋蘇東坡稱「味摩詰之詩，詩中有畫；觀摩詰之畫，畫中有詩」，及至明代，畫家董其昌以其為南宗山水畫之祖。

2　歌行體：相較於逐一規範平仄、用韻、對仗、字數、句數的唐代近體詩，此前不計「格律」限制的詩歌皆為古體。古體詩包括古詩、樂府兩類，後者入樂、可歌，本指秦代管理音樂的官方機構，漢武帝時仿傚周天子採集天下詩歌以觀民情，改「樂府」為民歌蒐理單位。因作品多以「歌」、「行」為名，故後人依其體例寫成之擬樂府詩，即稱歌行體。

3　新豐：即新豐市（今西安市臨潼區一帶），漢代即以製酒聞名。

4　十千：即萬錢，形容一斗美酒要價不菲。

三、閱讀策略

　　作為常與「豪邁」連綴的文學意象，「飲酒」之所以給人不拘小節、壯懷情切的聯想，關鍵在於酒精不僅能造就舒適的微醺感受，更會因為辛辣、羶臭而帶來味覺、嗅覺的負向體驗，甚至在過量攝取之下直接導致飲用者失去自控能力與行為意識。換言之，雖然「微醺」確是某種放鬆狀態，有助於減卻防備、與人攀談交心，但更多時候，將杯中物一飲而盡，其實代表的是積極克服、勇於跨越的膽氣，以及為了某人、某事，所以不吝付出膽氣的意志。請問：

1. 詩中之所以特意引用新豐酒典故，之所以強調酒價昂貴，可能是因為此二者對「少年」主題有什麼樣的敘事烘托效果？
2. 詩中提及的「為君飲」是一種什麼樣的情致與情緒，為何足以表現少年遊俠之間的相遇與投契？
3. 若安置座騎是理所當然之事，詩中為何額外描寫「繫馬」一事？除此之外，就意象而言，「垂柳」一詞又可能有何寓託？

周文鵬老師　撰

請沿虛線剪下

四、深度提問

　　不同於「行俠仗義」、「俠骨柔情」、「俠客」、「俠氣」等常見詞語的裡層邏輯，在法家眼中，「俠」不僅是一群「以武犯禁」的人，更是擾亂社會的禍患[5]。請思考你是否同意這種說法，並在舉例描述你心中的「俠」形象後，嘗試解釋王維筆下的咸陽、長安遊俠，為什麼被視為相對正向的少年行徑。

五、創意發想

　　除了小酌、拼酒、勸酒等面向，飲酒文化的另一個維度，在於「宿醉」過程中，清醒與混沌並存，痛苦與釋放同在的違和體驗。請分別針對意識清醒度、記憶狀態、行為能力、不適感等環節，與有過宿醉體驗的同學討論箇中感受，並在整理相關特性後，聯想一個與之相仿，但無關飲酒的行為結果。

5　《韓非子・五蠹》：「儒以文亂法，俠以武犯禁。」；蠹：蛀蟲，音ㄉㄨˋ。

六、經典與自我主體的撞擊

與某人「意氣相投」是人皆盼望的生命際遇，廣義來看，這份源自「渴望被人理解」的情緒，同時也與「知音」、「緣份」、「義氣」等概念形成表裡相關的邏輯網絡。請回顧一次曾經感覺某人與自己「意氣相投」的經驗，並分享你因為這份難得的觸動而選擇如何與對方相處、給過哪些回應及反饋。

七、短文習作

若「豪邁」相對於「謹慎」，意指「在可行範圍內刻意無視規範，率性而為」，那麼從本質來看，越知書達禮、識節有度的文明人和文化人，似乎越有拘束與牽絆。請回溯自身處事、成長歷程，針對你認為自己做過最有膽氣的一起出格事件，以「豪邁時刻」為題，完成一篇談述動機、抉擇與心得的短文。

〈少年行〉

唐‧杜甫

一、題解

　　雖然常被視爲「少年」的反義詞，但「老年」卻是青春延續的終章，是歷經翻湧過後，以歲月、感觸包裹初心的結果。從這個角度來看，所謂成熟、老練，或許不過只是懂得如何呵護珍惜的事物，而沉淪與滄桑，則像撐僵了想覆蓋的部份，扭曲了內在最原本的形狀。作爲筆下的〈少年行〉兩首之二，杜甫[1]在講述了韶光有時盡，老少實相繼的反思[2]之後，改以年華逝去者的立場，細數這段循環往復的過程；原來人生是場不斷被追老，不斷領略長輩眼裡看到什麼的旅行，原來青絲白頭本無異，盼得歸去盼歸來。

二、原文

> 巢燕養雛渾[3]去盡，
> 江花結子已無多。
> 黃衫[4]年少來宜數[5]，
> 不見堂前東逝波。

---

[1]　杜甫：字子美，號少陵野老，現存詩作1400餘篇。35歲赴長安應試失利，困居期間刻劃時政、權貴，筆鋒深刻寫實。45歲後逢安史之亂，漂泊多年，書寫各地戰禍、民生疾苦與社會現象，晚唐、兩宋文人稱以「詩史」，廣爲流傳；明萬曆年間舉人王嗣奭（音：ㄕˋ）作《杜臆》，稱以「詩聖」，沿用至今。

[2]　〈少年行〉之其一：「莫笑田家老瓦盆，自從盛酒長兒孫。傾銀注瓦驚人眼，共醉終同臥竹根。」

[3]　渾：全部。

[4]　黃衫：代指容姿端秀之少年。《唐書‧禮樂志》記載：「樂工少年姿秀者十數人，衣黃衫文玉帶，立左右，每千秋節，舞於勤政樓下。千秋節者，明皇以八月五日生，因以其日名節云。」。

[5]　數：多數。

三、閱讀策略

　　如果「老去」也能解讀成年少之人往年老之處補位，那麼老者眼裡看到的年輕人，其實都是某種意義上的自己。請問：

1. 詩中以「雛鳥離巢」描寫的，除了老人家拉拔兒女、兒孫長大以後的空巢光景之外，還可以在「老者也曾是少年」的語境下，返讀出什麼樣的內在心境？

2. 詩中以「流水東去」表達的，除了時間不舍晝夜地消逝，帶走了年華與光陰之外，還可能結合形容少年風采的「黃衫年少」一句，擴及什麼樣的言外之意？

周文鵬老師　撰

四、深度提問

　　「離巢」是家庭關係中難以迴避的轉折，也可能隨著年歲積累，在人們心中生成截然相反的答案。對於年輕人慕求走闖、老年人渴望陪伴的狀況，西方世界以「獨立」、「個體」為關鍵詞，期待足夠完整的人格發展，能造就彼此顧念的情感羈絆；東方民族則大多回歸系統意識，優先凸出「關係」與「群體」的認知序位，冀望深明大義的理解，能從觀念維度解決問題。請在思考後與學友分享你更加贊同哪一種思考方式、原因為何，並說明你認為該模式可以（或應該）如何實現老年關懷。

五、創意發想

　　如果能保留目前的精神狀態，提早體驗老去後的生活，那會是一種怎樣的光景？請假想你同時擁有70歲的外貌與當下的內在，並分享在行動、健康一切無礙的情況下，最想去做三件事及其邏輯原委。

六、經典與自我主體的撞擊

　　雖然常被忽略，但「循環」、「追老」的觀點令我們想起，不僅所有少年未來終將老去，每個老輩、長者，過去也曾是同於你我的少年、少女。請以「他／她曾經年輕過」為前提，嘗試想像父／母在與此刻的你同齡時，是一種什麼樣的形象，並談述一個因為認知到此事，而從他／她身上觀察出的「發現」。

七、短文習作

　　如果不計喜歡倚老賣老的人，更多時候，「長輩」其實是一種時間強制塞給你我的身份，是反射自人際觀感的立場。變成長輩的話，會希望被別人怎麼認識、怎麼看待、怎麼相處呢？請以「寫給未來將視我為長輩的人」為題，完成一封短幅書信，嘗試揣摩少我、老我與他人之間的平衡。

〈靜女〉
　　先秦‧《詩經‧邶風》

一、題解

　　與人相處的過程總有許多微妙時刻，例如「如約而至」之前的等待，往往交揉著期待、興奮、喜悅和擔憂，令人不由得在顧盼、揣想間臆語自答；又例如「以禮相贈」帶出的漣漪，贈禮者該怎麼選物、怎麼寓意，收禮者應如何感受、如何看待，也在在都是繁複，卻無不淵遠流長、滿溢情感的人際點滴。就像2000多年前，一段收錄於《詩經》〈邶風〉篇[1]的城街光景，不僅更多意在言外的心照不宣，還有著男女之間羞於表達、深於銘記的美好悸動。

二、原文

　　　　靜女[2]其姝，俟[3]我於城隅。愛而不見[4]，搔首踟躕[5]。

　　　　靜女其孌[6]，貽[7]我彤管[8]。彤管有煒[9]，說懌女美[10]。

1　《詩經》是我國最早的文學與詩歌總集，始自周天子為瞭解民生，派採詩官「行人」走訪春歸農務的百姓，收集人們傳唱的歌謠。採得曲目經樂官修整後，依樂性、施用場合分「風」、「雅」、「頌」三類。中者、後者各為朝會、宴饗之用，以及祭儀、典祀之樂；前者仍作地方民歌，包括周南、召南、邶、鄘、衛、王、鄭、檜、齊、魏、唐、秦、豳、陳、曹等十五地內容，遍收先民生活、場域風土與文化情致，稱「十五國風」，現存共160篇。
2　靜女：嫻美、淑靜的女性。
3　俟：等待。音：ㄙˋ。
4　愛而不見：一作「隱藏起來不現身」。愛：一通「薆」，隱蔽、躲藏；「見」，一通「現」，顯露之意。
5　踟躕：徘徊不前。
6　孌：面目姣好，引申作美好之意。
7　貽：贈送。
8　彤管：紅色木管。彤：赤紅色。
9　煒：光輝。
10　說懌女美：因你美好而感到喜悅。說懌：皆喜悅之意，音「ㄩㄝˋ ㄧˋ」；女：汝。

> 自牧歸荑[11]，洵[12]美且異。匪[13]女之爲美，美人之貽。

三、閱讀策略

　　如同「以責難爲激勵」，有時人們對待自己重視的人、事、物，會莫名選擇「克服負面可能」、「試探未知部份」等迂迴方式，藉以確認已知的美好並不虛假，而非直接進行接受與表達。請問：

1. 如果分別從男、女視角加以詮釋，他們各自之所以「愛而不見」的理由，可能是基於什麼樣的動機與情緒邏輯，又可能以何種理路銜接「搔首踟躕」的發展？

2. 如果「彤管」、「荑草」分別在詩中扮演「贈禮」與「回禮」，那麼兩者之所以被挑作禮物，背後可能帶有什麼樣的敘事資訊和情意寓託？

周文鵬老師　撰

11　自牧歸荑：一作「自郊野帶回荑草」。牧：草野；荑：草木嫩芽，音「ㄊㄧˊ」。
12　洵：確實地。
13　匪：通「非」，表否定語氣。

四、深度提問

　　一如生活中「人親，所以土親」的常見邏輯，詩中藉由強調「非女之為美」，令「心動於人，故感動於物」的情感軸線躍然紙面。請以「禮輕情義重」為前提，與學友討論一次你銘記心頭的收禮經驗，並在務實分析箇中「輕」、「重」落差後，分享你如何看待、對待該物品至今。

五、創意發想

　　「禮輕情義重」固然所言不虛，但禮物從價格、質感、品位折射的價值，一般仍有合理範圍。例如在頒獎典禮以一罐5元養樂多表揚成績優異者，抑或用一包超商科學麵為某人慶祝、紀念人生重要時刻，都可能衍生直指「吝嗇」、「場合」的靈魂拷問。請扮演送禮一方，以「結婚／交往紀念日」為前提，設想一種便宜、普通、平庸到極致的「輕」禮物，並嘗試設計如何詮釋其情義之「重」，以邏輯手法追求足以壓制常識、說服對方的至高加值效果。

六、經典與自我主體的撞擊

　　「藉物傳情」是一種把話語寄託進聯想系統的半被動表達，既是浪漫的知否遊戲，也是委婉的間接交流。請回顧一次你透過行為語言、相處模式或物品對某人傳達想法，而非直接口說或文字表述的經驗，並分享過程中如何嵌入潛在資訊，如何設計令對方察覺信息的端口。

七、短文習作

　　除了他人，自己也可以是「送禮」的對象。請以「我想送給自己的東西」為題，完成一篇談述「想送什麼」、「想怎麼送」、「為什麼想送」和「送了想怎麼用」的短文。

〈上山采蘼蕪〉　漢·《樂府》

一、題解

　　如果「婚姻」是一種與人承諾相伴而行的關係，那麼除了視「愛情」爲不可或缺的核心支點，其實也可以把「情意」看作類似革命情感、夥伴意識的感受紅利，是互相就位於立場、與對方一起爲彼此在各自定位上努力之後，所產生在心底的，非其莫屬的相處默契。這種連繫彌足珍貴，但不一定能擴放成接捕世間種種現實問題的安全網；就像漢代樂府詩[1]中一段離異夫婦的意外相遇，在悉淡如常的對答背後，既是相互理解的無奈，亦是體諒與原諒之間，那些大於回憶，往處世、安身看去的緬懷。

二、原文

　　　　上山采蘼蕪[2]，下山逢故夫。

　　　　長跪問故夫，新人復何如？

　　　　新人雖言好，未若故人姝[3]。

　　　　顏色[4]類相似，手爪[5]不相如。

　　　　新人從門入，故人從閤[6]去。

　　　　新人工織縑[7]，故人工織素[8]。

1　樂府詩：本指秦代管理音樂的官方機構，漢武帝時仿傚周天子採集天下詩歌以觀民情，改「樂府」爲俗樂、民歌蒐理單位，後人遂以之統稱漢魏地方歌謠。
2　采蘼蕪：采：通「採」；蘼蕪：川芎，又名江蘺、香果、馬銜，一種理氣通經、化淤養血的中藥材。
3　姝：美好，容姿端麗之意。
4　顏色：容貌。顏：面孔；色：表情。
5　手爪：指紡織、起居等手藝、技巧之事。
6　閤：此指邊門，與正門相對。
7　縑：黃絹，又稱細絹，質粗價廉。
8　素：白絹，又稱生絹，質精價高。

> 織縑日一疋[9]，織素五丈餘。
> 將縑來比素，新人不如故。

三、閱讀策略

面對曾經一同走過人生、分享生命片段的對象，「事」與「情」之間的拉扯，也可能表現成平靜無波的交集，令「偶遇前任」的日常事件，經由拼湊蛛絲馬跡，浮現出可被推理的原委。請問：

1. 從詩中女子所採之物為「蘼蕪」而非其他，可能找出哪些事件脈絡？
2. 從「長跪」、「試問」、「復何如」等動作、語態的描述，可能看出哪些女子看待前夫與前段婚姻的心境？
3. 如果新婦其實並非一無可取，那麼從男子一概只稱「新不如舊」話語裡，可能看出哪些看待前妻的心境、心態、念想，以及哪些關於事件脈絡的資訊？
4. 如果新婦確實一無可取，那麼之所以「以低換高」的原因可能為何；反照出了什麼訊息？
5. 如果以「如何看待自我及往後生活」為前提，從女子「採蘼蕪」一事和與前夫的互動狀態，可能看出她哪些心態及思考？

周文鵬老師　撰

9　疋：通「匹」，織品常用單位，古時一匹約四丈。（漢時一丈約200公分）

四、深度提問

　　如果「強制以古代觀點要求現代生活」是件奇怪的事，在同樣考量時空環境的前提之下，「刻意用現代觀點批判古代人與古代事」，其實也頗失邏輯、頗欠理序。據《大戴禮記》[10]所載，古時婦有不順父母、無子、淫、妒、有惡疾、多言、竊盜等「七去」，以及有所取無所歸、與更三年喪、前貧賤後富貴等「三不去」。請嘗試透過「禮教吃人」以外的視角探其原委，並與學友分享你之所以認同、不認同其中哪些項目的原因。

五、創意發想

　　隨著時代發展，「不孝有三，無後為大」[11]的觀念逐漸轉變為「不生不養，無後沒啥」。請設想你將如何規劃生育一事，並分享自己之所以選擇生否、數量及孩子性別的邏輯理路。

10　《大戴禮記》：先秦時期解述《禮經》的禮學作品或多離散，及至漢代，儒學者始輯錄、增記使之成冊。西漢戴德、戴聖各編有禮學專書，前者稱「大戴禮記」，至隋唐時期亡佚逾半，現存39篇（原85篇）；後者稱「小戴禮記」，通行迄今，即世人所謂之《禮記》。

11　「不孝有三，無後為大」：語出《孟子・離婁上》：「不孝有三，無後為大。舜不告而娶，為無後也，君子以為猶告也。」，本意為「不孝之事中，尤以未盡後輩本份為重」，後因漢人趙岐以「於禮有不孝者三事：謂阿意曲從，陷親不義，一不孝也；家窮親老，不為祿仕，二不孝也；不娶無子，絕先祖祀，三不孝也。」釋其文意，始令「無後」作「絕後」之義。

六、經典與自我主體的撞擊

　　原本堅定、強韌的情感及眷戀，也可能無從抗衡外力、變得不堪一擊。只能留下自然分流的理性與感性，在理解和傷痛的交織之下歸於平淡。請回顧一次「理智全然接受，但情感無法苟同」的人際處事經驗，並分享過程中如何取捨冷靜、激切之間的平衡，以及事後如何撫停自我心緒的擺盪。

七、短文習作

　　從結果來看，無論是否好聚好散，〈上山采蘼蕪〉裡前度夫婦的相處狀態，也可以讀作一種「心念舊恩」的體現，是對彼此曾經相濡以沫、攜手共進的感念，也是對陰差陽錯、勞燕分飛的憑弔。請以「不至遺憾的感恩」為題，完成一篇探討「結局不完美時，或可記得感謝過去」的短文。

〈水寒傷馬骨〉

東漢・陳琳

一、題解

　　如果婚姻是與互許承諾的人生夥伴一起克服未知，是一起構築家園、保護共同生活且延續生活的家人，那麼失去伴侶的悲傷，便不僅是情愛層次的戀想，更是約定、羈絆和理想的幻滅。面對同被留下的老、幼，念及相濡以沫、待矣遇矣的點滴，選擇不訖或不渝，在被迫孤身的人心中，其實早有了答案。曹魏年間，文學家陳琳[1]擬樂府舊題[2]，藉秦代修築長城的典故，描述了一對夫妻的故事。他們被徭役[3]拆散，也許後會無期，但寥寥幾語的真摯對話，卻表露了「結髮」[4]二字的徵想，以及它福禍不改、生死相依的誓願。

二、原文

　　　飲馬長城窟，水寒傷馬骨。
　　　往謂長城吏，慎莫稽留太原卒[5]。
　　　官作自有程，舉築諧汝聲。
　　　男兒寧當格鬥死，何能怫[6]鬱築長城。
　　　長城何連連，連連三千里。

1　陳琳：字孔璋，工文辭，擅書檄表章，獲曹操賞識，與孔融、阮瑀、徐幹、王粲、應瑒、劉楨並稱「建安七子」。
2　樂府舊題：「樂府」本指秦代管理音樂的官方機構，漢武帝時仿傚周天子採集天下詩歌以觀民情，改其職掌為俗樂、民歌蒐理單位，後人遂以之統稱漢魏地方歌謠。
3　徭役：古代政府強制人民義務勞動的制度，包括參與建設工程、四時農作的「伕役」，以及戍守邊防、保家衛國的「兵役」。民間故事〈孟姜女哭長城〉中，丈夫萬杞良便受於徭役徵召。
4　結髮：根據古禮，鑑於「身體髮膚，受之父母」，故使新人於洞房之夜各剪一綹頭髮、相互綑綁，以「輕易不可毀傷」之重，期「永結同心」、「與子偕老」之約。
5　慎莫稽留太原卒：慎莫：請不要；稽留：同「羈留」，延長役期；卒：役卒。
6　怫：煩悶，音：ㄈㄨˊ。

邊城多健少，內舍多寡婦。

作書與內舍[7]，便嫁莫留住。

善事新姑嫜[8]，時時念我故夫子。

報書往邊地，君今出言一何鄙。

身在禍難中，何爲稽留他家子[9]。

生男慎莫舉，生女哺用脯。

君獨不見長城下，死人骸骨相撐拄。

結髮行事君，慊慊心意關[10]。

明知邊地苦，賤妾何能久自全。

三、閱讀策略

　　從結構來看，本文以役伕視角爲基礎，呈現了役伕自述、役伕與長城吏對話、役伕與妻子書信對話等三重內容。請問：

1. 前述三類內容各屬文中何處？如何判別？
2. 根據談話內容，役伕心裡如何看待與妻子的關係？與所交代之因應對策是否一致？
3. 根據談話內容，妻子是否同意役伕信中交代？其實選擇邏輯爲何？
4. 依本文內容推測，爲何「生男慎莫舉，生女哺用脯」？
5. 依文中對話邏輯「久自全」除了「長保自我安全」的字面意義之外，還可以透過整體敘事語境，解譯出什麼樣的行爲與處事情境？

周文鵬老師　撰

7　作書與內舍：作書：修書，寫信之意；內舍：舍內，即家中。

8　嫜：丈夫的父親，音：ㄓㄤ。

9　子：孩子，此指女子，即己妻。

10　慊慊心意關：慊慊：憾恨、不滿，此指因擔憂、怨憤徭役而無法放心；關：關切，此指掛念。

四、深度提問

　　「不離不棄」是人皆期許的自踐與他踐行為，但就本質來看，不計一切代價的堅持及付出，也可能在某些狀況下顯得魯直，令本應卓然、有見的「信念」，看似無異於偏頗、狹隘的「執念」。請分析文中妻子在你眼裡屬於何者，並以「如果○○○○的話……」為概念，設想在什麼情況下，她可能直接置身另一側極端。

五、創意發想

　　儘管現代社會不再出現徭役，但兵單與兵役的存在，卻依然帶動許多情關係的變遷。請保持自身性別狀態，以被動方立場設想一個「你能接受的被兵變」理由，並與任一異性同學交換答案，共同討論你們是否接受對方說法、理由為何。

六、經典與自我主體的撞擊

　　如同「一言九鼎」那溢出字面的重量感，「承諾」之所以在人際交往時具有意義及約束力，關鍵往往並非失信、食言的後果如何巨大，而在於「不重然諾」這個行為背後，代表了一組無所承擔、自私自欺的人格。請回顧一段人生中難以忘懷的「守諾」經驗，並分享自己因為思考了什麼，才直到最後都沒有放棄。

七、短文習作

　　無論離別或安慰，要說服某人停止掛念都不是一件容易的事。請設想自己即將力排眾議，在家人、朋友連綿不絕的憂心、疑慮、責備之中，隻身踏上短期無歸的遠行旅程，並以「尚請勿念」為題，完成一篇嘗試使其平下心緒，而非與之爭論的短文。

格物篇
〈蟬〉　　唐・虞世南

一、題解

　　「地下七年，地上七天」是人們對蟬的普遍印象。儘管不全然符合生物科學所證得的事實[1]，但長期蟄伏和短暫馳騁的落差，卻形成了鮮明的意象，令人容易代入聯想，在知覺到悵然、徒然、惘然與釋然的對比環鏈中，感慨死生、存佚、得失等多重層次的價值命題。就生態而言，蟬歷經漫長等待的目的，在於延續族類生命，交配繁殖；但在初唐詩人、書法家虞世南[2]眼中，「等待」顯然也是一種「沉潛」，是一段有所追求的踽踽行程。不只有著情愛以外的詮釋空間，更猶如讀書人因為有知、能識，從而以風骨自持，欣於修己、恬於養節的精神象徵。

二、原文

　　垂緌[3]飲清露，流響出疏桐。
　　居高聲自遠，非是藉秋風。

1　關於「地下七年，地上七天」目前已知記錄約有2500種「蟬」，包括服膺時間規律的週期蟬，以及結束幼蟲期便離開地下的非週期蟬。根據品種差異，前者從出生、入地到破土的時間可以多達17年，在地面上亦可能存活長達60至70天。
2　虞世南：字伯施，精於文辭，自編《北堂書鈔》160卷，被譽為「唐代四大類書」；擅書法，與歐陽詢、褚遂良合稱「初唐三大家」。
3　緌：帽帶。緌：音ㄖㄨㄟˊ。

三、閱讀策略

　　「詠物」是淵遠流長的文學寫作筆法，旨在依託通俗、可見的身周事物，透過邏輯之間的對等變換，以同一組認知框架闡述出因應不同前提、不同情境、不同對象的意義理路。這套工法其實與程頤、程顥、朱熹等宋代理學家提倡的「格物致知」概念並無二致[4]，同樣是一種以解構帶動重構，以已知旁通廣知的識讀技巧。換言之，其中如何「拆」、「裝」目標事物，如何「連」、「綴」異質對象，如何「加」、「減」意義層次等處理，自然最是值得觀察、值得學習的學思軌跡。請問：

1. 詩中拆解出哪些屬於「蟬」的客觀要素？如何在客觀事實上預設詮釋方向？
2. 詩中如何具體銜接文人意象？從哪些面向塑造出讀書人、士大夫與蟬的同質化邏輯？

周文鵬老師　撰

4　「格物致知」最早見於《禮記·大學》：「古之欲明明德於天下者，先治其國。欲治其國者，先齊其家，欲齊其家者，先修其身。欲修其身者，先正其心。欲正其心者，先誠其意。欲誠其意者，先致其知。致知在格物。」，認為確實瞭解事物之所以存在、運行的原理及原委，始有助於掌握本質，廓清視野和思考。

四、深度提問

　　如同「等待」也可以在詮釋中迭轉出「沉潛」、「守候」、「堅定」、「犧牲」等語境質性，請問，除了以「知識份子」為對象之外，虞世南利用「清」、「桐」、「高」、「不藉」等詞句建構出的邏輯框架，還可能嵌合於哪種領域或哪種身份的人，令他們也成為很「蟬」的存在？

五、創意發想

　　理論上，只要應用「格物」手法，世上所有既已存在的人、事、物，都可能成為識讀、闡釋的有效標的。請對自己今天背包裡的任一物品進行格物處理，並以「○○背後的人生道理」為主題，談述一個你眼中看出的致知啟示。

六、經典與自我主體的撞擊

　　「蟄伏」是每個人都可能經歷的生命階段，過程中種種不願、不捨、不忍放棄的事物及理由，往往正是構成你我內在與人格的要素。請回顧一段你至今仍未忘懷的困境經驗，並嘗試把它看作自我的「蟄伏」期，藉由盤點過程中你如何堅持、為何堅持等深層思考，分享這段歷程帶領今日之你「蛻變」出了什麼樣的改變。

七、短文習作

　　請運用自身認識，以「ㄢ」或「ㄤ」或「ㄠ」為韻腳，完成一句描寫「蟬」的五字文句，並與使用相同韻腳的另外三名同學合作，組成一首完整的詠物打油詩。

〈月夜海上〉　民國・宗白華

一、題解

　　「鏡子」是帶有反射與映照特性的工具，其與文史領域較廣爲人知的結合，莫過於賢臣魏徵訴予唐太宗・李世民的「三鏡」說：「以銅爲鏡，可以正衣冠；以古爲鏡，可以知興替；以人爲鏡，可以明得失。」換言之，如果「反照」猶如對比，可以強制令人進入客觀檢視的認知狀態，那麼就像看似單一視角的「照鏡子」行爲，背後其實隱藏了三重意識[1]維度的跳轉，「鏡子」代表的意象，自然也包括了抽離在虛、實之間的心流（Flow）狀態[2]，一如20世紀華人美學巨擘、哲學家宗白華[3]筆下，引人心馳神往，交融於海天、靜謐之間的月夜景致。

二、原文

　　　月天如鏡，
　　　照着海平如鏡；
　　　四面天海的鏡光，
　　　映着寸心如鏡。

1　三重意識：即照鏡子的我，被照出來的鏡中的我，以及旁觀著自己看向鏡中自我的我。
2　心流（Flow）狀態：意同「沉浸」，指行爲者精神高度集中，因專注而產生思路明晰、知覺深廣、忘懷時空等內在感受。
3　宗白華：曾任北京大學哲學系主任。因建構個人美學理論及體系，被譽為相關知識領域的開拓者，與朱光潛並稱20世紀華人美學「雙峰」。

三、閱讀策略

　　除了觸景傷情，「情」、「景」之間的繫聯模式，也包括感官化、直覺化的內在連動。例如雜物堆積、動線迂塞的狹小房間容易令人感到煩躁，視野開闊、綠意盎然的草原山野往往教人心曠神怡；海天一線、冰輪當空、水月照夜、萬籟無風的光景，同樣足以滲透視聽，沁出上天下地的意識動線，發散成遠近、大小、念想等各種感思進路，形成彷彿人景合一、物我兩忘的知覺體驗。請問，若你正搭乘一艘緩慢前行的夜船，獨自站在不算寬闊的船頭、望向海面：

1. 船身微弱卻規律的搖晃，加上從腳底傳來的，無須刻意用力，卻又需要防止重心傾斜的平衡感，能引導你聯想哪些船事以外的事物？

2. 明明前進著，卻因為可視範圍過廣、夜色重黑而看似無所改變的類靜態畫面，能因為理性、感性交錯的種種微妙矛盾，引導你怎麼詮釋動靜、有無之間的辨證關係，擴及哪些處世、做事的既有經驗？

3. 一輪照亮夜間海面的皎潔明月，加上一圓似真還虛的水面倒影，能夠藉由被照亮、被照耀等沐浴於柔和光線的體感，引導你想起哪些與人、事、物的相處氛圍？

周文鵬老師　撰

四、深度提問

　　從行為本質來看，「沉澱」其實不只是一種設法摒除雜訊、安定心緒的整理行為，更是一種嘗試「抽離」的思維活動，旨在跳脫既有視角，以外化觀點加固思考本身的結構性和立體度。請問，如果扣掉「對自己說話」這個常見的選項，對你而言，生活中還有哪些可以協助人有所抽離，使其有效俯瞰自我及當下狀態的方法？

五、創意發想

　　「抽離」不只是觀照自我的工夫，也是嘗試空出主體性，對事物尋找系統性及統合點的審美進路。請設定一項原本自己相對厭惡的事物，並運用「情」、「景」繫聯的意識手法，找出兩個願意由衷認同它、肯定它的地方。

六、經典與自我主體的撞擊

　　「心湖如鏡」可以是心如止水的不起波瀾，也可以是心底清明的諸事瞭然。請以「平靜」為關鍵字，回顧一次自身因諸事瞭然而得以在紛擾事件中「冷靜」自處的經驗，並分享當時相對「寧靜」於外在喧囂的心境是何種感受。

七、短文習作

　　請設想一位你所知道的，因為一時衝動而鑄下錯誤的古今人物，並以邏輯勸說（也就是不單純談論史實結果）為前提，完成一封能夠協助他抽離認知，多方審視、多向感受的書信短文。

〈死水〉　民國・聞一多

一、題解

　　如同《論語・子罕》中「逝者如斯夫，不舍晝夜。」的描述，「水」呈予世人的意象，多以流動、柔轉爲核心。也正因爲如此，一旦水流「死去」，那麼不只「停滯」本身將斷化出各種影響，之所以令活水止步、變質的原因，也無一不是立於前景、願景反側的弊端。1928年，新月派[1]詩人聞一多[2]思及當下時局、政局各有內外憂患，以「死水」爲題出版詩集。作品旨在反照當時政治、社會諸多「不動」與「不能動」的現象，字裡行間，訕之、怒之、怨之、惋之、惜之等複雜情緒躍然紙上，即便跳脫時代語境，字詞、文意共構的指涉框架，依然情致完整，適於嵌合各種命題。

二、原文

　　　　這是一溝絕望的死水，
　　　　清風吹不起半點漪淪[3]。
　　　　不如多扔些破銅爛鐵，
　　　　爽性[4]潑你的剩菜殘羹。

　　　　也許銅的要綠成翡翠，

1　新月派：1923年，胡適、梁實秋、聞一多、徐志摩等人創立「新月社」，探究現代詩的創作、理論及格律表現。1928年創辦《新月》月刊，及至1933年結束活動，其間對於詞藻、意象、韻致的美學討論，以及追求理性情感、節制表現的文學主張，帶動了華語詩歌的形式審美意識。
2　聞一多：本名家驊，作品多具民族、家國情懷。詩風追求意象、韻致之美，早期筆法自由，不拘一式，後期重視音律協諧，講究內外表現的齊整與勻衡。
3　漪淪：微波，意近「漣漪」。
4　爽性：索性。一指喪失本性，如《北史・程駿傳》：「人若乖一，則煩僞生；爽性，則沖真喪。」，便以之描寫淳淨、淡泊心性的亡失。

鐵罐上鏽出幾瓣桃花，
再讓油膩織一層羅綺[5]，
黴菌給他蒸出些雲霞。

讓死水酵成一溝綠酒，
飄滿了珍珠似的白沫；
小珠們笑聲變成大珠，
又被偷酒的花蚊咬破。

那麼一溝絕望的死水，
也就誇得上幾分鮮明。
如果青蛙耐不住寂寞，
又算死水叫出了歌聲。

這是一溝絕望的死水，
這裡斷不是美的所在，
不如讓給醜惡來開墾，
看他造出個甚麼世界。

5　羅綺：皆為絲製織品，意近「綾羅錦繡」。

三、閱讀策略

　　作為體現「淤結」、「污稠」、「廢化」、「濁腐」等狀態聯想的反面意象，詩中對「死水」的描述，不僅寫入多種器具、物品來堆疊語境，形成具象化、感官化的質感體驗，更同時使用美好、正向的詞彙及修辭手法，以觀看者視角營造褒貶、賞蔑之間的違和反差。請問：

1. 詩中為何特意強調「破銅爛鐵」與「殘羹剩菜」？「扔」與「潑」的指定動作可能帶有什麼樣的敘事目的？

2. 除了具象表達效果，詩中以精貴的「翡翠」形容綠鏽，以香麗的「桃花」形容鐵鏽，以工彩的「羅綺」形容浮油，以流美的「雲霞」形容黴菌，以玲瓏的「珍珠」形容積沫，各是希望引出什麼向度的映襯與詮釋？

3. 如果全詩目的不只在於描摹「眼前景物」，更在同時投射出「眼裡看見的畫面」與「心裡想看的畫面」，那麼通篇使用的旁觀視點和評價式、譏諷式語境，發揮了什麼樣的黏合效果？

周文鵬老師　撰

四、深度提問

　　有效的諷刺通常直指未被達成的理想樣態，一如負責任的評論與抨擊，往往優先找到最適切的解決方案。請以「恨鐵不成鋼」為關鍵詞，嘗試捕捉箇中理趣，並從自己體會過的人、事、物相處經驗裡，談述一個你心中的「死水」案例（請姑隱其名），並指出其本應如何「活」之。

五、創意發想

　　如同詩中不斷嚷喚任之、污之等看似自暴自棄的行徑，某些時候，看似嘲笑、厭棄、攻詰的述說，背後更是滿盈的期許。請連結一次你至今仍難以忘懷的「說反話」經驗，並回答「為什麼不直說？」、「為何選擇與對方進行負向互動而非正向交流？」、「設計反話的最大難點為何？」等三道問題。

（左側邊欄直排文字）請沿虛線剪下

六、經典與自我主體的撞擊

　　從格物角度來看，「死水」之所以失活，關鍵在於發生圍堵流動、截斷入水及出水的情況，而非「水」本身自願中止行進，往腐化、質變沉淪。請以「無力感」為關鍵詞，回顧一次自身受外力影響而停滯發展，甚至因為不進則退而自覺有如「死水」的瓶頸經驗，並分享箇中「不得前行」的感受，以及後來如何擺脫困境，成為如今的自己。

七、短文習作

　　請以〈活水〉為題，面向現有／現存事物，寫作一篇賞析「有效永續」案例的短文，與師友分享你眼中的他們如何且為何成功。

〈揚州慢〉 南宋・姜夔

一、題解

　　盛衰、興亡本是世間常態，但作爲紙面理解或臨境體驗，帶給人們的感受便截然不同。1176年冬至，行旅中的南宋詞人姜夔[1]途經揚州（今江蘇省中部）。看著往日代指繁華的名所，當下僅是戰亂過後的蔓草農野，在初訪此地的詞人眼中，「今非昔比」的真意，早已不是一城、一都的榮景如何消逝，如何唏噓，而是曾反復受人歌詠，在傳世佳篇中令無數讀者心馳神往的歷歷風采，竟然也可能被視爲敝屣般的「無價」之物，頹然喑啞在世事與弔念的洪流之中。

二、原文

　　淳熙丙申至日[2]，予過維揚[3]。夜雪初霽[4]，薺麥彌望。入其城，則四顧蕭條，寒水自碧，暮色漸起，戍角[5]悲吟。予懷愴然，感慨今昔，因自度此曲。千巖老人[6]以爲有「黍離」之悲[7]也。

　　淮左名都，竹西佳處，解鞍少駐初程。過春風十里，

1　姜夔：字堯章，號白石道人。詞風清逸，《四庫全書》稱其：「詩格高秀」、「詞亦精深華妙，尤善自度新腔，故音節文朵，並冠一時。」。夔：音ㄎㄨㄟˊ。
2　淳熙丙申至日：宋孝宗淳熙三年（1176）。至日：冬至之日。
3　維揚：即揚州，又稱江都、廣陵。作爲大運河的銜接要地，隋唐時期百業俱興，作坊林立，是東南首屈一指的大都會。唐代詩人王建曾在〈夜看揚州市〉寫道：「夜市千燈照碧雲，高樓紅袖客紛紛。」彼時更勝天府之國・成都（舊稱益州），有「一揚二益」之稱。
4　霽：天氣轉晴。霽：音ㄐㄧˋ。
5　戍角：號角。
6　千巖老人：南宋紹興年間進士蕭德藻，與楊萬里、范成大、陸游並稱「四詩翁」，姜夔曾與其學詩。
7　「黍離」之悲：「黍離」爲《詩經・王風》篇名，記述西周故都舊址長滿黍、稷、稻、麥等糧食作物，不復往日莊嚴、壯麗，藉以感慨山河不再，國室傾頹。

盡薺麥青青。自胡馬窺江去后，廢池喬木，猶厭言兵。漸黃昏，清角吹寒。都在空城。

　　杜郎俊賞[8]，算而今、重到須驚。縱豆蔻詞工，青樓夢好，難賦深情。二十四橋仍在，波心蕩、冷月無聲。念橋邊紅藥，年年知爲誰生。

三、閱讀策略

　　旅遊和旅行最大的不同，在於前者心境悠適，多以抒展情致、逸其興樂爲概念目的，後者則不限於相同意識基礎，進一步兼容懷想、推敲、反思等內在知覺形式，令出走居處、置身移動的「旅」過程，成爲獲取發現，深化理解及感受的狀態場域。請問：

1. 詩中爲何以「寒」字描述軍伍號角的揚聲情境，其與「涼」、「冷」等同屬低溫語感的用字，在敘事效果上有何不同？如何與「清」字形成立體意象？

2. 詩中引用「春風十里」、「二十四橋明月夜」等杜牧名句，鋪陳「重到須驚」的假設描寫。如果可「驚」之處不只表象上的名都破敗、勝景蕭然，跨時空舊地重遊的杜牧，還可能慨歎於哪些體認？

3. 詩中「年年知爲誰生」一句不僅收束全篇，更留下拋予讀者的懸問，直指吾人看待事物、抑揚其價值的標準有否浮動。若胡馬去後，池廢城空，爲何垣牆裡外，橋月芍花依然只與薺麥、糧作爲伴，不見舊人復歸、新人來興？

周文鵬老師　撰

8　杜郎俊賞：即晚唐詩人杜牧，風格清麗悠俊，與李商隱並稱「小李杜」。筆下揚州詩篇甚多，「春風十里揚州路」、「誰知竹西路，歌吹是揚州」等名句皆出自其手。

四、深度提問

　　無論遊樂或行腳，「旅」之所以能帶來逸情、深忖的效果，主因在於眼前人一切隨環境轉變之後，新、奇、異、殊形成的「陌生化」狀況，有助於人們聚焦見聞，自觀而賞、察，自體驗而體覺。請舉出一次自己因身處陌生環境而得所發現的「旅行」經驗，並說明該發現令你領略何種道理或啓示。

五、創意發想

　　假如跳脫戰禍思考，在食糧資源或有短缺、不均問題的古代，將官用空間改作農業用地的「黍離」，未必百害而無一利。請以現代臺灣為背景，指定一處佔地廣大的政府單位，假想若該處不為政治所用，可以改成什麼樣的應用場域，產生什麼形式的社會價值。

六、經典與自我主體的撞擊

　　「物是人非」可以是對於今非昔比的失望，也可以是因為自身處境、心境有所遷變，而外溢生成的主觀感慨。請回顧一次自己「舊地重遊」後的失落情緒，並分享箇中惆悵所從何來，分析其間主觀與客觀意識如何交疊。

七、短文習作

　　若能隨心切換視角，以「陌生化」濾鏡看待熟悉的事物，有心探討所見、解譯所聞的認知模式，將能改變每種「習以為常」，彰顯出每個「理所當然」的獨特之處。請針對住家腹地範圍內的尋常事物，以〈不旅之行〉為題，完成一篇探舊知新的類行腳短文。

〈望嶽〉　　唐・杜甫

一、題解

　　自然景致亙古長在，而它們承載的意義和徵想，則端看凝視者自身的心境，及其知學、感識的範疇如何蘊藉。一如「泰山」巍峨崇峻的意象，儘管也和肉眼可見的山形、山勢互為表裡，但孟子〈盡心〉篇中一句寄寓了儒學、儀禮、王道意識的「孔子登東山而小魯，登太山而小天下」[1]，卻為這座海拔僅1545公尺的「五嶽之首」[2]，點明了遠不只物理層次的精神。開元二十四年（736），24歲的杜甫[3]，以官家子弟、才名在外的狀態落榜於人生首次科舉。儘管隨即展開時逾八年的齊趙之遊，盡顯少壯意氣的雄心與奔放，但仰望泰山時的所念所想，卻別有一番不只自信的滋味。

二、原文

　　　　岱宗[4]夫如何？齊魯青未了。

　　　　造化鍾神秀，陰陽割昏曉。

　　　　蕩胸生曾[5]雲，決眥[6]入歸鳥。

1　「孔子登東山而小魯，登太山而小天下」：古人視日出之處為萬物源始方位，故先秦時期以東嶽泰山為生、盛之地，舉行名為「封禪」的祭天儀式。其間區別君臣、講制求度的份際意識，與禮樂之教追求的倫常、德義環合相應，故在孟子眼中，泰山與孔子同在魯國既是淵源，更涵化了學識、德行、王政等儒家理想。

2　「五嶽之首」：以海拔論，泰山僅居其三，華山（西嶽）以2155公尺居冠，恆山（北嶽）、嵩山（中嶽）、衡山（南嶽）則各以2016公尺、1512公尺、1300公尺分居二、四、五。

3　杜甫：字子美，號少陵野老，現存詩作1400餘篇。35歲赴長安應試失利，困居期間刻劃時政、權貴，筆鋒深刻寫實。45歲後逢安史之亂，漂泊多年，書寫各地戰禍、民生疾苦與社會現象，晚唐、兩宋文人稱以「詩史」，廣為流傳；明萬曆年間舉人王嗣奭（音：ㄕˋ）作《杜臆》，稱以「詩聖」，沿用至今。

4　岱宗：泰山的別稱，同於岱山、岱嶽、泰岳等。

5　曾：同「層」，此指雲氣繚繞所形成的垂直分佈。

6　決眥：睜大眼睛。決：撐開、睜大；眥：眼眶，音ㄗˋ。

> 會當凌絕頂，一覽眾山小。

三、閱讀策略

　　「挫折」的真意並非單純失敗，而是強制遭遇者中斷所欲、所行之事，使其發現有凌駕於自己的力量，體認自身可能只是渺小的存在。於是受挫前的想望、樂觀、期許，至此一一顯得淺薄也虛謬，而受挫後的內心臆語，則在在既似自勵，又像試圖抗衡事實、填補惆悵的精神喊話。請問：

1. 若刻劃「大」是一種反襯「小」的敘事手法，那麼除了寫景之外，詩中以一半篇幅描述泰山「青未了」、「割昏曉」的壯闊景致，可能是以何種邏輯引帶仰望者複雜的心理活動？

2. 詩中分別「層雲」、「歸鳥」作爲胸中意氣與眼底目標的著落對象，若「蕩」、「決」皆是詩人心境狀態的體現，那麼「雲」、「鳥」可能各有什麼象徵？

3. 詩中化用「登泰山而小天下」語意，以「登頂」作爲遙寄未來的寓託。若「絕頂」已然等同一度挑戰失利的科舉考試，則「眾山」可能借指哪些人或事物？

周文鵬老師　撰

四、深度提問

　　除了高聳屹立、有待克服的目標，「山」的意象也包括了重量、體積交織而成的權位感與責任感，不移不異、堅定永存的恆久印記，以及聚木成林、生生不息的機會聯想。請問，如果嘗試一併帶入前述種種，為〈望嶽〉構築更加豐富的詮釋理路，你會如何處理？

五、創意發想

　　雖然「仰望」多以崇高者、偉岸者為當然目標，但廣義來說，所有引人「景仰」的存在，應該都具有等值的高度與意義。請以「本不起眼的人或事物」為前提，針對任意對象及其之所以值得敬重的理由，完成一組「非典型仰望」的邏輯述說。

六、經典與自我主體的撞擊

　　「挫折」是無可迴避的生命經驗，請回顧一次「被迫發現自身並不強大」的體會，並分享過程中隨之改變哪些觀念及態度，以及如何調適自我心境。

七、短文習作

　　無論早已預設的假想敵，或意外刺穿傲骨、打破驕矜的挫敗，每個人心裡都有一堵尚未翻越的高牆，差別只在是否願意正視它的存在，感受它時刻帶來的威壓。請回顧自身相關經驗，以「攻頂的理由」為題，完成一篇探討努力、動機與振作的短文。

附錄

應世寶典——中文in用全攻略

　　這篇《應世寶典——中文in用全攻略》是專為中原大學學生量身打造的應用文寫作精華，是國文教學組推選最堅強的陣容、選取最實用的材料、透過精簡用心的編印，為同學設計出日常生活甚至進入職場最可能派上用場的應用文招式，藉此為同學在中文應用上創造出無限可能。書成之時，編輯小組多方考慮，如何給本書一個響亮的書名，「應用文五行攻略」、「點石成金」、「應用文過招」、「公文·攻文」、「應用文密碼」等都曾列入考慮，最後由不落俗套的《應世寶典——中文in用全攻略》拍板定案。

　　《應世寶典——中文in用全攻略》分為六大單元，由國文教學組敦請組內師長依其所長，共同編製完成，通識中心除了感謝諸位老師們的辛勞，也誠盼他們推出的武功高招，能夠有效的廣傳世人、造福學子，務使同學在進入職場的第一仗便拔得頭籌，甚至在考場、沙場、情場都能無所畏懼，得心應手，贏得人生。

　　「知識不加應用，僅為高閣空談；學問應用得當，將可經世濟民。」孫悟空縱有七十二變的通天本領，往往也須有金箍棒和筋斗雲的加持；青冥寶劍、葵花寶典如果未經正確使用、開卷修煉，終究是不傳之秘、累世蒙塵，同樣的，就算有再豐富用心編印的應用文功法，如果同學方面將之輕忽或視若無物，最後還是枉然，而且，若是缺乏最基本的中文根底，一心只想倚賴此寶典出招、捨本卻僅談「應用」，恐怕是會大失所望的。

　　所以我們要在此大聲呼籲，請來練功，先讀經典，再攻寶典，修成武林至尊，他日誰與爭鋒？請看中原域中，竟是誰家天下！

通識教育中心國文教學組謹誌

公文

壹、定義

公文是公文書的簡稱。依照《公文程式條例》第一條：「稱公文者，謂處理公務之文書。」刑法第一章第十條第三項：「稱公文書者，謂公務員職務上製作之文書。」

廣義而言，凡是政府機關，與法定團體之間，或與人民之間，所有一切文書往返，皆稱為「公文」。

公文的定義：凡為處理公眾事務（公務）而製作的文書，均可稱為「公文」。

貳、結構

一、發文機關全銜和文別

㈠發文機關地址和聯絡方式：位於橫式公文的右上處，亦可逐寫承辦人的聯絡方式。

㈡受文者：在「受文者」三個字後面，要寫明受文機關的全銜或個人的姓名。

㈢文書處理資料：包括發文日期（國曆年月日）、發文字號、速別（最速件1天、速件3天及普通件6天）、密等及解密條件或保密期限、附件（註明名稱、份數）及正本（擬送達的機關、團體或人員，須逐一載明全銜）、副本（列於正本之後，為正本之影印本，其內容與格式，和正本完全相同。副本文件的「右上角」要標明副本字樣。如要求副本收受者作為時，也須在「說明」段內列明）。

注意：速別是針對受文者（對方）而言，受文者須依速別所規定之時限辦文，如最速件，指受文單位承辦人必須隨到隨辦。

二、本文：本文是公文的主體，類別不同各有不同的書寫格式。

三、署名：上行文應署機關名稱、首長、職銜、姓名及職章；平行文及下行文或對人民行文，則蓋職銜及姓名的簽字章即可。

四、附件：**無附件時，本欄位空白；有附件時，本欄位寫法如下：**

㈠如文（附件隨文／附件電子檔名：也有寫成「如主旨」）

㈡如附件不隨文： 1.在本欄註明「（已）另送」

　　　　　　　　　 2.在「說明」項亦應說明。

參、撰寫原則

　　公文的使用通常以函與書函為多，函與書函的公文結構通常包括發文單位及公文類別、聯絡方式、受文者、速別、密等及解密條件、發文日期、發文字號、附件、本文、正本、副本、印信、署名。書函通常使用於較簡單的公文往復。

一、確定立場：依照彼此之間上行、平行或下行關係，確立本身立場，然後採行適合己方身分的語氣行文。

二、理性態度：以冷靜、嚴肅態度撰寫，無論敘事、論理、指揮、請求等，均應明白、確實。

三、簡要文字：嚴遵「簡」、「淺」、「明」、「確」四個原則，力求句句踏實、字字有據。

四、遵照格式：嚴格遵照規定格式，使用規定公文紙。

五、其用語規定如下：

㈠期望及目的用語，得視需要酌用「請」、「希」、「查照」、「鑒核」或「核示」、「備查」、「照辦」、「辦理見覆」、「轉行照辦」等。

㈡准駁性、建議性、判斷性之公文用語，必須明確。

㈢直接稱謂用語：

 1.有隸屬關係之機關：上級對下級稱「貴」；下級對上級稱「鈞」；自稱「本」。

 2.對無隸屬關係之機關：上級稱「大」；平行稱「貴」；自稱「本」。

 3.對機關首長間：上級對下級稱「貴」，自稱本；下級對上級稱「鈞長」；自稱「本」。

 4.機關（或首長）對屬員稱「臺端」。

 5.機關對人民稱「先生」、「女士」或通稱「君」、「臺端」；對團體稱「貴」，自稱「本」。

㈣間接稱謂用語：

1. 對機關、團體稱「全銜」或「簡銜」，如一再提及得稱「該」；對職員稱「職稱」。

2. 對個人一律稱「先生」、「女士」或「君」。

肆、類別

　　依現行公文條例的規定，分為令、呈、咨、函、公告與其他公文六類：

一、令：命令。為上級機關對下級機關用於公布法律、發布行政規章、發表人事任免、調遷、獎懲、考績等。

二、呈：現在已縮小使用範圍，僅限於對總統有所呈請或報告時使用。

三、咨：諮商。限總統與立法院、監察院等機關往返公文時使用，一般行政機關不適用。

四、函：通常可用於上級機關對所屬下級機關有所指示、交辦、批覆；下級機關對上級機關有所請求或報告；同級機關或不相隸屬機關之間；民眾與機關之間的申請與答覆等時使用。

五、公告：用於各機關、團體就其所主管業務，向公眾或特定對象有所宣布時。發布方法，得張貼於機關或團體所設置的佈告欄或顯著之處，或利用報刊等大眾傳播工具廣為宣布。

六、其他公文

㈠書函

1. 於公務未決階段需要磋商、陳述及徵詢意見，協調或通報時使用。

2. 可代替過去的便函、備忘錄與下級機關首長對上級機關首長的簽呈，其適用範圍較函廣泛，但性質不如函正式。

㈡表格化公文

1. 簡便行文表：答覆簡單案情，寄送普通文件、書刊，或為一般聯繫、查詢等事項行文時使用。

2. 開會通知單：召集會議時使用。

3. 公務電話紀錄：凡公務上聯繫、洽詢、通知等可以電話簡單正確說明之事項經通話後，發話人如認為有必要，可將通話紀錄複寫兩

份，以一份送達受話人，雙方附卷，以供察考。

4.其他可用表格處理公文。

㈢手令或手諭、簽或報告、箋函或便箋、聘書、證明書、聘、僱契約書、提案、紀錄、節略等，依身分、公務性質及處理方式使用。

伍、範例

一、函

㈠結構：採用「主旨」、「說明」、「辦法」三段式，案情簡單者，可用「主旨」一段完成。其他可依案情分為二段（主旨、說明）或三段完成（主旨、說明、辦法）。

㈡分段要領：

1.主旨：為全文精要，以說明行文目的與期望，應力求具體扼要。

2.說明：當案情必須就事實、來源或理由，作較詳細之敘述，無法於「主旨」內容納入時，用本段說明。

3.辦法：向受文者提出之具體要求無法在「主旨」內簡述時，用本段列舉。「辦法」可依公文內容改用「建議」、「請求」、「擬辦」、「核示事項」。

範例一（二段式函）　　　　　　　　　　　　　檔　號：
　　　　　　　　　　　　　　　　　　　　　　保存年限：

中 原 大 學　函

機關地址：32023 中壢市普忠里普仁 22 號
傳　　真：(03)265-6899
承 辦 人：○○○
電　　話：(03)265-6883
電子信箱：xxx@cycu.edu.tw

受文者：如正本、副本

發文日期：中華民國○○年○月○日
發文字號：（八八）原文字第○○號
速別：
密等及解密條件：
附件：如文

主旨：敬請　貴會同意核發初級急救員證書，請　查照。

說明：
　　一、本校開設「急救」通識課程，自88年9月20日至89年元月10日
　　　　止，每週授課二小時，修課同學共計四十人。
　　二、課程綱要如附件。
　　三、針對通過考試及格之同學，擬請　貴會同意核發初級急救員證書。

正本：中華民國紅十字會台灣省分會桃園縣支會
副本：本校人文與教育學院、通識教育中心

校　長　程　萬　里（職銜簽名章）

範例二　　　　　　　　　　　　　　　　　　　檔　　號：
　　　　　　　　　　　　　　　　　　　　　　保存年限：

中 原 大 學　　函
　　　　　　　　　　　　機關地址：32023 中壢市普忠里普仁22號
　　　　　　　　　　　　傳　　真：(03)265-6899
　　　　　　　　　　　　承 辦 人：○○○
　　　　　　　　　　　　電　　話：(03)265-6883
　　　　　　　　　　　　電子信箱：xxx@cycu.edu.tw

受文者：如正本、副本
發文日期：中華民國○○年○月○日
發文字號：（九一）原文通字第○○號
速別：
密等及解密條件：
附件：附件另寄

主旨：本校擬於97年7月下旬在大陸哈爾濱市舉辦「第八屆海峽兩岸師
　　　生共赴未來夏令營」，請　查照並惠予經費補助。
說明：夏令營活動企劃書已先行寄送。

正本：中華發展基金會管理委員會（同稿並敘）
副本：本校人文與教育學院、通識教育中心

校　長　程　萬　里（職銜簽名章）

二、書函

㈠文字用語比照「函」之規定。

㈡首行應標明「受文者」，受文機關（單位）或職銜姓名緊接書寫。

㈢結構可視需要採條列式或三段式。

範例　　　　　　　　　　　　　　　　　檔　　號：
　　　　　　　　　　　　　　　　　　　保存年限：

中　原　大　學　　書　函

地址：32023 中壢市中北路 200 號
承辦人：○○○
電話：(03)265-2034
傳真：(03)265-2039

受文者：如正本、副本文行文單位
發文日期：中華民國 94 年 12 月 14 日
發文字號：原教字第 0940003060 號
速別：普通件
密等及解密條件或保密期限：普通
附件：

主旨：為提升本校教學品質與避免成績爭議，請貴單位轉知諸位授課教師
　　　務必登錄課程大綱，請　查照。

說明：

一、配合教育部「維持及提高教育水準的配套措施方案」及達成教學卓
　　越計畫成效指標，請於每學期開學前完成課程綱要登錄作業，以供
　　學生選課參考。

二、爾後任課教師申請學生成績更正時，將以所提報之課程大綱為查核
　　依據。

三、登錄網址中原首頁→校內人士（輸入帳號密碼）→教務處→課註組
　　→課程綱要登錄（操作流程參考網頁說明）。

四、請惠予轉知所屬教師及課程助教，並請貴單位協助開課權責彙整。

五、若有疑問，請電洽課註組○○○先生（分機：○○）或○○○小姐
　　（分機○○）。

正本：本校學術單位、軍訓室、校牧室
副本：教務處課務組、註冊組

　　私立中原大學（條戳）

三、申請函／申請書

(一)性質：用於人民對機關或團體有所請求或建議時使用。

(二)寫作要領：以二段式（主旨、說明）或三段式（主旨、說明、請求）方式撰寫。

(三)文末要具備下列五項：署名、蓋章／性別／年齡／職業／住址。

範例　　　　　　　　　　　　　　檔　　號：
　　　　　　　　　　　　　　　　保存年限：

申　請　函　　　　中華民國○年○月○日

受文者：○○縣政府環保局

主旨：請　速清理本縣○○路段之斷木，以便利交通。

說明：日前○○颱風過境，帶來強風豪雨，使得○○路段之兩旁行道樹倒塌，嚴重影響交通運行。

申　請　人：○○○　□（蓋章）

身分證號：A123456789

性　　　別：男（或女）

年　　　齡：○○歲

職　　　業：○○

住　　　址：○○市○○路○○號

電　　　話：(00)000-0000

四、公告

(一)結構：分為「主旨」、「依據」、「公告事項」（或說明）三段。

(二)分段要領：

1.主旨：扼要敘述公告之目的和要求。

2.依據：將公告事件之原由敘明，引據有關法規及條文名稱或機關來函，非必要不敘來文日期、字號。有兩項以上「依據」者，每項應冠數字，並分項條列，另行低格書寫。

3.公告事項（或說明）：應將公告內容，分項條列，冠以數字，另行低格書寫。內容如僅就「主旨」補充說明事實經過或理由者，改用「說明」為段名。如另有附件、附表、簡章、簡則等文件，僅需註明參閱「某某文件」，不必於公告內容重複。

範例　　　　　　　　　　　　檔　號：
　　　　　　　　　　　　　　保存年限：

○○市○○區○○辦公處　公告

發文日期：中華民國○○年○月○日
發文字號：（○○）○○字第○○○○○○號　　　蓋　印

主　旨：公告本里里民大會開會時間、地點及提案方法，請準時踴躍出
　　　　席。
公告事項：
　　一、開會時間：○年○月○日○時○分
　　二、開會地點：本里活動中心
　　三、提案辦法：提案應有 3 人以上附署，於開會前 3 日，以書面送
　　　　　　　　　交里辦公處。

里長○○○（蓋職銜簽字章）

五、公示送達

　　凡機關對個人發行之公文，按原書地址無法投遞者，即刊載於發文機
關之公報以「公示送達」方式行之。其效力與正式送達或郵寄送達同。

範例

臺北市政府　　公示送達

發文日期：中華民國　年　月　日
發文字號：（69）328 府訴字第○○○號
附　　件：
主旨：公示送達○○○因違反廢棄物清理法事件訴願決定書。
說明：
　　一、本案業經本府 6936 府訴字第三六二三號決定「訴願駁回」。
　　二、訴願人遷移新址不明，無法送達，特准用民事訴訟法第一百四十九
　　　　條第三項及第一百五十一條之規定，公示送達。
　　三、訴願決定書正本存本府訴願審議委員會，訴願人得隨時前往領取。

正本：
副本：

市長○○○

六、簽

(一)性質：幕僚處理公務表達意見，以供上級了解案情、並作抉擇之依據。可分為兩種：

1.機關內部單位簽辦案件：依分層授權規定核決，簽末不必敘明某某長官字樣。

2.具幕僚性質的機關首長對直屬上級機關首長：文末得用「右陳○○長」字樣。

(二)撰擬要領

1.主旨：扼要敘述，概括「簽」之整個目的與擬辦，不分項，一段完成。

2.說明：對案情之來源、經過與有關法規或前案，以及處理方法之分析等，作簡要之敘述，並視需要分項條列。

3.擬辦：為「簽」之重點所在，應針對案情提出具體處理意見，或解決問題之方案。意見較多時分項條列。

範例　　　　　　　　　　　　　　　　檔　　號：
　　　　　　　　　　　　　　　　　　保存年限：

　　　簽　　於　通識教育中心

主旨：擬　申請檢修全人村南棟 803-2、912 二間研究室中央空調功能案，如說明。

說明：

　一、全人村中央空調系統自新建完成以來，即陸續發生小問題。

　二、全人村南棟 803-2、912 二間研究室，於去年（95 年）曾因冷氣不冷，報請檢修在案，雖經完成檢修，但檢修技師告知因中央空調設計問題，冷氣效果無法達到預期目標。

擬辦：

　一、

　二、

○○○（職章）(日期及時間)

會辦單位：總務處

第　　　層決行		
承辦單位	會辦單位	決行

七、報告／報告書：公務用報告如調查報告、研究報告、評估報告等；
　　或機關所屬人員就個人事務有所陳請時使用。（與簽性質相同，但
　　簽限於公務上使用，而報告可用於私務）

範例
報　　告　　書　於 單位名稱_____

主旨：生○○○，擬重新申請網路加退選資格，敬請　賜准
說明：學生因個人疏失，未能於學校網路選課作業完成「上學期授課教師
　　　評鑑」程序，導致本學期未能正常完成選課程序。
　　　　　　敬陳
導師
系主任
教務長

○○系○年級
學生○○○敬上　中華民國○年○月○日
學號○○○○○○○

陸、附錄

一、橫式公文格式

範例

（機關全銜）（文別）
（會銜公文機關排序：主辦機關、會辦機關）
地址：（會銜公文列主辦機關，令、公告不需此項）
聯絡方式：（會銜公文列主辦機關，令、公告不需此項）

受文者：（令、公告不需此項）
發文日期：
發文字號：（會銜公文機關排序：主辦機關、會辦機關）
速別：（令、公告不需此項）
密等或解密條件或保密期限：（令、公告不需此項）
附件：（令不需此項）

（本文）　＊令不分段
　　　　　公告：主旨、依據、公告事項三段式
　　　　　函、書函等：主旨、說明、辦法三段式

正本：（令、公告不需此項）
副本：（含附件者註明：含附件或含○○附件）

（蓋章戳）　＊會銜公文：按機關排序蓋用機關首長簽字章
　　　　　　令：蓋用機關印信、機關首長簽字章
　　　　　公告：蓋用機關印信、機關首長簽字章
　　　　　　函：上行文－機關首長職銜蓋職章
　　　　　　　　平、下行文－機關首長簽字章
　　　　書函、一般事務性質之通知等：蓋機關（單位）條戳

二、公文標點符號用法表

符號	名稱	用法	舉例
。	句號	用於一個意義完整的文句之後。	特任○○○為審計部部長。
，	逗號	用在文句中要讀斷的地方。	本路段起點為○○路，終點為○○路。
、	頓號	用在連用的單字、詞語、短句中間。	1.建、什、田、旱等地目……

符號	名稱	用法	舉例
			2.河川地、耕地、特種林地…… 3.不求回報、不計代價……
；	分號	用在下列文句中間： 1.並列短句。 2.聯立的複句。	1.知照改為查照；遵照改為照辦；遵照具報改為辦理見覆。 2.出國人員於返國後一個月內撰寫報告，向○○部報備；否則，限制出國。
：	冒號	用於下列情形的文句後面： 1.下文有列舉的人、事、物時。 2.下文引語。 3.標題。 4.稱呼。	1.使用電話範圍如下：(1)… (2)… 2.接行政院函： 3.主旨： 4.○○市長：
？	問號	用在發問或懷疑文句的後面。	1.本要點何時開始正式實施為宜？ 2.此項計畫的可行性為何？
！	驚嘆號	用在表示感嘆、命令、請求、勸勉等文句的後面。	1.你怎能為達目的而傷人！ 2.希照辦！ 3.請鑑核！ 4.我們一起努力、共赴未來！
「」 『』	引號	用於下列文句的後面（先用單引，後用雙引）。 1.引用他人詞句。 2.特別著重的詞句。	1.培根說：「知識就是力量」。 2.「大中至正」的題字已被拆下。 3.他說：「李白的『床前明月光，疑是地上霜……』人人皆知。」

符號	名稱	用法	舉例
──	破折號	占行中兩格。表示下文語意有轉折或下文對上文的注釋。	1.各級人員一律停止休假──即使已奉准有案的，也一律撤銷。 2.政府好比是機器──一部為民服務的機器。
……	刪節號	用在文句有省略或表示文意未完的地方。	憲法第五十八號規定，應提出立法院的法律案、預算案……提出於行政院會議。
（）	夾註號	在文句內要補充意思或注釋時用。	1.公文結構採用「主旨」、「說明」、「辦法」（簽呈為擬辦）三段式。 2.元旦（一月一日）為國定假日。

三、公文用語表

類別	用語	適用範圍	備註
起首用語	察、關於、謹查。 制定、訂定、修正、廢止。 特任、特派、任命、派、茲派、茲聘、僱。	通用。 公布法令用。 任用人員用。	儘量少用。
稱謂用語	鈞。 鈞長。 大。	有隸屬於關係之下級對上級機關用之。 有隸屬於關係之下級對上級首長用之。 無隸屬於關係之下級對上級機關用之。	書寫時空一格，以示尊敬。（直接稱謂）
	貴。	有隸屬及無隸屬關係之上級機關對下級機關，或平行機關間用之。	

類別	用語	適用範圍	備註
	臺端。	機關或機關首長對屬員或對人民用之。	
	先生、女士、君。	機關對人民用之。	
	本。	通用。	自稱。
	該、職稱。	對機關、團體稱全銜，如一再提及，必要時得稱「該」，對職員稱「該」或其「職稱」。	
引述用語	奉。	引述上級公文用。	奉、准、據等字盡量少用。
	准。	引述平行公文用。	
	據。	引述下級公文用。	
	奉悉。	引述上級公文收述時用。	
	敬悉。	引述平行機關公文收述時用。	
	已悉。	引述下級公文收述時用。	
經辦用語	遵經、遵即。	對上級用。	
	業經、經已、均經、迭經、旋經。	通用。	
准駁用語	應予照准、准予照辦、准予備查、應予駁回、應毋庸議、礙難照准、應予緩議、未便照准。	上級對下級用。	
	准如所請、如擬、可、照准。	上級對下級首長或屬員用。	
	敬表同意、同意遵辦。	平行機關互用。	
	歉難同意、無法照辦。	平行機關用。	

類別	用語	適用範圍	備註
期望用語	請核示、鑒核、請准行照辦、轉行、轉告。	下級對上級用。	
	希查照、照辦、辦理見復。	上級對下級用。	
	請查照。	平行用。	
抄附用語	抄陳、附陳、檢附。	對上級用。	
	抄送、附送、檢附、檢送。	平行用。	
結尾用語	謹呈。	對總統簽用。	
	敬陳、謹陳、右陳。	於「簽」末用。	
	此致、此上。	便簽用。	

書信寫作綱要

壹、前言

　　書信是寫信人利用文字與收信者互通消息、交換意見的一種形式。因此從「人」、「事」兩個角度來看，隨著「特定互動對象」與「處理事務」的不同，其「相應約定俗成的格式」及「遣詞用句」亦有不同。本教材以對象與處理事務爲著眼點，將書信分爲富有個人情感思想的「私人書信」；以及著重實用色彩的「事務書信」兩部分。

　　而爲了因應e世代新興社會的變化，以及大專院校網路世代的書寫習慣，雖然電子郵件撰寫，亦不脫離私人書信、事務書信的「慣用語」、「常用語」，但是電腦新興媒介也有特殊的格式用法，故另闢「校園電子郵件」一節，簡單介紹撰寫電子郵件應注意的禮儀及事項。

貳、傳統書信文化到e世代的書信變革

一、從固定格式、用語到簡化格式，只重內容

　　書信是利用文字互通消息，交換意見，中國傳統書信歷來皆有固定的格式和用語，例如分別以「抬頭」、「側寫」方式表示恭敬和謙卑；行款方面有「單字不成行」、「單行不成頁」、「不可行行吊腳」的規定。用語方面，則是從「稱謂語」、「敬稱語」、「啟事敬辭」、「起首應酬語」、「結尾敬辭」、「末尾的請安語」、「署名下的敬辭」到「附候語」都有一定規範用語。

　　時代不斷變革更迭，「書信寫作」既是互通消息、交換意見，就該著眼於應付實際生活需要，解決當前事務而存在，「實用性」於是成爲首要的考量。尤其是e世代的學生，國學基礎不深，書信多是偏重內容，不重格式、用語。因此，現代書信寫作已漸朝著「避繁就簡」、「適時切用」又「不背離傳統」的目標書寫。

二、網路、科技改變了傳統書信的撰寫模式

　　隨著電腦網路、傳真機、手機簡訊的普遍使用，書信的寫作也受

到一定程度的影響。因為機器取代了人手，現代書信也日趨求其簡淺、易懂，「抬頭」、「側寫」、「稱謂」等書信用語、格式，就只出現於某些特定人士的通信中。舉例來說，講求及時、快速、便利的電子郵件（email）出現，在e世代的書信溝通裡，大部分替代了某些傳統的信箋寫作。當一般人坐在家中，就可送出圖文並茂的電子郵件或傳真乃至簡訊，有誰還願老遠跑到郵局，寄發只有文字的信件呢？現代科技的確改變了傳統書信的書寫模式。

三、現代書信偏重實用功能，忽略文采

　　現代書信著重實用功能，為了因應現代科技化、商業化、專業化的社會發展，許多書信寫作都有特殊的用途，如：商用書信、事務書信、科技書信，皆著重於切實的傳達與溝通。但是除了事務上的往來，在一般書信的寫作上，應盡量選擇簡潔典雅又富有文采的文詞傳達。許多情辭並茂、傳頌千古的書信在在豐富了中國書信文化的傳統，我們雖然不是名家文人，但「文如其人」，不論使用信箋或電子郵件，用字宜仔細的斟酌推敲。

參、私人、事務書信與校園電子郵件的撰寫性質

　　從書信的「特定互動對象」、「處理事務」角度區分，中文書信一般可以分為「私人書信」和「事務書信」兩種。

　　私人書信大多是陳述私人之間的事務，對象為父母、親戚、師長、同學、同事等等。這類書信的特點是書寫時「不重格式用語」、「避免陳腔濫調」，「多用白話、口語化」的方式傳達思想及感情。

　　事務書信是以交代事務為主，對象包括公司企業、機關團體、學校等單位。因公務而寫作的信件，不論是工作而進行的個人社會交際和禮儀性來往的信函，或是以實用為主、相互往來的事務，用詞應「簡潔精鍊、條理清楚」，多使用「莊重典雅的書面語言」，態度誠懇地針對目標，正確、有效的完成事務。

　　傳統書信往來有約定俗成的用語與格式，這是多年文化累積而成的寫作經驗，這些寫法雖沒有強制性，但卻成為人們自覺遵守的規範。電子郵件利用電腦輸入、網路傳送，從英文翻譯而來的撰寫格式，很難

全然套用傳統規範，但是既然作為一種溝通、交際的工具，除了傳遞媒介不同，必須遵守網路禮儀之外，也應注重傳統書信文體基本「約定俗成」的格式用語才好。

肆、寫信前應有的認識

書信撰寫無論是傳統以紙筆書寫的信件，或是藉由網路傳送的電子郵件，都有幾個特點：

一、有特定對象：書信的寫作有一定的對象，這個對象可以是某個人、某個團體或某個機關，所以必須就對象的地位、輩分，合宜、禮貌地完成寫作。

二、明白為何而寫：寫信要以實際問題為內容，思考自己為何而寫，知道應採用何種態度、語氣溝通，以明確的陳述，使對方一目了然。

三、選用適當格式：書信有一定的格式、專門的用語，必須依照「相應約定俗成的格式」，才能符合禮節、恰當合適。書信的寫作，往往因受信對象身分、地位、年紀的不同，使用的稱謂、行文的用詞遣句也不同。例如給長輩的信要恭謹有禮；給平輩要不亢不卑；給晚輩要和藹可親。所以對象、性質不同，態度、語氣、用詞，書寫格式隨之不同。格式用錯，不但貽笑大方，甚至引發不必要誤會，因此認清對象，選用適當的格式寫作才得體。

伍、寫作要點、格式、用語

一封完整的書信可分兩大部分，寫在信封上的文字叫封文；信箋上的叫箋文，以下分別介紹「中式」、「西式」的信封及箋文的結構、格式及用語。

一、要點

㈠私人書信

私人書信的對象為父母、親戚、師長、同學或同事。雖不一定遵從傳統書信約定俗成的格式，提筆為文卻要注意禮貌，尊重對方。其「常用語」、「慣用語」固不可廢，但卻不宜濫用，用時必須加以仔細的甄選，以免陳腔濫調。如套用思念語：「神馳左右、夢想為勞」；感

謝語：「如蒙玉諾，銘感五中」等。應該要「避免陳腔濫調」，多用白話、口語化的方式，以「誠懇的態度」傳達思想及感情。

㈡事務書信

因公務而寫作的信件，不論是因工作而進行的個人社會交際和禮儀性來往的信函，或是以實用為主、相互往來的事務，強調事務處理，用詞上需使用「莊重典雅的書面語言」，在語氣上態度誠懇，以事務的預期目標或主題要項為主要訴求。因為以公務為首要要求，對於富有私人情感的用語，或過多的形容和修飾，皆是事務書信該避免的地方。目前事務書信的處理上為了因應電子化的來臨，往往事務書信在目前各級機關單位、企業等泰半以電子公文來取代。

【附註：此部分請參酌《應用文工具書》之〈公文〉】

事務書信的語言要求簡單明白、用辭精練；內容則不必有過多的形容、修飾，力求敘述簡明、表達準確，具邏輯性。事務書信可包括推薦信、求職信、申請信、投訴信、表揚信、祝賀信……等。

二、格式

㈠信封的結構、寫法和格式

1.收信人的姓名要寫在信封中間的位置，地址則寫在右邊的欄位，郵遞區號則以端正的數字，寫在右上角的小框格內。

2.寄信人的地址、姓名寫在信封的左下欄，郵遞區號則以阿拉伯數字，寫在左下角的小框格內。

3.郵票則貼於左上角。例如：

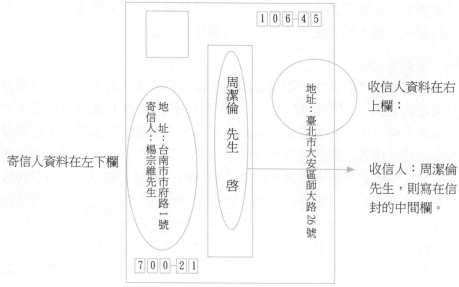

*再次提醒：

1. 「周潔倫先生」是郵差對收信人的稱謂，而並非是寄信人對收信人的稱謂。舉一錯例，有人會在信封上寫「林稚玲同學」收。請注意，林稚玲並不是郵差的同學。

2. 「啟」是「開啟」的意思，只適用於信封，切記勿因多禮而寫成「敬啟」，這是叫人恭敬開啟，非常失禮；「緘」，是「封口」的意思，也只適用於信封。（※明信片請改寫成收，因無封口，便不需「啟」）

㈡「橫式信封」的橫式書寫

1. 收信人姓名、地址和郵遞區號，寫在信封的中央位置，書寫的順序是：第一行郵遞區號，第二行地址，第三行姓名。

2. 寄信人姓名、地址和郵遞區號寫在信封左上角，並採用較小的字體。

3. 右上角則是郵票黏貼處。

㈢箋文內容箋文的結構，一般可以分為：

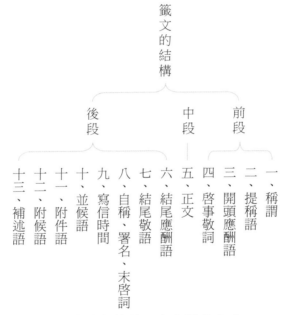

資料來源：《應用文》，黃俊郎編著，東大圖書公司

三、用語

　　了解箋文的結構之後，最重要的是要知道寫信給誰？要傳達些什麼？而這也關係到箋文內容的書寫規範。

　　首先，在第一行頂格要寫受信人的名字。接著在名字之下，視自己與對象的關係採適合的稱謂。而在稱謂之下，請對方讀信的提稱語，則要看與對象的關係使用不同的提稱語，有時候可省略。之後，要有開頭的應酬話，表達感謝或思念。

　　其次，是正文的部分。它是箋文的主要內容，應該要簡單扼要。最後，則是後文的部分。正文之後，說結尾應酬話，以表示禮貌或期盼。接著是結尾敬語，為問候語句，意在問候對方安好。再來是自稱，視與對象的關係呼應適當的稱謂。例如對方是老師，自稱學生時，在書寫時要字體略小，偏右側書寫。署名，不外表示對這封信的內容負責。末啟詞則是表示寫信時恭敬的心意。之後，要在末啟詞之後，標註上寫信的日期。如果還有遺漏的事項需要補述者，就再加上補述語。

＊再次提醒：因為書信講求的是在一定的格式、用語前提下表達情意，因
　此需要了解日常生活常用到的書信專有名詞。

㈠提稱語
　1.對一般長輩用：鈞鑒、尊鑒。
　2.對師長用：道鑒。
　3.對平輩用：大鑒、臺鑒、惠鑒。

㈡信中自稱
　1.對父母用：兒、女。
　2.對師長用：受業、學生。
　3.對一般長輩：依關係而定。
　4.對平輩：與對象稱謂相稱。

㈢末啓辭
　1.對師長用：謹上、敬上。
　2.對一般長輩用：謹上、敬上。
　3.對平輩用：敬啟、謹啟。

㈣問候語
　1.對父母用：敬請　福安。
　2.對一般長輩用：敬請　鈞安、恭敬　崇安。
　3.對師長用：敬請　道安、恭敬　教安。
　4.對平輩用：順頌　時綏。
　5.對晚輩用：順問　近祺。

㈤啟事敬詞

　1.對一般長輩用：謹啟者、敬啟者。

　2.對師長用：謹啟者、敬啟者。

　3.對平輩用：茲啟者。

㈥信中稱自家人物

　1.對尊長用：家父、家母、家兄、家姊。

　2.對卑幼用：舍弟、舍妹。

㈦信中稱別人親友

　1.對尊長、妻室用：尊翁、尊夫人、賢內助。

　2.對尊長、卑幼用：令尊、令堂、令郎、令媛。

陸、書信撰寫原則

　　書信，可說是一種書面的談話。一封好的書信，要能夠讓對方讀起來，如同親自聽到你談話一樣的真切、懇摯。但怎樣才能寫出這樣的信來？可分為四點來加以說明：

一、措辭要得體：書信的種類繁多，寫法各有不同，但無論寫任何一種書信，都要先認清自己與對方之間，行輩的尊卑，關係的親疏，確定適當的立場，在用語措辭方面作最妥善的安排。

二、敘事要有序：敘述事情要層次分明，秩然有序，不可先後顛倒，雜亂無章。

三、行文要簡明：簡潔而明白，這是一般文章的基本條件，寫信更要力求簡潔、明白。為了行文簡潔，必須極力避免重複、累贅、蕪雜和拖泥帶水等毛病；為了達到語意明白，每句話都要說清楚，並避免意義含糊、隱晦、模稜兩可和深奧的詞句。

四、格式合時尚：應用文必須依照格式來寫，才能通行，但格式並非一成不變的，隨著時代的演進，文言書信的格式也有所革新，例如從前書信中的各種敬語、應酬語，現在都成為可有可無的部分，非必要時，大多不寫了。

柒、書信的種類

一、求職書

　　寫求職書，應力求客觀、真實地介紹自己的學識、能力、專長、已取得的證照或主要事跡。重點在於突出自己的特長，所取得成績的證書或相關的證明資料。語言平實、簡潔。應詳細地寫明聯繫的具體方式、方法和通訊地址、e-mail帳號、手機號碼。求職書，一般以簡短為宜。但證書、獎狀等，應力爭齊全（最好附影本），原件留在見面時讓用人單位審閱。

二、家書

　　寫作家書，無論是長輩寫給晚輩，還是晚輩寫給長輩，都應率真，就是要直爽而誠懇、真誠；應有「見信如見面」的溫馨和親切；家書的內容主要就是親情的傳遞，這是其它類書信無法取代的。

三、情書

　　情書是男女雙方在愛戀過程中往來的書信。這樣的書信一方面可以避免尷尬，二方面可以道盡心曲，字斟句酌，以情感人，感動對方。三是具有保存價值。書信是愛的紀錄，年老時可以兩人回味。

捌、書信寫作範例

一、一般書信

稱謂　例：明德（名）校長（公職位）吾師（私關係）大人（尊詞）。

1.稱謂

2.提稱語　3.開頭應酬語　4.啟事敬詞

5.正文（月之十二日……領其風味）

明德吾兄大鑒：久疏箋候，時深馳繫。敬啟者，以之十二日，弟有鹿港之行，盤桓三日，得友人鹿港文教基金會施君為導，遍覽其文物古蹟，體味其民俗風情，並聆賞其南管樂團雅正齋之演奏，洋場積垢，為之滌蕩，誠快事也。臨別又承贈特產牛舌餅、鳳眼糕各兩盒，香甜甘美，誠絕佳之茗點也。欣賞之餘，不敢獨享，茲謹分其半，奉吾兄以同領其風味，敬祈　哂納。尊此奉達，敬請

6.結尾應酬語

7.結尾敬語

（敬語）（問候語）

大安

8.自稱　9.寫信時間

嫂夫人乞代致意

12.並候語

弟　王中強頓首　○月○日

10.署名　11.末啟詞

內子附筆候安

13.附候語

牛舌餅、鳳眼糕各一盒，另郵寄。

14.附件語

再者：育英兄日內北上，屆時盼一聚。又啟。

15.補述語

＊再次提醒：橫式書寫也是以此格式為準。

二、事務書信

㈠請託類：**請求世交長輩安排工讀**

範例
明德世伯尊鑒：
　　很久沒有聆聽　您的教誨，非常想念。想必福體安泰，事業興隆，這是^{小姪}衷心的祝禱。
　　寒假即將到來，^{小姪}迫切想在假期中找到一份臨時工作，一方面印證書本上的理論，一方面也可以賺取部分學費，以減輕　家父的負擔。記得世伯所經營的商號，往年寒暑假都提供若干工讀名額予家境清寒的學生，不知今年是否援例辦理？^{小姪}懇切希望　您的栽培，給予機會，到時一定努力工作，以為報答。肅此，敬請
崇安
　　　　　　　　　　　　　　　　　　　　世姪王大展敬上　　○月○日

㈡自薦類：**自薦信**

範例
○○經理先生：
　　久仰　貴公司產品精良，業務鼎盛，既執全國業界的牛耳，又遍銷海外，普獲佳評，本人一直以能到　貴公司服務為最大的心願。
　　本人畢業於○○高商會計科，曾擔任○○公司會計一年，後應徵在軍中財勤單位服役，自信在這方面具備相當水準的工作能力。
　　以　　貴公司的規模和營業額，必有隨時增添人手的需要，所以才敢冒昧自薦。至於本人的能力和熱忱，有○○公司的證明函和軍中獎狀可供參考。如蒙　惠予面談，無任感激。敬頌
籌祺
　　　　　　　　　　　　　　　　　　　　晚王大展敬上　　○月○日

資料來源：《應用文》，黃俊郎編著，東大圖書公司

玖、電子郵件的特質

　　電子郵件使用的媒介為電腦、網路，但是與傳統書信相同，必須依收信對象的身分、地位、年紀的不同，使用不同的稱謂與措辭。但由於網路的傳播速度和傳播能力的影響，電子郵件和傳統書信交流有一些基本的差異：

一、及時對話色彩，不講究文字錘鍊

　　傳統書信書寫時，無論是私人書信或較正式的事務書信，皆是利用書面文件單向傳遞訊息，完整且條理的敘述是撰寫此類信件的基本要求。但是，電子郵件透過網路及時、快速地往來，相較傳統的書信，更富有對話的色彩。例如同學們相約吃飯、遊玩，或學生寄發報告給老師有附帶說明文字等等，正因為收件人可以馬上回覆問題，電子郵件的文字書寫也就更具口語化，更不講究文字的經營錘鍊、結構的安排。

二、因應電腦螢幕閱讀的撰寫格式

　　傳統書信寫信人使用的信箋和收信人閱讀的信箋相同，但是在網路上，太長的文句可能無法完整顯現於螢幕上，為了收件者閱讀的便捷，電子郵件如何預留寬闊的頁邊，成為撰寫格式上一個重要的考量。此外段落層次顯示、字體字元的運用、圖表和附加檔案都是迥異傳統書信的地方。

三、撰寫電子郵件注意事項

　　電子郵件如同傳統書信一般，必須知道自己要寫給誰（對象），寫這封信主要的目的，因對象、目的而有不同的表達方式。所以上述的「私人書信」、「事務書信」寫作用語都可以參考。而電子郵件也因其媒體特性，有其必須注意的問題：

㈠撰寫醒目且具體的標題

在收信人的稱謂以及地址下方，有一格空行讓收件人了解這封電子郵件的內容。撰寫簡明醒目具體的標題，讓收信人一看便知這封信屬於哪一類、與其他人的同類信件的區別、與本信件的關係，這樣比較容易吸引人的目光。

㈡避免使用情緒象徵符號

E世代網路使用者已發展出一套傳遞的訊息，如幽默、驚訝、開心等情緒的象徵符號，例如：^_^代表「笑臉」；@_@代表「疑惑、暈頭轉向」等等。雖然使用網路的同學熟悉這些溝通符號，但是如果收信的對象是校長、主任或老師，會讓一封原本嚴肅或正式的電子郵件顯得輕浮，不適宜大量使用此類符號。

㈢遵守網路使用禮貌

　　電子郵件雖然快速、便利，節省時間，但是盡量不要濫用。例如花過多的時間撰寫、傳送、檢查與閱讀郵件；或是轉寄太多的文章給朋友；送出太多的附加檔案讓系統超載等等。應該限制每封郵件的內容主旨或目的為一個。且別忘了電子郵件不是私人信件，如果有「cc」或「fw」顯示哪些人收到副本（carbon copy），盡量不要提及任何隱私。

四、e-mail書寫格式

寄件者：
收件者：
主旨：
附加檔案：

　稱謂：
　　　開頭問候語
　　　　　正文
　　　結尾問候語

　　　　　　　　　　　　　　　　　自稱
　　　　　　　　　　　　　　　　　署名　署名下敬辭

資料來源：技職體系中文寫作能力實施網站http://cw.thit.edu.tw/doc2

履歷及自傳的寫作原則示要

壹、前言

　　履歷的意思是介紹生平的經歷與曾擔任的職務，因此也可以被視為是簡化版的表格式自傳。履歷可以讓機關或公司的人事部門對求職者有基本的認識，因此，履歷表就可以說是求職者給機關公司的第一個印象。一般市售有印製好的履歷表（卡），但履歷表的內容不盡相同。

　　自傳是敘述自己生平的文字介紹。包括考試、入學、服役、求職或就業，通常都需要寫自傳，一篇讓人印象深刻的自傳具有打動面試者的力量，甚至我們也經常能夠看到許多自傳，因為感動人心而被寫入文學史中，被視為經典的文學作品。或者我們也可以說，許多文學本身就具有某種程度的自傳性質，因此一篇好的自傳，應該也必須具備良好的語文程度與文學訓練。

　　進入數位化時代後，許多機關或公司也多半有其專屬網頁，人力資源（HR）部門也通常會架設專屬的人力需求及履歷表自傳的標準格式；除此之外，目前有許多線上人力銀行提供線上履歷及自傳的刊登給機關及公司，也讓求職者有維護的空間。

　　不論是履歷或是自傳，它除了具備工具或技巧的意義之外，如何認真懇切地寫出令人印象深刻或感人的履歷自傳，確實是升學或就業的重要條件，因為一份好的履歷自傳，能夠方便雇主或求才公司在最短時間內評估應徵（應試）者是否符合要求，決定應徵者能否進入面試階段，履歷自傳出色與否即為一道必經關卡。

貳、履歷的寫作要領

一、一份完整的履歷，必須包含個人基本資料、應徵職務項目、教育程度、曾取得的證照與專業訓練、工作經歷與社團經驗、語言能力、興趣與職志。個人的姓名、性別、生日、地址、聯絡電話、家庭狀況等基本資料，簡明扼要填寫即可，這部分並非是雇主用人與否的最關鍵因素，若需要補充說明，可於自傳部分再行說明。

二、突顯個人特殊學經歷：個人的學經歷（從最高學歷逐次條列，最近的學歷列在最前面）、專長、取得的證照；以及打工實習、社團經驗，則屬於企業評估社會新鮮人專業能力的指標，除可依時間順序清楚敘述之外，更可將參與社團、打工或求學時期最大的收穫、引以爲傲的成就，在自傳裡舉例補強說明。如果求職者是碩、博士學歷，履歷表可增加一欄，註明學位論文主題、以及曾參與過的研究計畫等。而個人的特殊經歷，例如比賽獲獎紀錄、海外遊學、社會志工等，也可用專欄加以突顯。

三、在校成績方面：通常傳統產業較爲重視，也有少數頂尖的高科技公司，希望應徵者在校成績是全班前三名。因此除了附上成績單之外，成績名列前茅者也可以在履歷表中特別註明。

四、希望待遇一欄：建議先行打聽，搜尋一般市場的實際薪資狀況，最好能寫出薪資間距，如25,000～30,000元，讓公司有商量餘地。最安全的寫法是「依照公司規定」。

五、除了身分證字號外，其他數字的寫法最好前後一致。並且所有資料必須據實填寫，不得有造假情事。

六、只要與工作相關的才藝，均應填寫，有助徵聘者評估與應徵工作之關係。

七、書面履歷表裝訂不要過於零散，連同附件最好裝訂成冊，以免造成翻閱時的困難。

八、記得在信封外註明應徵項目，以及其它要求註記的資料。（如「請註明人事部」）

九、以e-mail寄發電子履歷表，在正式寄出前可先試寄給自己，看看附加檔案是否可以順利開啟，確認無誤後再寄給對方。

十、在郵件的標題中，直接註明這是一封履歷信件（可寫出姓名與要應徵的職務），才不會使收件者誤認爲是垃圾信件或病毒信，而直接刪除。

十一、電子履歷表中，應避免使用笑臉之類的幽默符號，以莊重爲宜。

十二、線上登錄履歷表時，爲避免在網頁登錄過程中，出現突發狀況，導致填好的資料不翼而飛，最好先在文書處理軟體草擬內容，再轉貼到履歷登錄頁面的欄位中。

十三、有些系統會在履歷確認寄出前，詢問是否留言給人資部門，這部分切勿空白，應好好把握表達個人求職的強烈意願，以爭取面試機會。

十四、寄出的履歷自傳最好影印存底，註明是寄到哪家公司，如果獲得面試機會，在面試前先調出來看一看，做好事前準備工作。

十五、許多公司篩選電子履歷自傳時，都會設定「關鍵字搜尋」，因此可以將履歷或自傳中的特殊專長或訓練當成關鍵字，較能脫穎而出。

十六、履歷自傳中，如果附帶個人作品的影本或照片，會加強說服力，若有作品刊登於網站、或有個人作品網頁者，也可利用word工具列中的「插入－超連結」功能，讓企業點選自己所設的網頁連結。

參、填寫履歷表之禁忌
一、直接將線上履歷轉成word格式。
二、一份履歷闖天下。
三、選擇性填寫履歷表欄位。
四、手寫履歷。
五、履歷內容浮誇不實。
六、要求附加資料不全。
七、中文履歷夾雜中、英文或火星文。

肆、自傳的寫作要領
　　自傳寫作並無標準格式可依循，但最好具備以下各點，將個人有關資料作一完整的敘述。
一、家世：包括父系及母系兩方面的家庭居住地及變遷，與傑出人物或特殊事蹟作一簡介，至於祖籍部分是否需要詳述，應該要加以考慮。
二、出生。
三、健康狀況。
四、家庭成員及狀況。

五、幼年生活的回顧。

六、求學經過及感想：包括求學階段就讀學校的名稱，參加過的社團與
　　重要活動，擔任過的職務，獲得的榮譽與獎勵等。

七、服務經過及心得。

八、人際關係：敘述個人交往情形及觀感，包括最難忘的人與事。

九、自我分析：包括個性、優點缺點、嗜好專長等。這部分可以讓雇主
　　或企業了解你的性格是否契合這家公司的文化，不同地域、不同公
　　司或不同職務內容所需要的人格型態皆不一樣，因此如果能在自傳
　　中傳達個人性格的特質，有助於雇主清楚辨識。

十、將來的志願與抱負。

十一、如果能舉出幾個自己的小故事作為佐證，更容易令人印象深刻。

十二、最好能寫出自己最近的短期計畫，甚至是日後在家庭及事業上的
　　　目標願景，可讓雇主瞭解你對未來的規劃。

伍、自傳寫作禁忌

一、避免使用第一人稱，才不會讓人覺得過於自大，如「我覺得」、
　　「我的看法是……」，最好能用自己的名字來代替，而結尾也要有
　　禮貌，可以寫「希望能得到面試的機會」或「感謝主考官閱讀這篇
　　文章」。

二、內容不可誇大：自傳通常容易變成流水帳，沒有特色可言，因此家
　　庭部分不需要描述太多，而是要突顯自己的優勢與特色，而且一定
　　要誠實，不可誇大其詞。

三、切忌有錯字，或前後語意邏輯不清。

＊範例：履歷表

填表日期：

應徵單位			應徵職缺			
姓名		生日	性別	婚姻	□已婚 □未婚	二吋半身正面脫帽彩色照片
身分證 統一編號		出生地 台灣 身高　　cm 體重　　kg 血型				
戶籍地						
通訊地						
E-MAIL						

電話	（手機）（H）　　　　　　　　　（O）
緊急聯絡人	（手機）　　　　（H）　　　　　　（O）

學歷	學　校　名　稱		科　系	畢業	肄業	修　業　期　間
	碩（博）士					年　月至　年　月
	畢業論文					
	專科或大學					年　月至　年　月

是否具備以下身分	□原住民　□身心障礙者
是否有親屬任職本公司	□無　　□有，何人：　　　　，關係：

工作經歷	服務機構名稱	職　稱	擔任職務	服　務　期　間	最後月薪	離職原因
				年　月至　年　月		
				年　月至　年　月		
				年　月至　年　月		
				年　月至　年　月		

語言程度	TOEFL　　分　TOEIC　　分　全民英檢等級：　　　　語言中心：
	熟諳下列語言　□英語□日語□閩南語□客家語□其他（請說明）：

專業證照	項　目	年度	項　目	年度	項　目	年度

有何種駕駛執照	□職業駕照□汽車□機車	是否曾涉民刑事案件	□否 □是，事實請說明：
兵役	□役畢 □免役，請說明原因：	是否有重大疾病	□否 □是，請說明：

報名資格條件如有隱瞞不實情事經查證屬實者不予錄取，或經錄用仍應予解職。

填寫人簽章		希望待遇：依公司規定

＊範例：簡要自傳

（內容爲個人求學、工作經歷與專長等，以電腦繕打一頁A4紙爲原則，末尾請親簽）

一、家庭狀況：

二、學校社團經驗：

三、自我簡介：

四、工作經驗及專長：

五、職場規劃及最想從事之業務領域：

　　　　　　　　　　　　　　填表人親簽：

　　　　　　　　　　　　　　日期：民國　　年　　月　　日

請柬寫作

壹、請柬之定義

　　柬，爲「簡」的假借字，本爲古代寫字用的竹片；帖，本爲小條的絹帛。均是紙張尚未流行前，使用書寫材料的不同所產生的異稱，現在通稱爲請柬。

　　請柬寫作一直以來附於書信寫作之後，然而對於人際關係或社交禮儀中，請柬寫作又比書信寫作更要著重文字的典雅與莊重。更重視儀文的問題，而禮儀是禮節和儀式的總稱，它主要是用來調整人與人之間的關係的。禮儀活動中使用的各類文書統稱爲禮儀文書，禮儀文書的分類及其寫作特點：

一、禮儀文書包括請柬、祝辭、題詞、訃告、悼詞等常用文體。

二、請柬，是請客用的通知書。

三、祝辭，是對人、對事有所表示的言辭或文章。題詞，是爲留作紀念　　而體現的文字。

四、訃告，是一種報喪的文書。

五、悼詞，是指向死者表示哀悼、緬懷與敬意的一切形式的悼念性文　　章。

　　因此在這裡請柬算得上是所謂的「禮儀文書」，請柬的寫作講求的是符合姓氏、時日、年齡、身分、情感，必須根據一定的場合或一定的條件加以運用，絕不可混淆。邀請，要言詞懇切；哀悼，要哀傷情真。在寫作這類文書時，一定要自然而有分寸地表達出來。

貳、請柬撰寫原則

一、請柬的寫法：請柬一般要寫明以下幾個方面的內容。

㈠封面：請柬的封面要寫明「請柬」或「請帖」字樣。不用封面的請　　柬，就在第一行的中間寫「請柬」二字。

㈡被邀請者的名稱：第一行頂格寫被邀請者單位名稱或個人姓名。

㈢正文：寫明邀請參加的活動內容，如座談會、展覽會、婚禮、生日宴會等。交代舉行活動的時間、地點及其他應知事項。正文末尾要寫上「敬請參加」、「敬請屆時光臨」、「敬請光臨指導」等敬辭。

㈣結尾：請束的結尾要有「具禮」，在正文後或下一行空兩格寫「此致」，另起一行頂格寫「敬禮」，或寫其他禮貌用語。

㈤署名：在正文的右下方，寫明邀請單位的名稱或邀請者的姓名，下一行再寫上發出請束的時間。另則，在束帖的正中寫「請束」二字，下一行空兩格直接寫正文，在正文下一行空兩格寫「此致」，在「此致」下一行頂格寫被邀請的單位名稱或個人姓名。

二、請束的寫作要求

㈠嚴謹、準確：請束的文字很少，務求嚴謹、準確，一定寫清楚被邀請者的姓名，身分，邀請的事由及應注意的事項等內容。特別要逐一核對時間、地點和人名等內容，做到清晰明瞭，絕對避免差錯。

㈡語言達雅兼備：「達」就是通順、明白，不至於讓被邀請者產生歧義；「雅」就是講究文字美，根據具體場合、內容、物件，採用得體客氣的措辭，要求做到優美、典雅、熱情、莊重、友好，使被邀請者感到愉快和溫暖，切忌使用乏味及浮華的語言。

參、請束的種類

一、一般應酬束帖

　　這是通常宴請親友的束帖，如洗塵、餞行、升遷、同學會、社團聚會等事。這類應酬束帖應包括：

㈠宴會時間、方式、地點。

㈡宴會事由。

㈢請受帖人光臨。

㈣具帖人職銜、姓名（或團體名稱），表敬辭。

二、婚嫁束帖

　　婚嫁束帖是致送親友參加婚宴的請帖，因此必須寫明結婚的時間與地點。而由家長具名者，則要寫明與新郎、新娘間的關係。例如「次

男」、「長女」。至於筵席的地點及時間也要寫明交代清楚。

　　婚嫁柬帖的常用語有：「文定之喜」，爲訂婚時的專有賀詞。「闔第光臨」，則多見於婚禮筵席的邀請敬語，目前婚嫁柬帖多以合併寫作，故列結婚柬帖爲主。

　　結婚柬帖內容應包括：

㈠結婚日期、地點，禮事。

㈡結婚人與具帖人間的稱謂及姓名。

㈢結婚方式或介紹人、證婚人姓名。

㈣請受帖人光臨。

㈤具帖人姓名，表敬辭。

㈥宴客地點、時間。

三、慶賀柬帖

　　慶賀柬帖常見的有：「彌月柬帖」、「喬遷柬帖」、「開幕柬帖」。以「彌月柬帖」來說，指爲出生滿一個月的新生兒慶生，所使用的柬帖。一般只針對親友發送，而且會附帶油飯或蛋糕增添喜氣。「喬遷柬帖」則多見於工商行號或新宅落成的新址而言。其用途除了慶祝外，最主要的是告知有業務往來的店家和親友新的地址。

　　「開幕柬帖」，即爲慶祝一切活動的開始。以學校而言，一般多用於新大樓的落成或是研討會的召開。

　　慶賀柬帖的常用語有：「彌月之慶」：意指小孩出生後滿月宴客的酒席。「光臨」：邀請客人前來的敬語。

四、喪葬柬帖

　　喪葬柬帖，即是對於死亡與出葬的應用柬帖。現在以「訃聞」較常見。當有人過世後，家屬以書訃告知親友。一般多用分送方式發訃聞，但有時也可在報紙上看到。其內容不外詳載往生者的生卒年，以及祭葬吉時和墓地所在。

　　喪葬柬帖的常用語有：「壽終正寢」專爲男喪用。但是如果死於非命，就不能用「壽終正寢」。凡六十歲以上往生者稱「享壽」；三十歲以上者用「享年」；至於二十九歲以下者，則用「得年」。

　　訃聞爲喪家或治喪者向親友報告喪事的書面通知；告窆爲照知親友

各界安葬死者日期的通知，近年喪葬柬帖多合併於訃聞中。

　　訃聞內容應包括：

㈠死者的稱謂、姓名字號。

㈡死者死亡的年、月、日、時。

㈢死亡的原因、地點。

㈣死者出生年、月、日及年歲。

㈤親屬之善後禮事（如移靈地點、遵禮成服等）。

㈥開弔日期、時間、地點。

㈦安葬地點。

㈧訃告對象。

㈨主喪者及親屬具名，表敬辭。

㈩喪居地址，電話號碼。

　　此外，尚有禮事敬辭使用在回禮中的婚喪喜慶弔諸事，今人改送禮金或禮券，外面封套所使用的，若為喜事使用紅色封套；喪事則用白色封套。通常禮事敬辭是以簡單的語句來表達祝頌、褒揚、獎勵、祝福或哀悼的心意。一般習慣在封套正面中間寫明致送何種禮金，有時並註明禮金數目，並在封套左下方具名送禮人的姓名和表敬辭。以下為封套正面書寫各種禮金常用語，表列如下：

種類	用語	用法
婚嫁	賀儀、賀敬、菲儀、菲敬、不腆之禮	賀婚嫁及其他喜慶通用
	晉儀、喜儀、代幛	賀結婚用
	花燭代儀、花燭之敬	賀男方用
	花粉之敬、于歸之敬、花粉代儀、妝儀、花儀、粉儀	賀女方用
	代料	賀女方用，但數額需足為衣料的代價
喜慶	彌儀、彌敬、湯餅之敬	賀人子女滿月用
	桃儀、桃敬、祝儀、壽儀、壽敬、代桃	賀人壽誕用

種類	用語	用法
	弄璋之喜	賀人生子用
	弄瓦之慶	賀人生女用
	晬敬、晬盤之敬	賀人子女周歲用
	喬儀、遷敬、喬遷之敬、鶯遷之敬	賀喬遷用
	落成之喜、落成之敬	賀落成用
	開張之喜、開幕之敬	賀開張或開幕用
喪祭	奠儀、奠敬、楮敬、賻儀 素儀、生西 永生、安息	悼喪用 悼佛教徒 悼基督、天主教徒
	弔儀、代楮	弔祭用
	代祭、代幛、代幃	弔祭用，但數額需足為祭幛的代價
	祭儀	祭冥壽用
贈紀念品	賜存	對長輩用
	惠存	對平輩用
	留念、存念	對晚輩用
其他	程儀、贐儀	送遠行者之禮用
	贄儀、贄敬	送尊長、業師，或初次見面送禮用
	覿儀、見儀	送幼輩見面禮用
	潤儀、潤敬	謝人書畫、作文用
	節儀、節敬	送節禮用
	脩儀	送學費用

　　值得注意的是，題辭的作法要注意以下幾個要項：
㈠需有上款接受者的稱謂，通常空一格，再書寫禮事敬詞。
㈡下款包括自稱、署名、表敬詞皆需要書寫，並且在署名中必須貫姓氏，以重禮貌。
㈢表敬詞在題贈人的姓名下，通常空一格，再書寫表敬詞。

種類	用語	用法
慶賀	敬賀、謹賀、拜賀、鞠躬、同賀	通用
題贈	敬題、敬贈、題贈、持贈	通用
喪悼	敬輓、拜輓、叩輓、泣輓、題輓合十	通用 悼佛教徒用

肆、柬帖範例

一、謝師宴請帖範例

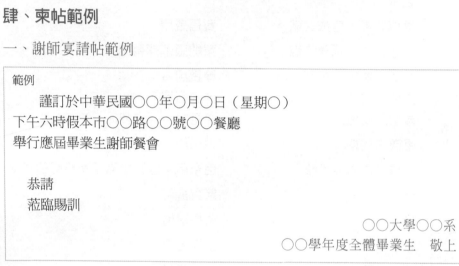

範例

　　謹訂於中華民國〇〇年〇月〇日（星期〇）
下午六時假本市〇〇路〇〇號〇〇餐廳
舉行應屆畢業生謝師餐會

　恭請
　蒞臨賜訓

〇〇大學〇〇系
〇〇學年度全體畢業生　敬上

二、普通宴客帖附回條範例

範例

　　謹訂於〇月〇日〇午〇時敬治菲酌　恭候

　台光

吳　〇　〇　謹　訂
席設：〇〇〇〇〇

　　　敬
　陪謝

〇〇〇謹覆

三、由男方家長具名的婚嫁柬帖範例

範例

謹詹於中華民國○年 國曆○月○日 （星期○）為^{長男}○○與屏東縣張四
農曆○月○日

端先生^{令次女}○○小姐舉行結典禮另擇於 國曆○月○日 （星期○）於臺北敬備
農曆○月○日

喜筵　恭請闔第光臨 ○○○　　鞠躬

恕邀　席設：臺北○○大飯店○○廳

電話：○○○○○○○

時間：下午○時入席

四、壽慶柬帖範例（由子孫具名）

範例

中華民國九十七年 國曆○月○日 （星期六）為家嚴七秩壽辰敬備桃觴
農曆○月○日

恭候

闔第光臨 ○○○

○○○　　鞠躬

恕邀　席設：○○餐廳

臺北市金山南路○○○號○樓

電話：○○○○○○○

時間：下午六時卅分入席

五、彌月柬帖範例

範例

本月○日為○兒○○彌月之期○午○時敬治湯餅

恭候

台光

○○○　　謹訂

席設○○○○

六、遷移柬帖範例

範例

　　本公司業經於○年○月○日遷移○○○新址營業，凡屬舊雨新知務祈一本以往愛護之忱，惠多照顧謹訂於○月○日○午○時舉行慶祝酒會

　　敬請

光臨　　　　　　　　　　　　　　　　　　○○公司　董事長○○○
　　　　　　　　　　　　　　　　　　　　　　總經理○○○　　謹訂

七、喪葬柬帖範例（由兒女具名）

範例

顯考○公諱○字○府君　慟於中華民國○○○年○○月○○日上午○時○分病逝○○總醫院，距生於民前○年○○月○日享壽○○有○，不孝男○○○不孝女○○○等隨侍在側，親視含殮，遵禮成服，即日移靈○○殯儀館，謹擇於○月○○日（星期○）○午○時在該館○○廳舉行家祭，○時起公祭，○時大殮隨即移靈該館後廳並擇於○○日（星期○）○午○時半發引安葬○○墓園　叨在

族
鄉
學
世　　誼哀此訃
友
寅
戚

聞
鼎惠懇辭
恕訃不週

孤子○○
媳○○
女○○
孫○○
孫女○○
未亡人○○○
族繁不及備載

泣　　啓

註：用語表

用語	用法
享壽	指卒年六十歲以上。
享年	指卒年三十歲以上。
得年	亦用存年，卒年二十九歲以下。
哀子、哀女	父親仍在，替母親辦喪。
孤子、孤女	母親仍在，替父親辦喪。
哀孤子	母親早已過世，替父親辦喪。
孤哀子	父親早已過世，替母親辦喪。
棘人	指父母亡，新喪期（百日）內，孝子自稱，多用於謝啟具名處。
丈期生（夫）	指妻入門後，曾服翁姑或太翁姑之喪，現妻亡夫稱。
不丈期生（夫）	指妻未入門前，夫之父母已亡，妻入門後，自未及成服，現妻死夫自稱，又夫之父母健在，妻亡夫亦自稱之。
期年	對兄弟及伯叔等之喪。
承重孫	本身及父親均屬嫡長子，父先死，服祖父母之喪時稱之。

八、封套寫作範例

(一)賀婚禮

賀婚禮單式　　　　　　　　　　賀婚禮封套式

請注意：以上任寫其一或二，以贈送之喜幛、喜燭或賀禮為撰寫原則。

(二)弔祭送禮

弔祭送禮封套之一　　　　　　　　弔祭送禮封套之二

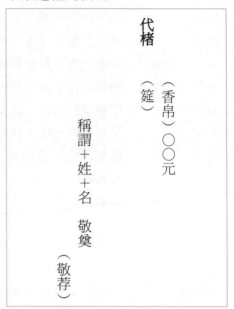

(三)謝帖

1.用「敬（謹）領」起行。

2.領受物的名稱、數量、單位，接「領」字逐項列明。

3.不受者用「謹璧謝」奉還。「謝」字平抬或單抬。

4.具謝帖人姓名，表敬辭。

5.敬使（臺力）數目、單位。

6.喪事謝帖，「謝」字印紅色，平抬或單抬。

　　至於婚嫁喜慶及一般應酬的封套，比照一般信封，但通常使用紅色底金色字；也有表面爲信封格式，裡面爲柬帖的，多以折合式呈現，但加印「囍」、「壽」等字樣或圖案。喪葬柬帖的封套，今多採用折合式，即表面爲封面；裡面爲柬帖；封面中間套紅長方框乃寫受帖人姓名處，框右寫受帖人地址，框左上方套紅色「印」字，下墨印具帖人地址、電話。（※教師講授時可以實際柬帖爲範例）

普通領謝帖

```
    敬（謹）領
謝        ○ ○ ○   鞠躬
```

璧謝帖

```
    謝　璧
謝        ○ ○ ○   頓
        台使  ○○○元
```

註：不論領謝或璧謝，對贈送僕人之酬勞金，可寫「敬使」或「臺力」、
　　「臺使」。

企劃文書

壹、定義

　　所謂「企劃文書」是指一種針對某種特定目標，為求順利進行，而事先規劃設計，擬定實施方針和步驟的文書。一般分為「計畫書」（PLAN），是在已確定範圍的基礎上進行規劃，擬定具體可行的方案；「企劃書」（PROJECT）則是具有建議性質，強調創意性及想像力，與計畫書的說明書性質比較起來，趨近於建議書，多為「上行」之文書。不過，兩者皆屬於事先規劃，擬定實施步驟之文書，故統稱為企劃文書。

　　依照企劃內容範疇的大小，可分為策略性與技術性的計畫書。策略性計畫是指範圍廣泛，具整合性的長程計畫；技術性計畫則為單項的執行計畫，或用來支持策略性計畫的子計畫。若按照一般性質來分類，又可分事業計畫書和活動計畫書。

　　事業計畫書大多屬於策略性計畫書，多是公司創辦、產品設計、研究構想，針對贊助人或審核單位的一種前瞻性說明。種類包括創業計畫書、營運計畫書、財務計畫書、廣告計畫書、出版計畫書、管理計畫書，乃至於學術研究的研究計畫等。活動計畫書則多屬於技術性事項計畫，內容較單純，偏重於執行細節的陳述。

貳、撰寫原則

　　基本上一份好的企劃書在撰寫時必須符合下列要求：
一、文字通達簡練
二、主題設定切實合理
三、構思安排組織得當
四、行動規劃程序井然
五、展現風格及創意。
　　所以為達到以上要求，撰寫構思上有十個步驟：
一、界定產品或活動性質。

二、界定欲達成之目標。

三、界定市場或訴求對象。

四、分析市場或訴求對象。

五、掌握實際需求範圍。

六、規劃經營或執行內容。

七、充分瞭解相關原始資料。

八、草擬計畫書。

九、提出具體計畫文書。

十、評估結果。

參、類別

　　企劃文書雖種類眾多，但其撰寫概念與構思，仍多有相互會通參考之處，故有其大致上的格式內容，概分為事業計畫書和活動計畫書之內容大綱，敘述如下：

一、事業計畫書

㈠名稱：事業計畫書的完整名稱。

㈡目錄：計畫內容之目次頁碼。

㈢前言：說明企畫書的撰寫背景或動機。

㈣執行綱要：針對計畫書作簡要說明，以使閱讀者對整個計畫書有初步概略性的認識。

㈤執行團隊介紹：主要是指執行計畫或未來參與經營的人，必須介紹這些成員的專長、背景和既有成就，以及即將擔任的職務和權責。

㈥產品介紹：指的是針對提供服務的內容或研究對象之說明，也就是本計畫主要訴求標的之介紹。

㈦市場分析：此項是說明產品可能的顧客群及其帶來的效應。其中包括產品與其他競爭產品的優劣分析、顧客使用情形評估等，多以圖表說明。

㈧行銷策略：說明計畫執行步驟或方法，或針對產品之銷售策略說明。

㈨營運方式：包括資金運用及經營策略。

㈩財務分析：一般包括收支報告書、現金流通分析、流動資產與流動負債比、投資報酬率、資金來源與使用情形等。

(十一)預定目標：各階段預定成效與注意事項之說明。

(十二)控制與報告：提供自我評鑑的自律方式或他驗方法。

(十三)所有權與股權：主要是針對有商業投資行爲中的利益分配方式與持分股或退股的變化情形之說明。

(十四)附錄：不便於計畫內容陳述，但有助本計畫推行的相關資料皆可羅列於此。

二、活動計畫書

㈠名稱：活動計畫書的完整名稱。

㈡宗旨與目標：此項活動的辦理目的及其緣由。

㈢策劃執行單位：包括主辦單位、承辦單位、協辦單位、贊助單位的說明。

㈣參與對象：有關參與人數或單位限制之說明，如以報名方式做爲參與之方法，則須載明報名資格、報名地點、報名時間等相關規定。

㈤活動時間：活動之起訖時間。

㈥活動地點：活動舉辦的確實地點。

㈦活動方式：動、靜態方面的活動形式說明，或活動過程的敘述。

㈧活動內容：活動的具體項目與內容，可以行程表說明。

㈨工作分配：包括籌備與執行兩方面的工作成員，說明各組工作內容。

㈩所需資源：活動進行的各項所需資源，包括各種軟、硬體設備。

(十一)籌備時段：包括活動的先籌內容與進度，此項具有時間表及檢查表的功能。

(十二)經費預算：分立科目將活動所需經費加以估算羅列。

(十三)經費來源：分爲自籌與外募部分。自籌部分是內部單位撥給之款項，外募部分是對外界各機關或個人所籌募之款項。

(十四)預定成效：此活動的預定成就，且必須符合宗旨目標。

(十五)替代方案：因應活動之突發狀況所設計之方案。

肆、範例說明

一、名稱：媽媽的眼睛——母親節音樂會

二、宗旨：藉由音樂會表演方式，傳達對母親敬愛與感激，並希望達到親子互動的效果。

三、主辦單位：綠○音樂工作坊

四、協辦單位：臺北市政府文化局　大○地合唱團

五、活動時間：2007年5月13日（星期日）晚間七時卅分

六、活動地點：城市舞臺（原臺北社教館）

七、活動方式：女聲合唱團及兒童合唱團之音樂演出。

八、活動曲目介紹：

序曲
☆媽媽的眼睛　　　　　　　　　演出者：○太陽親子音樂劇場
☆臺灣名曲—阮那打開心內的門窗　演出者：漢○婦女合唱團
☆臺灣名曲—黃昏的故鄉　　　　演出者：漢○婦女合唱團
☆臺灣名曲—永遠的故鄉　　　　演出者：漢○婦女合唱團
☆臺灣民謠—火金姑　　　　　　演出者：○太陽親子音樂劇場
中場休息
☆媽媽請你也保重　　　　　　　演出者：大○地合唱團
☆母親的名字叫臺灣　　　　　　演出者：大○地合唱團
　　○太陽親子音樂劇場
☆母親您在何方　　　　　　　　演出者：漢○婦女合唱團
☆你是咱的寶貝　　　　　　　　演出者：漢○婦女合唱團
☆母親您真偉大　　　　　　　　演出者：漢○婦女合唱團
　　○太陽親子音樂劇場
終曲
☆媽媽的眼睛　　　　　　　　　演出者：漢○婦女合唱團
　　　　　　　　　　　　　　　　大○地合唱團
　　　　　　　　　　　　　　　　○太陽親子音樂劇場

九、工作人員：企畫製作——張〇〇
　　　　　　　場地、器材及文宣——李〇〇
　　　　　　　合唱訓練及人員召集——洪〇〇、莊〇〇
　　　　　　　活動流程及售票——張〇〇
　　　　　　　活動當天服務人員——青〇合唱團義工六人及全體工作人員
十、附錄：經費預算及來源、活動籌備流程表、城市舞臺位置交通圖、
　　問卷。

㈠經費預算及來源

1.收入

項目	金額	百分比	說明
臺北市文化局補助	30,000	12%	
門票收入	220,000	85%	300元門票券預定販售400張 = 120,000 500元門票券預定販售200張 = 100,000
活動紀念品收入	10,000	3%	場刊一份100元預計販售100份
收入金額合計	260,000	100%	

2.支出

項目	金額	百分比	說明
人事費	7,500	7%	演出人員及義工餐費150*50 = 7,500
事務費	5,000	5%	演出所需雜費： 海報郵寄費900 貴賓券郵寄費110 海報包裝工讀生時薪98*5 = 490 調音師費用1500*1 = 1,500 指揮及伴奏獻花花束1000*2 = 2,000
業務費	7,500	7%	海報及宣傳單設計、印刷費用
材料費	8,000	8%	場地花卉氣球佈置及場刊製作費： 場刊製作費50*120 = 6,000 現場花籃及裝飾花卉費用2,000

項目	金額	百分比	說明
場地費	66,000	63%	城市舞臺費用： 下午彩排（假日）11,000 晚上演出（假日）55,000
設備費	11,000	10%	租借鋼琴（史坦威274）及錄音： 下午彩排3,000 晚上演出6,000 錄音一場1,000 自行錄影1,000
支出金額合計	105,000	100%	
收支損益情形	+155,000		以上金額皆以新臺幣計算

㈡活動籌備流程表

演出前置計畫流程

時間	活動內容	參與人員
2006/5	租借場地、申請補助	企劃組
2006/10	募集人員、選定曲目、確定場地	服務組、器材組
2007/1	印製宣傳海報、開始合唱練習	服務組、文宣組
2007/2	文宣活動、最後文案確認	文宣組、企劃組
2007/3	門票販售開始、工作人員安排、寄發貴賓卷	文宣組、服務組
2007/4-5	強化宣傳及訓練	服務組
2007/5/6	整體彩排	全體
2007/5/13	演出當日	全體
2007/5/15	演出檢討會議、款項結清及問卷統計等	全體參與會議，事前由文宣組統計問卷及結清款項。
2007/6/13	演出結束後一個月內須將臺北市政府補助之成果報告書完成並繳交	企劃組

㈢城市舞臺位置交通圖

社教館／城市舞臺乘車路線：

社教館地址：臺北市八德路三段25號

電話：(02)2577-5931

傳真：(02)2577-9310

㈠搭乘臺汽客運在「美仁里站」。

㈡搭乘公車0東、202、203、205、257、276、278、605、667、中興巴士、欣和客運（瑞芳-板橋線）在八德路「臺視公司站」或「美仁里站」下車。

㈢搭乘公車33、262、275、285、292、630、905、906、909敦化幹線等在敦化北路八德路口的「八德敦化站」或「市立體育場站」下車。

㈣搭乘捷運板南線到「忠孝敦化站」下車再，轉乘前述。

㈣問卷

親愛的嘉賓您好，很榮幸本次音樂會能有您的支持及肯定，爲了籌辦更盡善盡美的音樂會，希望您在觀賞節目之餘，能撥空勾選以下問卷，以供我們改進參考，感謝您。

一、請問您如何得知本次活動訊息？
　　□報章雜誌 □網路 □親朋好友 □合唱團 □其他：

二、請問您對本次活動所選的曲目感受爲何？
　　□十分喜愛 □滿意 □尙可 □差 □其他：

三、請問您認爲本次活動票價？
　　□十分便宜 □恰好 □稍嫌昂貴 □貴 □其他：

四、請問您在本次活動中，認為最值得稱讚的項目是？

　　　□服務人員　□燈光音效　□合唱樂曲　□曲目規劃　□場地選擇　□其他：

五、您在本次活動中最不滿意的項目是？

　　　□服務人員　□燈光音效　□合唱樂曲　□曲目規劃　□場地選擇　□其他：

其他寶貴意見：

　　　　　　　　　　　　問卷填妥後，煩請投入問卷箱或交給服務人員，謝謝。

　　　　　　　　　　　　　　　　　　　　　　　　綠○音樂工作坊

　　　　　　　　　　　　　　　　　　　　　　　　○年○月○日

讀書心得寫作方法

壹、前言

　　讀書心得寫作是一種結合「閱讀」與「書寫」的寫作型態。「閱讀」是一種內向的行為，也就是說是一種關於理解、思考與消化的模式，而「書寫」則是屬於外向的行為，是關於表達、呈現與創造的模式。一篇成功的讀書心得，應該包含上述二種思考模式，缺一不可。

　　關於閱讀的方法，看似並無統一而放諸四海皆準的通則，但是透過「細讀」（closereading）文本來獲致文本的意義，卻是一個可接受的討論起點。所謂「細讀」，大致上指的是直接面對作品，以我們最真實的心來面對文學，同時也尋找那些經得起時代淘洗的經典作品，闡發其中永恆的文化資源；簡單地說，「細讀」文學作品的過程是讀者與作者心靈相互交流激盪的過程，而閱讀文學作品的目的，即在於以自己的心靈去溝通、去探索另一個屬於作家或作品的世界。因此為了讓我們不至於走向「讀錯」、「讀淺」或「讀壞」某個有意義的文本，「細讀」會是一個可訓練的閱讀方法。

　　「細讀」也可以透過勤作筆記，讀到自己覺得有意義或印象深刻的地方、或者關鍵轉折的部分，最好能夠隨時抄錄繕打，這樣有助於我們進入作者或作品的內在世界，或作為將來寫作讀書心得的引用基礎。

貳、讀書心得寫作要領

　　閱讀之後，我們可以選擇一個適當的形式來表達我們閱讀的感想或進行更深入的討論評析。關於讀書心得之類型，可以針對閱讀與寫作兩大部分是否有條件限制，而分成兩大類：一類為「限制式寫作」，一類則是「非限制式寫作」。

　　「限制式寫作」是考選部於九十一年編印的《國家考試國文科專案研究報告》中所提出，指的是這類的題型通常具有較多較長的說明文字，相對地也具備較多的條件限制，是出題者針對其想要測驗出或欲訓練的能力所訂定的方式；換句話說，「限制」也可以看作是「引導」，

以較為明確清晰的引導帶領學生走向某個目標，吸引學生寫作，也較能夠設計出活潑有趣的題型。這種方式通常是由老師提供閱讀文本，透過領讀或導讀，提出若干問題供學生思考，再進行寫作。不過此種寫作方式容易在選擇文本與詮釋的視角之上，加入較多老師的主觀意見，讓學生的思考與寫作受到限制。

而「非限制式寫作」，則是沒有任何限制與條件下進行寫作，這種寫作的好處是，讓學生能夠自由地挑選所喜愛的文本進行閱讀與寫作，然後針對其中任何部分來抒發感想心得；不過如果同學對閱讀或寫作缺乏興趣或熱情，或者是程度不夠，也容易會有困窘乃至於抄襲的情況發生。（仇小屏，2006）

不論是限制式或非限制式寫作，都各有其優缺點，以本校「十大經典閱讀心得寫作」為例，是由老師群選擇十部重要的文學經典，透過某種程度的介紹導讀，來引發閱讀興趣，在這個部分屬於「限制式」，而同學在導讀或自行閱讀完之後所進行的心得寫作，則是自由發揮，有的屬於「閱讀整理型」（此類寫作重在資料的排比與提煉精華並以較精簡的文字表現）；有的屬於「閱讀評述型」（此類寫作重在掌握題旨加以評述，或提出自己的觀點來綜合討論）；也有的屬於「閱讀再創造型」（此類寫作重在將閱讀的素材重新消化融合後，以自己的經驗重新再創造），因此較屬於「非限制式」的讀書心得寫作型態。

讀書心得的內容大致可分為數個部分，分別是「書名」、「作者」、「出版社」、「出版年月」、「摘錄」（佳句摘錄）、「編寫提綱」（內容大意）、及「讀後感」（心得及評述）。書名、作者及出版社出版年月部分較為單純，「摘錄」部分也較為主觀及自由，至於「編寫提綱」（或稱「提要」或「摘要」）是將一本書最重要最精華的地方寫出來，提要長短不一，有些書的提要可以長達一兩千字，有些可能只需數十字。但無論如何，要把一段或一篇文章摘錄成較短的內容表現，是需要以簡馭繁的能力，這部分不是原文抄錄、也不是原文翻譯，因此需要練習才可以掌握；目前的期刊論文或學位論文都要求有摘要，也被視為論文的一部分，因此更需要重視。

關於「心得及評述」部分，大約可以涵蓋以下內容：

一、前言及作者：本書的書名、作者、出版社及出版年月，以及本書的

重要性或特殊性，如本書與時代或社會之間的關係，或者在本書前言中作者自述的創作動機等發生意義。

二、內容介紹：歸納整理全書的內容梗概。

三、本書特色：說明作者在書中的重要發現或論點。

四、本書在閱讀史上的意義：

㈠說明本書在形式或風格上有何特色。

㈡本書與其它同類作品間的比較與對照。

㈢本書與作者其它作品之間的關係與意義。

㈣整理或回應對於本書的評論。

五、結論：本書對於讀者（包括我自己）的啟發，或者讀者（包括我自己）對於本書的感想與心得。（應鳳凰，2006）

六、佳句摘錄：以自己閱讀過程中受到啟發或感動的部分，以抄寫謄錄的方式加深印象，也可以透過這種抄寫的方式更進一步深入創作者的寫作世界，也可看作是向作者及作品致敬的方式。

數位邊界：AI時代的工具意識與內容製用

一、題解｜是進步，還是退步？

　　文明、科技的演化，通常與工具的發展互爲表裡。一如打火機、火柴發明後，人類便不再需要視「鑽木取火」爲常備技能，就連不願改變取火方式的人們，也終將成爲「落後」、「跟不上時代」的一群。但，世事總是相對的，所有能讓我們「更容易達成目標」的東西，本質上都是一種取代和替換。因爲「省事」代表某些過程、環節受到了「代勞」，差別只在於，它們會不會又在某些時刻，成爲我們必須親力親爲的點滴。

　　「沒有數位環景就沒辦法倒車入庫、做不到路邊停車」的駕駛人，算是「會開車」嗎？「沒有衛星導航就去不到目的地」、「沒有電繪設備就只能用紙筆畫圖」的使用者，算是「會認路」和「會畫畫」嗎？這些大哉問的答案自然未定一尊，但每個「停不好車」、「找不到路」、「畫不好圖」的當下，卻只會帶來尷尬及窘迫。事實是，在如同打火機、火柴般眞正普及之前，所有無法唾手可得的「科技」，都不能保證，我們不會在習慣了被代勞、疏遠於某些能力之後，突然被外部條件強迫自食其力；甚至早已融入生活的種種「便利」，也不一定代表我們不再需要某些曾經存在的技能──

　　如果某天，網際網路失去功能，我們是否還擁有取用知識的能力？

　　如果某天，文書軟體無所可用，我們是否還能如常地書寫、計算及講說？

　　如果某天，電子設備全面停擺，我們能否脫離短訊、貼圖，親身與人維繫交流？

　　不沾鍋問世後，不擅廚藝的普通人，也能在煎魚、煎蛋時取得不遜於專業人士的成果。但相較於無論用鐵鍋、不鏽鋼鍋、石板……都能妥善處理的廚師，脫離特定器具便無法施作的人們，或許更像受到制約的一方。

　　面對琳瑯滿目、性能強悍的工具，我們究竟是「使用者」，還是別無選擇的「依賴者」呢？

　　在人工智慧（Artificial Intelligence）崛起的時代，比起「該不該用」，更值得深思的其實是「工具」與「能力」之間如何省損、如何平衡的老問題，它不僅涉及操作方式、思維模式的養成，也包括養成後的正、負影響，以及它們背後的慣性及迷思。

二、原文

(一) 是生成，還是完成？

　　隨著OpenAI在2022年11月推出ChatGPT，兩年間，生成式AI儼然成為人們不可或缺的內容幫手，我們隨時可以透過簡單的指令，請它針對特定主題提出想法甚至做法，抑或利用概念化的描述，讓idea自動來到眼前：

> 我需要完成一組影音內容，目的是用有趣的方式介紹曹操寫的短歌行。
> 請給我一些吸引人的想法。

　　介紹曹操的《短歌行》可以結合歷史背景、詩詞解讀和現代創意，讓觀眾既能了解詩歌的內涵，又能被有趣的形式吸引。以下是一些吸引人的影音內容創意：

1. 動態詩歌動畫

- **創意**：將《短歌行》的詩句配上動態動畫，動畫可以是曹操和他的士兵們在戰場上的場景，或是他在營帳中吟詩作畫的畫面。
- **吸引點**：動畫的視覺效果和詩句的情感相輔相成，讓觀眾能夠更深刻地體會詩中的豪情壯志。

3. 曹操的虛擬訪談

- **創意**：設計一個虛擬訪談節目，讓"曹操"這個歷史人物穿越到現代，接受主持人的訪問，講述《短歌行》的創作背景和他的內心感受。
- **吸引點**：虛擬訪談的形式新穎有趣，能夠以輕鬆的方式介紹歷史和詩詞。

4. 詩詞實景再現

- **創意**：選擇一個具有古代氣息的場景，如一個古代庭院或戰場遺址，讓演員穿上古裝，實景演繹《短歌行》中的場景和情感。
- **吸引點**：實景再現能夠讓觀眾身臨其境，仿佛回到了曹操的時代。

5. 動漫短片

- **創意**：製作一個短篇動漫，以《短歌行》為主題，展現曹操的生平故事以及詩歌的意境。
- **吸引點**：動漫風格受年輕觀眾喜愛，能夠以輕鬆有趣的方式傳遞詩詞的魅力。

6. 遊戲化互動視頻

- **創意**：設計一個互動式的視頻，觀眾可以在不同的選項中選擇，了解《短歌行》的不同解讀和曹操的人生故事。
- **吸引點**：互動視頻增加了觀眾的參與感和沉浸感，使他們更深入地了解內容。

7. 街頭實驗

- **創意**：在街頭隨機採訪路人，讓他們讀誦《短歌行》的詩句，並分享他們的感受和理解。最後總結每個人的不同解讀。
- **吸引點**：真實的人物和反應增加了節目的真實感和趣味性。

8. 歷史背景解說

- **創意**：拍攝一段關於曹操和《短歌行》的歷史背景解說片，並使用現代特效重現當時的歷史場景。
- **吸引點**：詳細的歷史背景和華麗的特效能夠吸引對歷史感興趣的觀眾。

9. 曹操詩歌大賽

- **創意**：舉辦一場曹操詩歌大賽，讓參賽者根據《短歌行》創作現代詩歌或短片，並邀請專家評審。
- **吸引點**：比賽的形式能夠吸引更多參與者和觀眾，增加互動性和趣味性。

這些創意可以幫助你以有趣的方式介紹《短歌行》，吸引更多觀眾關注和了解這首詩歌及其背後的故事。

出處：https://chatgpt.com/c/5e4a8a38-3189-4643-bcb1-98dcd0c138fc

　　面對一份觸及創意發想、環節設計、操作實踐的練習作業，GPT瞬間提供的9種執行方向，確實立竿見影，彷

彿引人迅速展開選擇及思考。不難想見,使用者將能針對屬意項目持續提問,逐步推進實作結果;但值得反思的是,由於AI工具幾乎「代勞」了所有從無到有的構思工作,因此操作端看似自主的選題、施作及產出,就質性而言,其實更像是服膺於指令的代工,而非因應挑戰、自我磨合的原創與精進。

換言之,雖然AI無疑是助人交件的「作業利器」,但如果練習目的本就不只依樣畫葫蘆;如果學習的意義並不只是取得成績,那麼過程中所有「省」去的部分自然都有代價,也都有它應然卻未然的耗「損」之處。

比起針對材料、部件的「生成」,「完成」的意義在於執行者完整經歷指定課題的克服歷程,完整取得相應能力的經驗並加以累積。我們當然可以藉由科技工具分攤工作量,但「初始想法由誰提出?」卻是極為嚴肅的主客問題。比起「依AI給的指令辦事」、「為AI提出的想法善後」……等狀況,相對平衡的做法,其實是先自主完成從無到有的創發工作,然後才在掌握了輪廓和方向的情況下,將AI用作完善子項、流程等細節工序的幫手,也唯有如此,我們才可能持續保有思考和鑑別的能力,不再只是被動接受的那方。

誰都可能遭遇缺乏靈感、無從下手的時刻,「尋求協助」本就無可厚非,關鍵在於,每次「請益」是只解決了眼前的交差壓力,還是所有外求而來的見地和見解,最終都能被消化成日後的思考基礎,逐步降低我們腸思枯竭、束手無策的機率?

祕書的職掌是行政綜整和事務支援;老闆的價值在於

擘劃方針與擇定決策。如果兩者職位不變、工作內容互換，誰又是真正的「領導者」呢？

㈡ 是構成，還是現成？

同理，以AI工具回應「內容」需求，也必須檢視「代勞」過程及其隱憂：

請以「時事觀察」為題，完成一篇帶有人文思考的500字文章。

　◎　**時事觀察：科技進步與人文關懷的平衡**

在全球化和數位化的今天，科技進步已經成為我們生活中的重要組成部分。從智慧手機到人工智慧，我們目睹了無數科技創新如何改變了社會的運作方式。然而，在這些令人驚嘆的科技進步背後，我們是否忽略了人文關懷的重要性？

科技進步帶來了前所未有的便利。我們可以隨時隨地獲取信息，與世界各地的人聯繫，並通過各種數位平台進行工作和娛樂。醫療科技的進步更是挽救了無數生命，提升了人們的生活質量。然而，科技的快速發展也伴隨著一些挑戰和困境。數位鴻溝的擴大使得一些社會群體被邊緣化，隱私問題和網絡安全威脅也日益嚴重。此外，過度依賴科技可能會導致人際關係的冷漠和疏離，減少了面對面交流的機會。

在這樣的背景下，人文關懷顯得尤為重要。人文關懷強調的是對個體尊嚴和價值的尊重，注重情感交流和社會責任。無論科技如何發展，最終的目標應該是提升人類的幸福感和生活質量。這就要求我們在科技創新中融入人文關懷，確保科技的進步不僅僅是技術上的飛躍，更是對人類福祉的增進。

如何在科技進步與人文關懷之間找到平衡，是當今社會面臨的一大課題。一方面，我們需要推動科技的發展，利用科技手段解決各種社會問題；另一方面，我們也要關注科技應用的倫理問題，防止科技濫用對人類造成傷害。這需要政府、企業和個人共同努力，建立一個既有科技創新又有人文關懷的社會環境。

教育在這其中扮演著關鍵角色。教育不僅要培養學生的科技能力，更要培養他們的倫理意識和社會責任感。只有當新一代的科技工作者具有深厚的人文素養，他們才能在推動科技進步的同時，真正做到以人為本，服務於人類的整體福祉。

總之，科技進步與人文關懷並不是對立的，而是可以相輔相成的。只有在科技創新的過程中融入人文關懷，我們才能實現真正的社會進步，創造一個更加美好和諧的世界。這不僅需要智慧和技術，更需要我們每一個人的共同努力和關注。

出處：https://chatgpt.com/c/8fb1ec9e-4371-4e4c-bccf-488b907b9c90

作為連通海量資訊的運行模型，以ChatGPT為代表的文字AI工具，已能瞬間產出段落化、篇章化的敘事內容。但也因為動輒集成網際所有，中介、轉述的特性異常鮮明，所以一旦脫離挖掘化、追問化的操作方式，其單一回合的產出品質往往側重概念，難以形成明確的組織性及主題感。例如一篇被要求「以時事觀察為題，帶有人文思考」的文章，原本應該鎖定某件具體時事，藉由描述箇中經過、影響，將帶有人群、人性或文化、歷史的視角加以連綴，從而建構具有評價性、反思性的析論觀感；但AI的處理結果，卻是泛化了「時事」內嵌的具體指涉條件，改以「大是大非」般四平八穩的事實重申手法，把許多人盡皆知、無庸置疑的資訊，重鑄成一組無誤卻又空洞的詞句砌成物：

時事觀察：科技進步與人文關懷的平衡

在全球化和數位化的今天，科技進步已經成為我們生活中的重要組成部分。從智慧手機到人工智慧，我們目睹了無數科技創新如何改變了社會的運作方式。然而，在這些令人驚嘆的科技進步背後，我們是否忽略了人文關懷的重要性？

破題｜給出二元概念與權衡意識

科技進步帶來了前所未有的便利。我們可以隨時隨地獲取信息，與世界各地的人聯繫，並通過各種數位平台進行工作和娛樂。醫療科技的進步更是挽救了無數生命，提升了人們的生活質量。然而，科技的快速發展也伴隨著一些挑戰和困境。數位鴻溝的擴大使得一些社會群體被邊緣化，隱私問題和網絡安全威脅也日益嚴重。此外，過度依賴科技可能會導致人際關係的冷漠和疏離，減少了面對面交流的機會。

在這樣的背景下，人文關懷顯得尤為重要。人文關懷強調的是對個體尊嚴和價值的尊重，注重情感交流和社會責任。無論科技如何發展，最終的目標應該是提升人類的幸福感和生活質量。這就要求我們在科技創新中融入人文關懷，確保科技的進步不僅僅是技術上的飛躍，更是對人類福祉的增進。

如何在科技進步與人文關懷之間找到平衡，是當今社會面臨的一大課題。一方面，我們需要推動科技的發展，利用科技手段解決各種社會問題；另一方面，我們也要關注科技應用的倫理問題，防止科技濫用對人類造成傷害。這需要政府、企業和個人共同努力，建立一個既有科技創新又有人文關懷的社會環境。

展題｜點明關注標的與關切目的（但未形成實質連結）

教育在這其中扮演著關鍵角色。教育不僅要培養學生的科技能力，更要培養他們的倫理意識和社會責任感。只有當新一代的科技工作者具有深厚的人文素養，他們才能在推動科技進步的同時，真正做到以人為本，服務於人類的整體福祉。

變題｜新設討論（但未以具體脈絡銜接前文）

總之，科技進步與人文關懷並不是對立的，而是可以相輔相成的。只有在科技創新的過程中融入人文關懷，我們才能實現真正的社會進步，創造一個更加美好和諧的世界。這不僅需要智慧和技術，更需要我們每一個人的共同努力和關注。

應題｜首尾扣合（但文脈成果、落點不明）

出處：https://chatgpt.com/c/8fb1ec9e-4371-4e4c-bccf-488b907b9c90

　　因為缺少案例分析、難以帶動邏輯化的聚焦效果，文中雖然開門見山地給出論題，卻無法只靠缺乏具體資訊的籠統描述，讓看似規整的內容章法，整合出結構化、系統化的可讀效果。反而受限於想當然爾的行文，隨著段落、句組間若即若離的零散感，在閱讀過程中帶來諸多疑問：

行文語句	衍生疑問
「科技的飛速發展帶來一些挑戰和困境」	例如哪些？程度如何？
「數位鴻溝的擴大使得一些社會群體被邊緣化」	例如誰？是何處境？
「無論科技如何發展，最終的目標應該是提升人類的幸福感和生活質量」	如何藉由提升個體尊嚴、情感交流和社會責任來完成？
「利用科技手段解決各種社會問題」	例如哪些？與全文脈絡有何關聯？
「防止科技濫用對人類造成傷害」	例如哪些？與全文脈絡有何關聯？
「需要政府、企業和個人共同努力」	如何整合？與全文脈絡有何關聯？
「以人為本，服務於人類的整體福祉」	如何落實？與全文脈絡有何關聯？
「科技進步與人文關懷不是對立的，而是可以相輔相成的」	如何落實？與全文脈絡有何關聯？
「在科技創新的過程中融入人文關懷」	如何落實？與全文脈絡有何關聯？

　　當AI能在彈指之間產出一篇甚具皮相的文章，留給人類的問題，自然是我們能否看出它缺少了什麼，能否專注於架構的刪、改、增、修，重建出真正主旨清晰、輕重分明、理據紮實的內容——

1. 為什麼這樣分段？整體文意的規劃邏輯是什麼？有沒有其他合併或拆分段落的方式？

2. 為什麼這樣排序？有沒有調動段落或詞句的空間？資訊單位之間如何維繫並深化前後關聯？

3. 有哪些說了等於沒說的地方？少做了哪些本該支撐行文的舉例？有沒有可以兼容全篇的通用個案？

　　不同於追求完整體驗及其經驗累積的「完成」，當目的在於提升「構成」的能力與視野，AI工具的功能價值及正確使用方式，顯然不只是「取得現成的可交差物」，而更是一種以「取得粗坯」為起點的著手途徑。也唯有如此，才能協助使用者在必須經歷的檢視過程中，隨自問、補述、整合等後製處理，強化自身的操作素養及思維縱深。

　　修正，是借力使力的學習之道；發現問題、找出解方，本身就是一段成長歷程。

　　它不見得比自研、自製省力，但確實更有方向。

(三) 是渾然天成，還是畫虎不成？

　　如同ChatGPT（OpenAI）、Copilot（Microsoft）、Gemini（Google）等語言模型在文章、文書領域的廣泛「代勞」，另一個如火如荼發展的AI工具場景，在於簡報、投影片等專案展示內容的製用變革。以Gamma為代

表，目前人人都能只輸入標題文字，就免費獲得單次最多10頁，並且圖文並茂、可以自由挑選視覺風格的專題簡報。例如輸入「日本漫畫史」，便能在數秒間取得以下結果：

出處：https://chatgpt.com/c/8fb1ec9e-4371-4e4c-bccf-488b907b9c90

　　有趣的是，這樣的工具特性，卻形同在實現「便捷」的同時，從根柢上顛覆了簡報資料的存在意義，以及它與講述者之間的主客關係。作為一對多的表達形式，「報告」行為的目的及功能，顯然在於展示、陳述乃至於詮釋報告人針對專案內容及其主題、宗旨的所有斟酌，既是主動化的資訊輸出模式，也需要執行者預做功課，以「侃侃而談」為前提，消化各種直接與間接的講述資本。相較之下，AI雖然能在短時間內產出簡報檔，但它作為憑空出現的「結果」，卻很容易與知識儲備不足的使用者，在「輸入標題就完事」的情況下彼此疏離，形成連鎖且荒謬的使用情境：

1. 因為沒有預做功課，所以講述者其實並不嫻熟相關知識。
2. 因為直接拿到章節規劃，所以講述者不明白子題為何如此排序及搭配。
3. 因為1.，所以講者對講述內容極其陌生，無法自主增補細節。
4. 因為2.，所以講者在講述時只能默記次序，無法統整化地表現及應答。
5. 因為3.，所以講者在講述時只能照本宣科，甚至逐一唸讀簡報文字。

6.因為 3.、4.、5.，所以講者、聽眾都無法獲得字面資訊以外的理解。

7.因為 6.，「專題簡報」營造的精進效應，甚至小於個人自行檢索相關主題。

　　事實上，傳統「一頁一頁做出簡報」的過程雖然曠日費時，但所有針對專案內容、企劃內容加以文字減量、插用圖表、多媒轉譯的處理步驟，同樣也是對於既有系統的二次精製。不僅變相確認了章節、排序背後的邏輯條理是否順暢；對於閱聽端及其認知程度、理解途徑的綜合揣摩，也能引導操作者進一步檢視講述策略是否周延？是否盡力降低接受門檻、有效擴大受眾取向？換言之，我們當然可以利用AI工具快速取得一定程度的「類精製」結果，但考量「講述者」必須具備的登臺條件，各種對於生成結果的結構盤點、層次梳理及元素匯整，其實依舊無可避免。

　　例如前述案例中，比起「日本漫畫史」，AI簡報的內容其實更接近於「日本漫畫面面觀」，這時就需要針對斷代、名家、名作、重要事件等點狀目標補做相關功課，從而自訂更加清晰的主題軸線，透過刪減現有內容、增補相關圖文資料，形成另一組同樣進行帶狀介紹，但更具有「漫

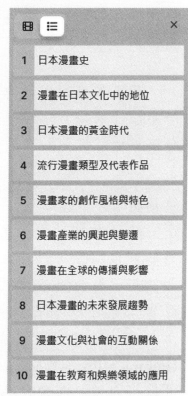

出處：https://chatgpt.com/
c/8fb1ec9e-4371-4e4c-
bccf-488b907b9c90

畫發展」意味的內容體系：

1. 日本漫畫的特性、技法及風格。
2. 日本漫畫的文化縱深：手塚治虫與《火之鳥》。
3. 日本漫畫的黃金時代：鳥山明與《七龍珠》與其他。
4. 日本漫畫的兩次起落：社會案件與工具變遷。
5. 日本漫畫的現況與未來。

　　但以10項子題為基數，若能將之整併、改寫至半數（即5項），再依據篇幅／報告時間需求，以每項至少兩頁投影片的標準維持內容體量，便能相當程度保障使用者對主旨、脈絡的認知，並且利用重構項目、回補頁數的過程強化現有框架，讓生成結果得以繼續發揮模板功能，重新承載相對系統化、緊密化的敘事內容。

　　如果省力和省事的差別，在於後者寧願「跳過」，前者不拒「體驗」，那麼，什麼樣的「輕鬆」算是有所得？什麼樣的「方便」算是無所失呢？

㈣ 所謂「集大成」

　　時至今日，數位工具與AI工具的蓬勃發展，讓人們隨時能以一至多種途徑製用內容。我們可以用Gamma生成簡報，再向ChatGPT追問項目細節，把資訊裝填得更為厚實；也可以先跟各種語言模型對話，然後擷取各個段落，交給任意一款生成工具潤寫文本，最後把檔案傳上Gamma、Prezo或MagicSlides生成主題簡報。不可諱言，「取得內容」在當代早已無需花費思考及心力，也正因為所有「產出」幾乎無須成本，所以如何擺脫被動，跨越「工具萬能」的集大成迷思；如何秉持「取得≠完工」的

品質意識，找出「運用」和「量產」之間的邊界，反而披露了鮮明的能力指標，等待不甘心一直屈居被動的人們前來挑戰。

　　值得慶幸的是，專案、企劃、書信、表件、簡報、個人檔案等「資料」，本質都是服務於接受對象的「應用文書」，各有必須校準、確立的功能條件，不能只靠形式化、格式化的仿製生成實質效應。例如企劃對於標題意象、策略體系、效應詮釋的需求；履歷、自傳對於足跡向性、階段收穫、角色特性的編排；簡報對於視線引導、直觀感知、資訊密度的管理……等等，截至目前，仍是AI無從辨析的意義理路，也是「內容」在敘事功能和製用技術上，終須回歸人文、聚焦「人」與「人我」的部分。它們不僅佐證了AI作為輔助工具的客位屬性與進化方向，也彰顯出了「使用者」的任務及價值；既是本書後續篇章意欲探究的命題，也是同學們堪以參酌、運用於科技時代的防身指南。

三、閱讀策略

　　科技越進步，「人」的存在價值便彷彿越被效率、功能等數值隱沒。我們當然知道「科技始終來自於人性」不只是廣告詞，但蜂擁而來的便利性，卻總可能讓人忘記該反思什麼。請問：

1. 生成式AI產出的文章有哪些共通性？如果不計文筆流暢與否，它們和真人書寫的結果存在哪些顯著差異？

2. 作為一對多的講述行為，「報告」的目的及功能各是什麼？相較於逐頁製作的傳統模式，面對AI生成的簡報內容時，講述者的運用方式是否會改變？

3. 一份「有效」的資料該滿足什麼條件？以「資料製作」而言，有什麼是人類可以做到、AI卻無從觸及的事？

周文鵬老師　撰

四、深度提問

　　所有工具都有功能、用途及用法，也有因為它們而衍生的實用場景和適用情境。請問，你覺得拿AI生成的文字參加「填寫心得問卷送禮物」的活動，你覺得是否合適？為什麼？

五、創意發想

　　眾所周知，信口開河、張冠李戴，對AI來說都是家常便飯。請問，如果要讓它虛構一個歷史人物，寫出一篇幾可亂真的生平記事，你覺得該注意哪些內容要點？會設計什麼樣的系列指令來引導它？

六、經典與自我主體的撞擊

　　就像求婚不能假手他人，請問你在什麼事件下絕對不會讓AI代勞、不會用它生成所需要的內容？請具體說明原因。

七、短文習作

　　就操作方式而言，世上同時存在「對AI下指令時毫不客氣的人」和「對AI說話也客客氣氣的人」。請以「尊重語言模型」為題，闡述自己更接近哪一類人，以及你是基於什麼樣的思考？為什麼如此行動？

Note

國家圖書館出版品預行編目資料

閱讀策略神文本（第三版）：敘事力之即戰祕
訣／向鴻全，吳碩禹，李姿儀，李宜涯，周
文鵬，柳玉芬，梁竣瓘，陳正婷，曾陽晴，
戴子平編著. -- 三版. -- 臺北市 ：五南
圖書出版股份有限公司, 2022.08
面； 公分.
ISBN 978-626-317-773-4 (平裝)

1.國文科 2.讀本

836 111004926

1XJA

閱讀策略神文本（第三版）
敘事力之即戰祕訣

主　　編— 曾陽晴

編　　著— 向鴻全、吳碩禹、李姿儀、李宜涯、周文鵬
　　　　　柳玉芬、梁竣瓘、陳正婷、曾陽晴、戴子平

企劃主編— 黃惠娟

責任編輯— 魯曉玟

封面設計— 韓衣非

出 版 者— 五南圖書出版股份有限公司

發 行 人— 楊榮川

總 經 理— 楊士清

總 編 輯— 楊秀麗

地　　址：106臺北市大安區和平東路二段339號4樓

電　　話：(02)2705-5066　　傳　　真：(02)2706-6100

網　　址：https://www.wunan.com.tw

電子郵件：wunan@wunan.com.tw

劃撥帳號：01068953

戶　　名：五南圖書出版股份有限公司

法律顧問 林勝安律師

出版日期　2020年8月初版一刷
　　　　　2021年9月二版一刷
　　　　　2022年8月三版一刷
　　　　　2024年10月三版五刷

定　　價　新臺幣400元

中原大學獎助出版

經典永恆・名著常在

五十週年的獻禮 ——經典名著文庫

五南,五十年了,半個世紀,人生旅程的一大半,走過來了。
思索著,邁向百年的未來歷程,能為知識界、文化學術界作些什麼?
在速食文化的生態下,有什麼值得讓人雋永品味的?

歷代經典・當今名著,經過時間的洗禮,千錘百鍊,流傳至今,光芒耀人;
不僅使我們能領悟前人的智慧,同時也增深加廣我們思考的深度與視野。
我們決心投入巨資,有計畫的系統梳選,成立「經典名著文庫」,
希望收入古今中外思想性的、充滿睿智與獨見的經典、名著。
這是一項理想性的、永續性的巨大出版工程。
不在意讀者的眾寡,只考慮它的學術價值,力求完整展現先哲思想的軌跡;
為知識界開啟一片智慧之窗,營造一座百花綻放的世界文明公園,
任君遨遊、取菁吸蜜、嘉惠學子!